EVA THOMSEN

GLIEDER MEINER KETTE

Roman

WACHHOLTZ

ISBN 3-529-04519-5

1998

Wachholtz Verlag Neumünster

Für meinen Sohn
Christoph

Vorwort

Nichts erscheint mir interessanter, als die Geschichte der eigenen Familie zu erforschen. Der Weg zurück in die Vergangenheit führt zu Menschen, die uns Anlagen – Talente und Neigungen, Stärken und Schwächen – vererbten, zu Ereignissen, die diese Menschen prägten. Unwillkürlich stellt sich der Vergleich mit den heutigen Lebensbedingungen und -erfahrungen ein.

Die Familie ist die lebendige Gemeinschaft, die jedem ihrer Mitglieder von vornherein Zuordnung, Verantwortung, Pflichten und Rechte abverlangt. Es werden Plätze auf der Licht- und auf der Schattenseite des Lebens verteilt. Starke und schwache Charaktere füllen die Generationen und prägen das Familienschicksal. Neben Ellenbogentypen und rücksichtslosen Aufsteigern finden sich in jeder Generation umsichtige und fürsorgliche Menschen, die die Schwachen und Unterdrückten in ihre Obhut nehmen.

So hat alles seinen Platz im Gefüge des Familienverbandes. Liebe, Zärtlichkeit, Güte und Fürsorge müssen sich gegen Eifersucht, Haß, Neid, Kälte und Eigennutz behaupten oder sich ihnen beugen.

Familiengeschichte spiegelt auch stets ein Stück Zeitgeschichte wider und ist damit ständigem Wandel unterworfen. So wie sich das politische Gefüge eines Staates ändert, suchen auch gesellschaftliche Normen neue Grundlagen. Die

Familie ist jedoch bestrebt, möglichst lange an Traditionen und an eingefahrenen, oft nicht mehr gültigen Ansichten, Gewohnheiten und Bräuchen festzuhalten. Die Furcht vor Veränderungen und moderner Lebensweise kann störend und sogar lähmend wirken.

Aufstieg und Zerfall eines Familienverbandes hängen aber davon ab, wie sich die vielen, verschiedenen Glieder in die lange Kette der Generationen einreihen, zusammenhalten und für die von ihnen anerkannten Werte einstehen.

1

Eiderstedt ist ein wunderschönes Fleckchen Erde. Es wird geprägt von sattgrünen Fennen und Weiden, auf denen fettes Vieh weidet. Darüber spannt sich im Frühling ein tiefblauer Himmel, in den die Lerchen steil hochsteigen und ihre Lieder jubilieren. Die Winde von der Nordsee sorgen dafür, daß immer eine kühle Brise weht. Der Blick reicht bis an den Horizont, und die Kinder glauben, daß dort, wo Himmel und Erde zusammenstoßen, der liebe Gott wohnt.

Die großen Höfe liegen vielfach auf Warften, denn bei Sturmfluten bieten die Deiche oft nicht genug Schutz. Die einsamen Gehöfte sind von hohen Baumreihen umgeben. Sie halten die Nordwinde ab, und im Sommer bleibt der Hofplatz schattig dunkel.

Auf die Jahreszeiten war um 1836 noch Verlaß. Auf einen schönen Sommer folgte ein früher, nebliger Herbst, und das weite flache Marschenland wurde recht unwirtlich im schneereichen Winter. Man wartete ungeduldig auf die ersten Anzeichen des Frühlings.

Die Menschen glichen dem Land, in dem sie lebten. Die großen Bauern hatten es im Laufe der Jahrhunderte zu ansehnlichem Reichtum gebracht, der die Hofbesitzer selbstbewußt und stolz machte. Die Menschen waren geradlinig und unbeugsam. Ein Wort wurde niemals vorschnell gegeben, aber unbedingt eingehalten. Man sagte von ihnen im Lande: »De Eiderstedter un de Dithmarscher sünd keen Buurn, se sünd grote Herrn.« Und so fühlten sie sich auch.

Der größte Hof im Umkreis war der Uhlenhof, der dem Großbauern Sievert von Hanken gehörte. Er war ein geachteter Mann, genoß großes Ansehen und sein Rat wurde von anderen gern angenommen. Bei kleineren Vergehen durfte er sogar Recht sprechen. Man konnte davon ausgehen, daß sein Urteil durchdacht und so gerecht war, daß die Beteiligten in der Regel zufrieden waren.

Seine Frau Margaretha, ebenfalls eine Bauerntochter, hatte er mit Zuneigung und Verstand gewählt: Sie war eine ansehnliche Person und brachte eine nicht geringe Mitgift in die Ehe ein. Sieverts Fennen reichten, so weit das Auge sah, »bet na Tönn hen«, wie der reiche Bauer gern betonte, und es war gutes Grasland.

Wenn das Frühjahr kam, zog Sievert mit seinen Knechten zum Viehaufkauf hoch nach Jütland in Dänemark. Er handelte geschickt, stellte mit geübtem Blick das aufgekaufte Jungvieh zum Treck zusammen und trieb es langsam und gemächlich über Sonderburg, Grafenstein und Flensburg nach Eiderstedt. Die Tiere durften auf dem langen Marsch nicht geschwächt werden.

Über Sommer grasten sie. Vom würzigen, kräftigen Marschengras setzte das Vieh bald Fett an und wurde im Herbst über die Eider verschifft oder aber im Treck nach Hamburg-Altona zum Verkauf in die großen Schlachthöfe getrieben. Wenn keine Seuche kam und man mit gutem Viehverstand ausgerüstet war wie der Großbauer Sievert, dann konnte man einen guten Batzen Geld verdienen.

Wollte einer sein Land verkaufen, so war Sievert sofort zur Stelle, zahlte bar auf die Hand und erweiterte seinen Besitz mehr und mehr. Es war ungeschriebenes Gesetz, daß Besitztum ungeteilt dem Erstgeborenen – dem »Lüttbuurn« –

zufiel. Sievert von Hanken würde seinem ältesten Sohn einmal einen stattlichen Besitz hinterlassen, dafür sorgte er Jahr um Jahr.

Sieverts Frau hatte in rascher Folge drei Kinder – zwei Söhne und ein Mädchen – geboren. Der Erstgeborene wurde als Hoferbe nach dem Vater Sievert genannt. Er war ein hübsches, aufgewecktes Kind, der ganze Stolz seiner Eltern.

Das zweite Kind, der Sohn Johannes, war schwächlich geraten, und nach der Geburt des dritten Kindes hatte sich herausgestellt, daß die junge Mutter schwindsüchtig war. So war dann auch das letztgeborene Mädchen bald im Kleinkindalter gestorben.

Anna Christina gehörte seit der Geburt des zweiten Sievert-Sohnes zum Gesinde auf dem Uhlenhof. Ihre Eltern waren froh, als sie Tine – wie die Älteste von dreizehn Geschwistern nur genannt wurde – zum Großbauern von Hanken in Dienst geben konnten, hatten sie daheim nun einen Esser weniger am Tisch.

Tine war fügsam und in sich gekehrt, auch war sie abergläubisch, und von Kind auf hatte sie die Gabe des zweiten Gesichts. In ihren Träumen, die sie des Nachts heimsuchten, konnte sie Unglück vorhersehen, und in den Augen der Menschen sah sie den Tod sich ankündigen.

Doch Tine beschränkte sich nicht aufs Unheilverkünden. Sie hatte ihre Mutter oft begleiten müssen, wenn Nachbarn Hilfe brauchten. Schnell hatte sie gelernt, aus selbstgesammelten Kräutern so manchen Trank zu brauen, der Mensch und Tier von Krankheiten heilen oder sie lindern konnte.

Außerdem hatte sie die Mutter gelehrt, die Karten aufzuschlagen und daraus zu deuten. Vor Zeiten glaubten viele

Menschen in Nordfriesland an Spuk und Übersinnliches. Abends nach ihrem Tagewerk saßen sie beim flackernden Herdfeuer an ihrem Spinnrad beisammen und flüsterten darüber hinter vorgehaltener Hand.

Mochte der alte Pastor sonntags von der Kanzel gegen den heidnischen Spökenkram wettern und ein Leben in Christo fordern, sie wußten es besser, und ihr Respekt vor Geistern und Spukgestalten blieb. Mußte jemand allein über Land, so war er froh und glücklich, wenn sich auf dem Heimweg sein einsamer Hof in der Ferne abzeichnete und er ihn heil erreichte. So hatte beides seinen festen Platz im Leben der Eiderstedter: Gott und Geister, der Glaube ebenso wie der Aberglaube.

Bauer Sievert und sein Gesinde ließen sich gern von Tine die Karten legen. Mit Schaudern beobachteten sie, wie Tine abwesend zu sein schien und sich mit einer Art feierlichem Ernst an ihre Aufgabe verlor. »Unverhofft, ganz gewiß, beschlossen ist in Gottes Rat«, murmelte sie mit bebenden Lippen. Sah sie Unheil nahen, schwächte sie es in ihren Worten ab, denn sie war gutmütig und wollte niemanden ängstigen.

Tine, die Spökenkiekerin, hatte später vor der Geburt ihrer Tochter Magdalena wiederum ein Gesicht. »Dat gifft en Doden in uns Familie«, weinte sie. »Ick seih Vadder, he höllt en lüttjen Sarg op sien Arm und geiht de Karkwarf rop.«

Aber bis dahin sollte sich noch vieles ereignen.

Auf dem Uhlenhof hatte sich Tine unter schwerer körperlicher Arbeit, stets fleißig, sauber und umsichtig, schon nach wenigen Jahren von der Kleinmagd zur Großmagd heraufgedient. Von Statur klein geblieben, zierlich und adrett, besaß sie trotz ihrer Jugend ein fürsorgliches, mütterliches Wesen für alles, was ihrer Obhut anvertraut wurde.

Die Großbäuerin, schwindsüchtig ans Bett gefesselt, wurde von ihr liebevoll gepflegt und umsorgt, so daß sie Tine bald die Schlüsselgewalt im gesamten Haus übertrug. So vertrat Tine die kranke Hausfrau auf dem großen Hof, so gut sie konnte.

Die kriegerischen, turbulenten Jahre um 1848, vor allem der Konflikt mit Dänemark, forderten von den Eiderstedter Bauern große Anstrengungen, Mühen und Opfer. Großbauer Sievert konnte im Frühjahr nicht wie gewohnt nach Jütland zum Viehaufkauf ziehen, so daß die ansonsten stattliche Anzahl an Mastvieh geringer wurde und gerade ausreichte, den eigenen Bedarf zu decken. Durchziehende Truppenteile versorgten sich auf den Weiden mit Frischfleisch und raubten schlachtreifes Vieh aus den Ställen.

Neid und Mißgunst waren weit verbreitet in diesen unruhigen Zeiten. Nicht nur die Nachbarn achteten genauer darauf, was links und rechts neben den eigenen Höfen geschah.

So konnte auf dem Uhlenhof nur noch des Nachts geschlachtet werden, was die Arbeiten zusätzlich erschwerte. Besonders wertvolle Gegenstände mußten vergraben werden, um sie vor Plünderern zu schützen. Viele Knechte und Landarbeiter waren in den Krieg gezogen, so daß sich die anfallenden Arbeiten auf immer weniger Gesinde verteilten. Auf dem Uhlenhof mußten sich Tine und der Großbauer den Großteil der Arbeiten teilen.

Tine verstand nichts von Politik und von den Parolen, die man neuerdings hörte. Politik – das war Sache der großen Männer und derer, die lesen und schreiben konnten. Frauen hatten da zu schweigen. Aber Tine fragte sich oft, warum das Leben auf dem Hof nicht seinen gewohnten Gang gehen konnte. Warum gab es plötzlich so viel Zank und Streit zwischen Deutschen und Eiderdänen? Was hatten sie auf dem Uhlenhof mit dem fernen Dänenkönig zu schaffen?

Als Tine eines Tages beim Fischkauf in Tönning einige junge Leute auf einem Fuhrwerk sah, die eine dänische Flagge schwenkten und ihr zuriefen: »Danmark till Ejderen«, wandte sie sich erschreckt und verängstigt ab. Sie hatte Angst, in die politischen Streitereien hineinzugeraten.

Sie konnte und wollte sich nicht mit dem plötzlich eintretenden Haß zwischen Holsteinern und Dänen abgeben, hatte sie doch mit ihrer Arbeit schon genug um die Ohren. Jedes Gezanke und Streiten war ihr ohnehin zuwider. Und erst recht, wenn es dabei um Leben und Tod ging. Viele junge Männer hatten in dem sinnlosen Zwist bereits ihr Leben verloren.

Neben den täglichen Mühen galt Tines ganze Aufmerksamkeit der Erziehung des Bauernsohns Sievert. Nicht nur die kranke Bäuerin, auch Tine verband eine abgöttische Liebe mit dem Jungen. Die kranke Mutter hätschelte und verzärtelte ihn, nahm ihn bei allen Frechheiten und Streichen wie eine Glucke in Schutz: »Di hett nüms wat to seggen, mien lütt Söten, du warrst ja mal uns Grootbuur.«

Auch Tine stellte sich stets schützend vor das oft aufsässige Kind. So wurde Sievert früh ein Machtbedürfnis anerzogen, das er bis zur Neige auskostete. Er befahl, und wurden seine Wünsche nicht sofort erfüllt, reagierte er böse und jähzornig. Er tanzte dem Gesinde auf der Nase herum, warf seine Mistklotzen auf die frischbezogenen Strohsäcke im Bett, damit die Mägde sie für ihn saubermachten. Kaum gereinigt, begann er das Spiel von neuem. Aus anfänglich harmlosen Streichen wurden allmählich Bosheiten und Untaten.

Oft mußte der schwächliche zweitgeborene Bruder Johannes als Spielball seiner Launen herhalten. Er beschimpfte, quälte und mißhandelte den Jüngeren. Auch Tiere hatten grausam unter ihm zu leiden. Und es machte ihm nichts aus, daß eine Katze, die ihm vor die Füße geriet, in der Tür zu Tode gequetscht wurde.

Großbauer Sievert, der von früh bis in die Nacht schwer arbeitete, sah lange Zeit nicht, welch unheilvolle Entwicklung sein geliebter Sohn nahm, dessen Erziehung im Kindesalter allein den Frauen oblag.

Wollte der Vater, die Reitpeitsche in der Hand, den Erstgeborenen doch einmal bestrafen, so schrie die sonst so sanftmütige Tine, als sollte es ihrem Liebling ans Leben gehen: »Nimm mi, Grootbuur, straaf mi dorför, avers laat den Lüttbuurn tofreden.« Dem Knaben aber versprach sie, daß er die Nacht in ihren Armen in der Mägdekammer schlafen dürfte.

So wuchs der junge Sievert von Hanken – beschützt von den beiden Frauen – wohl behütet auf dem Uhlenhof zum Hoferben heran. Ihn interessierte kaum, was im Lande vor sich ging; seine einzige Sorge galt dem eigenen freizügigen Leben mit allerlei Vergnügungen.

Auch bei der Arbeit zeigten sich seine charakterlichen Schwächen. Schnell verlor er die Lust, wenn er sein Ziel erreicht hatte, und er wandte sich neuen Dingen zu. Da er überall erster sein wollte, nicht teilen und nicht verlieren konnte, waren es nicht viele, die ihn zum Freund haben wollten.

Die Arbeit tat er zwar schnell und auch geschickt, aber er konnte ebenso plötzlich die ihm aufgetragenen Pflichten liegenlassen und im Galopp davonreiten, wenn es ihm in den

Sinn kam. Laut singend trabte er die Eider entlang, um den Sommermorgen zu genießen. Wortlos erledigte Tine dann seine Arbeit mit, ohne daß es einer merkte.

Je älter er wurde, desto mehr fühlte er sich schon als Herr auf dem Hof und ließ es den Bruder spüren: »Ick bün Herr op Uhlenhoff, du büst bloots mien Knecht, dat du dat nich vergittst«, sagte er zu Johannes, der ihm in jeder Hinsicht unterlegen war. Der Haß des jüngeren Bruders wuchs ins Unermeßliche.

Natürlich machte sich der junge Sievert auch keine Gedanken darüber, welche Lasten der Krieg dem Vater auferlegte, wie schwer der Bauer um das Überleben und den Fortbestand seines Besitzes zu kämpfen hatte. Beide Kriegsparteien brauchten Vieh, um ihre Armeen zu versorgen. Zerlumpte Gestalten zogen nachts durch die Gegend und schlachteten Schafe oder Rinder gleich auf der Weide. Der Großbauer wachte deshalb nachts beim Vieh, tags tat er schwere Arbeit, wie seine Knechte auch.

In diesen Tagen geschah es, daß der junge Sievert arglos seinen Vater fragte: »Segg mi doch, Herr Vadder, wat bün ick nu egentlich, bün ick en Düütschen oder en Dään?«

Der Vater, in der Meinung, der Sohn wollte sich einen schlechten Spaß mit ihm erlauben, drehte sich geplagt und zornesrot um. Er klatschte ihm mit voller Wucht die Hand um die Ohren, so daß der völlig überraschte Sievert gegen die Stallwand schlug und sich eine offene Stirnwunde zuzog. »Laat di dat en Lehr sien, du verdammte Däämlack, dat du ok weetst, dat du düütsch büst und bit an dien selig Enn blieven warrst, verdammt un toneiht!«

Wütend stapfte der Vater durch den Matsch des Hofplatzes in seinen großen Klotzen davon, ohne sich noch einmal umzudrehen. Die Strafe des Vaters traf Sievert völlig unvorbereitet, und sie war ihm unverständlich. Er setzte sich an den Wall hinter der Scheune. Der Zorn schlug so heiß über ihm zusammen, daß er fast daran erstickte. Er sann auf Rache.

Da er groß von Wuchs und überaus kräftig war, konnte er sich mit fast allen Jungen des Kirchspiels anlegen. Er erfand ein neues Spiel. Von hinten schlich er sich an die Ahnungslosen heran, drückte ihnen die Kehle ab und schrie: »Düütsch oder Dään?« Den Gequälten blieb nichts anderes übrig, als »Düütsch« zu röcheln, um freigelassen zu werden.

Nach dem Zusammenstoß mit dem Vater nahm der sechzehnjährige Sievert die erste Gelegenheit wahr, sich einer Gruppe junger Männer anzuschließen, die aus vielen deutschen Ländern nach Schleswig-Holstein kamen, um sich als Freiwillige am Kampf gegen Dänemark zu beteiligen – eine bunte Schar, kampflustig, sangesfreudig, trinkfest und voller Zuversicht.

Unzureichend ausgerüstet, in Holzpantinen und ohne Kopfbedeckung, oft nur mit einer Mistgabel bewaffnet, aber dafür todesmutig und tollkühn, warfen sie sich den Feinden entgegen. Der junge Sievert, für den der Krieg eher ein abenteuerliches Spiel war, konnte endlich zeigen, was in ihm steckte. So stürzte er sich schneller und lauter in den Kampf als alle anderen. Bald wurde sein Name voller Bewunderung überall genannt.

Während sich der junge Sievert bei den kämpfenden Truppen Anerkennung verschaffte, versuchte Johannes, der Zweitgeborene, durch Fleiß und Hilfsbereitschaft die Aufmerksamkeit seiner Eltern zu erlangen. Er saß lange am Krankenbett der Mutter, hielt ihre heißen, fiebrigen Hände und bemühte sich, ihre Liebe zu gewinnen, nach der er sich immer gesehnt hatte.

Aber Liebe wird nur verschenkt und kann nicht gefordert werden. Margaretha Sievert, die die Stärke ihres Mannes und des Erstgeborenen bewunderte, fühlte sich durch Johannes' Schwäche und Unentschlossenheit nur an ihr eigenes Los erinnert. Die Krankheit verbrauchte mehr und mehr ihre Kraft, für Mitgefühl und Liebe war kein Platz in ihrem Herzen.

Der Sohn ermüdete sie, und sie schickte ihn immer sehr bald aus der Kammer. Die einzigen Gespräche, die die Kranke interessierten, drehten sich um den »Heldenbruder« und um die bange Frage, ob er gesund zurückkehren würde.

Auch Großbauer Sievert verbrachte immer weniger Zeit bei der Bäuerin. Den vitalen Mann störte der süßliche Schweißgeruch, den die Fiebernde ausstrahlte. Er wußte nichts mit ihr zu bereden, nahm sie doch immer weniger Anteil an seiner schweren Arbeit, den Hof über die harte Kriegszeit hinüberzuretten. Wenn er die Kranke auf ihrem Lager sah, dachte er an die kurze, harmonische Zeit ihrer ersten Ehejahre. Was war aus der hochgewachsenen, schönen Frau geworden, die er einst voller Stolz heimgeführt hatte?

Der junge Sievert kehrte heim, selbstüberzeugt, aber rastloser und unruhiger als je zuvor. Nirgendwo konnte er Ruhe finden. Er, der zwar noch kein Mann war, aber längst kein Kind mehr, hatte Dinge gesehen und erlebt, die anderen Menschen ein ganzes Leben lang erspart blieben. Des Nachts schreckte er aus immer wiederkehrenden Alpträumen schweißgebadet hoch.

Er konnte die grauenvollen Schlachten, das entsetzliche, qualvolle Sterben seiner jungen Kameraden bei Idstedt und Friedrichstadt nur vergessen, wenn er an seines Vaters Schrank ging und immer längere Schlucke von dessen Aquavit nahm. Durch den Alkohol aber lösten sich seine Beklemmungen, und dann wollte er nur noch eines: Das Leben genießen.

Hatte er nicht ein Recht darauf? Wozu hatte das Schicksal ihn verschont, wenn er nichts vom Leben hatte? Er ging immer häufiger in den Dorfkrug, vergnügte sich beim Kartenspiel. Der Wirt gab ihm Kredit, und so flossen Sievert die schwer erarbeiteten Taler seines Vaters durch die Hände, ohne daß der Altbauer zunächst etwas davon merkte.

Auch sein Interesse an Frauen war bald unersättlich. Er amüsierte sich bei Tanz und Musik mit hübschen Mägden. Mit seinem Charme und der langsam wiederkehrenden Lebenslust hatte er in kurzer Zeit zwei anständige, unbescholtene Bauerntöchter geschwängert. Unmut machte sich im Kirchspiel gegen den Hanken-Sohn breit. Der ehrsame Uhlenhof kam ins Gerede.

Großbauer Sievert, der so manchem in Not geratenen Mädchen zur Ehe – und zu ihrem Recht – verholfen hatte, stand plötzlich vor empörten Nachbarn und Eltern, die ihn wegen seines eigenen Fleisches und Blutes anklagten und Recht forderten, da beim Sohn nichts zu holen war. Der Großbauer mußte sie für die Schandtaten des Sohnes abfinden.

Tief betroffen suchte er nach langer Zeit wieder einmal Rat bei seiner kranken Frau: »Margaretha, Fru, wat schall bloots ut em warrn? Wat is mit em scheeflopen?«, fragte er sie verzweifelt.

Wieder einmal nahm sie ihren Lieblingssohn in Schutz:

»Wat kann ut em warrn, wenn du em nich ran lettst? Du hest all de Fadens in dien Hannen, wat is he denn mihr as en Knecht un Oplegger bi di? Giff em wat to doon, wo he dat Seggen hett, un wat den Hoff angeiht, dar laat em mit di tosamen regeern. Schallst sehn, Mann, denn hett he keen Tied to strömern, un denn maakt em de Arbeit ok Spaaß.«

»Meenst«, seufzte er aus tiefstem Herzen unglücklich. »Ick will dat versöken.« Mit hängenden Schultern stapfte er aus der Kammer.

»Nu ward allens goot, söte Jung«, murmelte die Kranke und schloß die Augen, »Mudder hett di ut de Noot holpen.«

Das Verständnis der Mutter für den Sohn war unendlich groß. Sie war ihm nicht böse gewesen, als er sich nach seiner Heimkehr nur selten bei ihr sehen ließ. Er hatte so viel Schweres durchgemacht und erlitten, stand ihm da nicht Vergnügen und Freude zu? Eine gute Mutter mußte ihm dies gönnen.

Der Rat, den sie ihrem Manne gegeben hatte, erwies sich jedoch als verhängnisvoll. Das Unheil, das sich wie eine schwarze bedrückende Wolke über dem Uhlenhof zusammenzog, nahm seinen Lauf.

Am nächsten Morgen rief der Großbauer seinen Sohn zu sich: »Sett di daal, wi mööt in Roh miteenanner snacken. Du hest grote Schann över uns all bröcht. Wahr di, dat mutt en Enn hebbn. Du büst keen Kind mihr. Wi hebb'n nu sehn, dat du to'n Mann worrn büst. Avers, verdorri noch maal, du büst doch keen Tochtbull!«

Er führte dem Sohn seine Verantwortung für den Hof mit all seinen Leuten, dem Vieh und dem Land vor Augen. Die Zeit sei gekommen, nun den eigenen Anteil an Arbeit und Pflichten zu übernehmen: »Mudder meent, du schullst mihr to seggen hebben, dat du Spaaß an de Arbeit kriggst. Ick will sehn, wat dat woll in di stickt, en goden Buur to sien för uns Hoff, mitsamt de Deensten un dat Veeh. Wies mi dat in de Tokunft, or, bi Gott, du lehrst mi vun en anner Siet kennen!«

Als Sievert nicht antwortete, fragte er ruhiger: »Hest nix to seggen, tokamen Grootbuur?«

»Wat schall ick seggen, hest ja al allens op de Reeg bröcht, Herr Vadder.«

Der Vater war erstaunt, wie ungerührt der Sohn die Veränderungen hinnahm. Ein erster, großer Auftrag würde zeigen, ob Sievert das Vertrauen, das der Großbauer in ihn setzte, rechtfertigte. Es herrschte endlich wieder Frieden im Land. Sievert sollte allein – nur begleitet von zwei erfahrenen Knechten – nach Jütland aufbrechen, um dort Jungvieh aufzukaufen und den Treck langsam und für das Vieh schonend nach Eiderstedt zu treiben. Es war der erste große Viehkauf nach den Verlusten der letzten Jahre. Großbauer von Hanken legte dem Sohn mit fast der gesamten Barschaft auch das künftige Schicksal des Hofes in die Hände.

Der Jungbauer machte sich mit den beiden Knechten auf den Weg. Die kranke Mutter in ihrer Kammer war froh, daß der Bauer ihren Rat so schnell und so großzügig befolgt hatte. Sie lebte sichtbar auf in freudiger Erwartung der Ankunft des Trecks. Nun würde alles gut werden. Sie vertraute dem Sohn. Ein guter Viehkauf und eine sorgsame Überführung der Tiere würden dem Sohn gewiß gelingen und ihm Ehre machen. Und sie hatte mit ihrem Rat alles in die Wege geleitet.

Ihr Mann würde es ihr zu danken wissen. Wer weiß, vielleicht würden sie sich beide wieder zusammenfinden, so wie in den jungen Jahren ihrer Ehe? Sie konnte immer noch ihrem Mann mit guten Ratschlägen zur Seite stehen, auch heute noch, als Kranke. Sie war zufrieden. Nach langer Zeit hatte Margaretha von Hanken am Tag der Abreise ihres Sohnes wieder eine gute Nachtruhe.

»Segg me foorts Bescheed, wenn he kümmt«, sagte sie zu Tine. Die nickte eifrig, denn auch sie hatte große Hoffnung, daß nun alles wieder ins Lot käme.

Früher als erwartet, traf der Treck auf dem Uhlenhof ein. Fassungslos starrte der Großbauer die abgemagerten Jungtiere an, die auf die Koppeln getrieben wurden. Von den achtzig gekauften Kälbern hatten Sievert und die Knechte zehn während des Trecks verloren. Sie waren vor Überanstrengung und Schwäche verendet.

Die beiden Knechte verweigerten jede Auskunft über die Gründe, erklärten aber, sie würden nicht noch einmal einen Viehtrieb mit dem Jungbauern machen. Sie verschwiegen, daß er sie – nach raschem, unüberlegten Kauf, ohne über den Preis zu verhandeln – mit all der Arbeit allein gelassen hatte, um sich mit Jütlands schönen Mägden zu vergnügen. Der Abtrieb war für die Tiere eine Strapaze gewesen.

Sievert schwor dem erbosten Vater hoch und heilig Besserung. Die Kranke wartete auf den Sohn, als sie von seiner Heimkehr hörte. Doch weder Vater noch Sohn ließen sich bei ihr sehen.

»Tine, wo is dat lopen?«, fragte sie in ängstlicher Vorahnung.

»Nich so goot, as wi dacht hebben, Grootbuurin«, wich Tine aus.

»Du lüggst, du lüggst! Dat will ick mit mien egen Ogen sehn. Treck mi foorts an, de Knecht schall mi rünner dregen.«

Tine versuchte, sie zu beruhigen und ihr gut zuzureden,

aber vergebens. Die Kranke stand auf, vor dem Bett brach sie zusammen.

Der Großbauer fragte Tine verzweifelt: »Wat schall ick bloots mit em maken?«

Tine wandte sich ab, sie konnte sehen, daß dem Mann die Tränen in den Augen standen. »Tööv af, Grootbuur, he mutt sick eerst de Höörn afstöten, he is noch so jung«, versuchte sie ihren Liebling in Schutz zu nehmen.

»Meenst?«, fragte der Großbauer, wandte sich müde ab und ging davon.

Von nun an hielt er sich – vom jungen Sievert unbemerkt – oft in dessen Nähe auf. Er sah, daß der Jungbauer gut arbeitete, wenn er Lust dazu verspürte, ebenso aber die Arbeit sein ließ, wenn sein Hang zu Kartenspiel und Vergnügen ihn überkam. Er erkannte, daß sein Sohn in keiner Weise zuverlässig war.

»Een Gelegenheit geev ick em noch«, dachte er, und sein Blick schweifte über die große Weite seines Besitzes. Wie hatte er sich abgerackert, geschuftet für diesen Sohn, sich ein Leben lang selber nichts gegönnt. Der Junge mußte doch zur Vernunft kommen, wenn sein eigenes Leben noch einen Sinn haben sollte.

Alle seine Hoffnungen hatte er in Sievert gesetzt. Sich gewünscht, daß der eine tüchtige, wohlhabende Bauerstochter suchen und zur Frau nehmen würde, daß kräftige Enkelsöhne heranwüchsen, an denen er seine Freude hätte. Um diese Hoffnung fühlte sich Großbauer Sievert betrogen. Auch die Versuche seines Zweitgeborenen, Johannes, ihm bei der Arbeit zur Seite zu stehen, konnten ihn nicht von seinem schweren Kummer ablenken.

Im Herbst war das wenige Vieh fett gemästet. Der Bauer

hatte den Entschluß gefaßt, dem Sohn einen weiteren Vertrauensbeweis zu geben. Er rief ihn zu sich, legte ihm die Hände auf die Schultern und sah ihm in die Augen: »Du weetst, mit uns Hoff steiht dat nich to'n besten. Wi hemm veel Geld veraast dörch dien Malöör, mien Söhn. Avers du kunnst dat wedder good maken. Du treckst mit dat Veih na Altona to de Schlachthüüs un verköffst so düür, as't geiht. Laat di ja nich den Kopp verdreih'n un maak mi keen Scherereen, Jung. Wees truu un ehrlich, sonst mutt ick di afschrieven. Maark di dat goot, dat is mien Eernst, hillig un wahr.«

Mit einem festen Schlag auf die Schulter seines Sohnes ging der Alte davon. Der junge Sievert hatte sich fest vorgenommen, diesmal alles richtig zu machen. Er erzielte beim Viehverkauf auch einen guten Preis, doch die vielen Taler in der Hosentasche erwiesen sich als eine zu große Verlockung. Er ging in Freudenhäuser, wo er einen großen Teil des Geldes ließ. Ernüchtert versuchte er anschließend, es beim Spiel zurückzugewinnen. Sievert saß jedoch Betrügern auf und kehrte erst auf den Hof zurück, als er keinen einzigen Taler mehr in den Hosentaschen hatte.

Wut und Verachtung seines Vaters waren grenzenlos. Wieder flüchtete sich Sievert in Tines Arme. Wie schon so oft, zog sie ihn an ihren Busen und wiegte ihn sanft hin und her. Doch Sievert war längst kein Kind mehr, und er nutzte mit seiner Erfahrung die mütterliche Fürsorge Tines in dieser Nacht aus. Er verführte die acht Jahre ältere Frau, die ihn überrascht und verwirrt gewähren ließ.

Als der Großbauer erfuhr, daß sein Sohn die Großmagd Tine – die Stütze seines Hauses – geschwängert hatte, war das Maß voll. Der Bauer zitterte vor Wut, sein Gesicht lief blaurot an, und er erhob die Fäuste gegen den Sohn: »Ruut,

ruut«, schrie er, »ehrder dat ick mi vergeet. Du hest dien Arvdeel verspeelt. Ick bün trecht mit di, laat di nich wedder sehn, büst mien Söhn nich mihr!«

Er ging zum Sekretär, schloß auf und warf dem Sohn einen Beutel voll Taler vor die Füße: »Dat is dat Letzt, wat du vun mi kriggst.« Es war die mühsam aufgesparte Reserve für schlechte Zeiten.

Insgeheim war der Sohn froh, daß die Entscheidung gefallen war. Ihm war längst klar, daß er kein guter Großbauer werden würde. Er war dazu nicht geschaffen, hatte sich immer unter ein Joch gedrückt gefühlt.

Jetzt aber war er frei, und er hatte anderes mit seiner Freiheit vor, als Mistbauer zu sein. Amerika wartete auf ihn. Dort konnte man – wie er gehört hatte – große Abenteuer erleben und sein Glück machen. Das Geld sollte dort förmlich auf der Straße liegen.

Sievert bereitete alles für seine baldige Auswanderung vor und ließ sich bis zur Abfahrt nicht mehr auf dem Hof blikken. Der Abschied von der Mutter war kurz: Ihn ekelten ihre Zärtlichkeiten, ihr langes Klagen und Lamentieren. Nur gerade ein paar Minuten war er bei ihr am Bett gewesen: »Holl di fuchtig, Mudder. Keen Sorg, Unkruut vergeiht ni«, hatte er gerufen, ihr kurz über den Handrücken gestreichelt, und weg war er, ihre Hoffnung, ihr Leben.

»Sievert, lütt Jung, Sievert, mien Jung.«

Doch ihr klägliches Nachrufen verhallte ungehört. Wie herrlich hatte sie sich in den langen, einsamen Stunden im Krankenbett den Abschied ausgemalt: Zärtliche Gespräche, in denen sie ihm von ihrem Leben, zerronnenen Träumen und Hoffnungen erzählen wollte. Sie hatte ihn nicht verdammen, nicht zurechtweisen wollen. Im Gegenteil: Er sollte erfahren, welch unermeßliches Glück er in ihr Leben gebracht hatte, und mit ihm zusammen hätte sie wieder über seine Streiche lachen wollen, wie es früher immer gewesen war. Der Sohn war fort, ging seinen Weg in die Welt, ohne mütterlichen Segen. Ihr Leben hatte seinen Sinn verloren.

Der Großbauer ging nach langen, durchwachten Nächten, in denen er seine weiteren Entscheidungen abgewägt hatte, mit seinem zweitgeborenen Sohn Johannes zum Advokaten und ließ ihn zum Hoferben nach seinem Ableben einsetzen.

Der Altbauer verlor zusehends seine Lebenskraft und die Lust an der Arbeit. Aus den Augenwinkeln beobachtete er den verbliebenen Sohn, der zwar willig, aber schwerfällig im Denken war. Der Vater mußte ihm alles mehrmals erklären. Zudem war Johannes nicht fähig, eigene Entscheidungen zu treffen.

Als Sievert einsah, daß der Sohn niemals den großen Besitz erhalten könnte, ging er abermals zum Advokaten und verkaufte einen Teil der Ländereien. Es war der Anfang vom Ende des in der ganzen Gegend bekannten und geachteten Uhlenhofs.

»Mien Leven weer för de Katt«, seufzte Sievert verzweifelt, wenn er sich allein glaubte. Wo lag seine Schuld? Hatte er sich nicht immer nur für die Familie geplagt, sich gesorgt, sich keine Ruhe gegönnt?

Dazu die kranke Frau, die ihm nie zur Seite gestanden, ihm zwei unfähige Söhne geboren hatte. Und er, war er ihr nicht – trotz gelegentlicher Anfechtungen – bis zum heutigen Tag treu geblieben, obwohl es ihm in seinen jungen Jahren nicht immer leicht gefallen war? Vielleicht hatte er sich gerade deshalb so in die Arbeit vergraben, um wenigstens hier erfolgreich zu sein.

Für Margaretha empfand er viel Mitleid, wenn er die schmale, abgezehrte Gestalt zwischen den gelbverschwitzten Kissen liegen sah. Immer öfter aber ging er an ihrer Kammertür vorüber. Er konnte ihre Tränenausbrüche nicht mehr ertragen: »Mien lütt Jung hett mi verlaten, ick seh em in dit Leven nie, nie wedder. Un schuld is Tine, dat verdammte Fruunsminsch, dat Luder.«

Die Mutter maß Tine alle Schuld an ihrem Unglück zu. Das innige Vertrauensverhältnis, das Magd und Herrin so lange gehabt hatten, war jäh zerbrochen. Tine, die die Kranke so viele Jahre treu und gewissenhaft gepflegt hatte, durfte die Schlafkammer der Bäuerin nicht mehr betreten. An ihre Stelle war die Kleinmagd getreten, die diese Aufgabe unwillig, voll Ekel vor der Kranken, möglichst schnell und lieblos erledigte.

Tine war in ein bodenloses schwarzes Loch gefallen. Sie wußte weder ein noch aus. Sievert, der Jungbauer, hatte sich nicht einmal von ihr verabschiedet, bevor er den Hof verlassen hatte. Er ließ sie, die zuvor noch Jungfrau gewesen war, mit ihrer Schwangerschaft allein, die für sie so überraschend gekommen war. Sie hatte den großen Jungen in ihrer mütterlichen Art doch nur trösten wollen, wie sie es früher so oft getan hatte.

Sie war weit davon entfernt, Sievert die Schuld zu geben. Er konnte nichts dafür. Er war ja fast noch ein Kind und sie die acht Jahre Ältere. Sie allein mußte deshalb die Sünde und Schande ertragen.

In ihrer Not wollte sie mit dem Ungeborenen ins Wasser gehen. Aber sie schaffte es nicht. Sie war doch auch verantwortlich für das werdende Leben. Wo anders sollte sie eine Bleibe für sich und das Kind finden? Ihr war klar, daß der Bauer sie nicht mit dem Kind auf dem Hof dulden würde.

Mit Grauen dachte sie später an den entsetzlichen Augenblick, als sie vor dem Großbauern gestanden hatte. »Du hest mien Vertruun hatt, hest Schann un Unehr över den Hoff un uns Familie bröcht, verdammt Fruunsminsch. Harrst en öllern Kirl in dien Bett nehmen schullt, wenn du en bruken wullst. Mien Söhn is so veel jünger as du. Hest dien Verstand verlaarn hatt? Ruut, pack dien Bünnel, ick bün trecht mit di.«

Er schrie so laut, daß die Kleinmagd und die Knechte es schadenfroh hören konnten. Sie dachten sich, daß eine, die so hoch hinaus wollte, ruhig so tief fallen sollte.

Als der Großbauer seine Wut losgeworden war und zur Besinnung kam, überdachte er seine Lage. Ihm wurde klar, daß er für Tine kaum einen Ersatz finden würde, denn keine würde dem Hof so treu ergeben und umsichtig vorstehen wie sie. Er konnte sich die Wirtschaft ohne sie gar nicht vorstellen und wollte sich nicht noch mehr Schwierigkeiten aufladen. Sie würde wohl oder übel bleiben müssen.

Er rief sie am Abend erneut zu sich: »Tine, kannst blieven«, sagte er knapp, »avers dat Kind mutt weg.«

»Giff mi Tiet to'n överleggen, Grootbuur«, sagte sie leise aus der Schwärze ihres Unglückes heraus. Sie wußte, was es für sie bedeuten würde, auf dem Uhlenhof zu bleiben. Wie schwer das Arbeiten mit dem Gesinde sein würde, dessen Achtung sie verloren hatte und das sich ihren Anordnungen immer häufiger widersetzen würde.

Aber konnte sie nicht ihre schwere Schuld dem Bauern und dem Hof gegenüber abtragen, wenn sie ihre ganze Kraft noch stärker als bisher dem Hof widmete?

Am nächsten Morgen verrichtete sie schmallippig und mit gebeugten Schultern wieder ihre Arbeit. Über das Fortgehen wurde von keiner Seite mehr gesprochen.

Viele Gedanken gingen Tine durch den Kopf. Das beste

wäre doch, das Kind abzutreiben, diesen armen, unschuldigen Wurm, für den sich schon zaghaft ihre Liebe regte. »Vadder in'n Himmel«, betete sie, »nimm dat Kind vun mi.«

Sie mischte sich starke Tränke, wie sie Kühen, die nicht kalben wollten, eingegeben wurden, und schluckte sie. Das Essen rührte sie kaum an. Abends saß sie in einem Zuber mit kochendheißem Wasser. Sie sprang vom Heuboden, verstauchte sich den Knöchel, doch das Kind ging nicht ab.

Sie wurde immer blasser und schweigsamer, bürdete sich mehr Arbeit auf als jeder andere. Des Nachts ging sie unruhig in ihrer Kammer auf und ab. Auf dem kalten Boden sitzend, schlug sie die Karten auf und sah darin, daß ihr Kind kommen würde; auch großes Unheil sagten die Karten voraus. Sie sah keinen Ausweg und weinte, allein gelassen in ihrem Unglück.

Der Bauer hatte ihr verboten, des Sonntags mit zum Gottesdienst in die Kirche zu gehen: »Wahr Gott un de ehrlichen Minschen vör dienen Anblick«, sagte er, als ihr Leibesumfang wuchs.

An einem dieser Sonntage, als alle in der Kirche waren, faßte Tine einen schweren Entschluß. Sie fing ein Täubchen, rupfte es und bereitete daraus eine leckere Brühe, wie sie die kranke Bäuerin gern aß. Zaghaft klopfte sie an die Kammertür und öffnete.

Sie erschrak zutiefst, als sie sah, wie krank und verfallen die Bäuerin aussah. Sie stellte die Brühe bei ihr ab und bat um Tabletten, die in einem Glas auf dem Nachttisch standen. Sie wußte zwar nicht genau, wogegen sie wirkten, hoffte aber, damit die Schwangerschaft zu beenden.

»Nimm di soveel, as dor sünd, will höpen, ji gaht beid vun doot.«

Abends, als der Hof besorgt war und alle zur Ruhe gegangen waren, zog Tine die abgenutzten Karten unter ihrem Strohsack hervor, mischte sie und breitete sie vor sich auf dem Boden aus. Schweißnaß murmelte sie die alten, von der Mutter erlernten Worte: »Unverhofft, över'n korten Weg, ganz bestimmt, beschlossen ist in Gottes Rat ...«

Da lagen die schwarzen Karten im Kreis, dicht beisammen lag das Unheil. »O leve Gott, help mi, ick bitt di«, flüsterte sie und schluckte wahllos die Tabletten der Großbäuerin.

Am nächsten Morgen fand man Tine bewußtlos, zusammengekrümmt und gelblich-fahl auf dem Fußboden liegen. Man gab ihr zwei Tage Ruhe, bis sie langsam und benommen wieder zu sich kam. Ihr Kind hatte sie nicht verloren. Mit wackeligen Beinen stand sie wieder am heißen Herd und versah ihre Arbeit ohne Tadel wie immer.

Im Herbst verstarb die Bäuerin. Niemand war bei ihr gewesen, ihr schwaches Lebenslicht war einfach erloschen. Trotzdem wurde es eine »große Leiche«. Die Verwandtschaft aus nah und fern, das ganze Dorf und die nähere Umgebung gaben der Bäuerin die letzte Ehre. Tine hielt die große Standuhr an, verhängte alle Spiegel, Fenster und Türen mit schwarzen Tüchern, löschte die Kerzen, wusch die Tote, kleidete sie an und bahrte sie im besten Zimmer auf.

In hochschwangerem Zustand säuberte sie das ganze Haus, bis alles funkelte und glänzte. Dann bereitete sie mit den Mägden den großen Leichenschmaus vor. Zur Beisetzung rückte die Dorfkapelle an, die Nachbarn trugen den Sarg aus dem Haus, der große Leichenzug setzte sich in Bewegung. Tine deckte den langen Tisch in der Döns mit dem besten Linnen und den Friesenbestecken.

Als sie in die Scheune ging, um auch für das Gesinde den Tisch herzurichten, überfielen sie die Wehen. In ihrer Kammer brachte sie ohne jegliche Hilfe nach einer schwierigen Geburt ihre erste Tochter Auguste Adolphine zur Welt. Dieses Kind, das sie nur Guste nannte, war schwachsinnig, wie sich herausstellen sollte.

Sie brachte das Kind schon nach wenigen Tagen gegen ein Pflegegeld in der zwölfköpfigen Familie eines Reisigbinders unter, die über das Zubrot recht froh war. Hier verbrachte Guste – mehr schlecht als recht ernährt und kaum beachtet – ihre ersten Lebensjahre.

Nach dem Tod der Bäuerin hatte sich Tines Stellung auf dem Uhlenhof wieder gefestigt. Die Zeit verging, Tine bemerkte es kaum. Sie war der gute Geist des Hofes, und es gab so viel zu tun: Im Frühjahr, wenn die Lämmer geboren waren, machte sie mit den Mägden tagelang Schafskäse, der dann zum Reifen in alten Tongefäßen in der Erde vergraben wurde und später einen guten Preis auf dem Husumer Markt erzielte.

Federvieh wurde aufgezogen und geschlachtet. Bei trokkenem Wetter im Herbst spleßten die Mägde auf dem Hofplatz Daunen und Oberfedern. Dann flogen die Fasern über den Hof, und es sah aus, als hätte es geschneit.

Mußte die Arbeit wegen des starken Marschenwindes in der Scheune gemacht werden, wurden Tücher vor den Mund gebunden, denn die Federteilchen gerieten oft in die Luftröhre und lösten einen starken Hustenreiz aus. Die Mägde konnten dann nicht über die Burschen im Dorf und andere Neuigkeiten klatschen.

Tine saß bei diesen Arbeiten oft in ihre Gedanken versunken daneben und schwieg. Freude und Abwechslung brachte ihr nur der Sonntagmorgen, wenn sie ihre Tochter besuchte. Guste, inzwischen zwei Jahre alt, machte sehr langsam Fortschritte. Nur Tine beobachtete das Mädchen zärtlich, nahm ihre Erfolge wahr und ermunterte sie zu neuen Versuchen. Sprechen konnte Guste nur: »Hamm, Hamm.« Das bedeutete, daß sie etwas zu essen haben wollte. Tine fütterte sie mit Leckerbissen, die sie sich während der Woche aufgespart hatte.

In diesen Zeiten waren die Mahlzeiten recht spärlich; es gab Stipp un Klüten – Klöße mit Sirup, Essig und ausgelassenem Speck. Das war schon ein rechtes Sonntagsessen. Man aß Dithmarscher Mehlbüdel, gekocht im Tuch, mit Fruchtsoße, Klüten in Boddermelk, Bratkartoffeln, Hafer- oder Buchweizengrütze mit einem Bodderlock und mit etwas Zucker und Zimt bestreut oder Pellkartoffeln mit Specksoße.

Tine bereitete die Mittagsmahlzeiten auf dem Uhlenhof in großen Portionen und Mengen zu. Es saßen während der arbeitsreichen Wochen über zwanzig Knechte, Tagelöhner und Mägde um den Tisch und langten kräftig zu. An der Stirnseite saß der Bauer und achtete darauf, daß alles gerecht verteilt wurde und keiner Hunger litt. Ihm wurde anschließend in der Stube etwas Besseres serviert.

Da gab es schon mal ein gutes Stück Fleisch, seltener Gemüse, aber gegen Ende des Sommers war immer Dithmarscher Weiß- oder Rotkohl dabei. Tine war glücklich, wenn sie mit den Resten Guste füttern konnte, die alles Mitgebrachte sofort verschlang.

Sie kämmte ihr die verfilzten Haare, wusch das verschmuddelte Kind und zog es reinlich an, jeden Sonntag das gleiche. Abends in ihrer Kammer beim Kerzenschein strickte sie Strümpfe und Höschen für Guste oder nähte Kittel aus alten Stoffen.

Während des sonntäglichen Gottesdienstes saß sie mit dem Kind am Ufer der Treene. Sie sah die unbeholfenen Bewegungen, die eng beieinanderstehenden, blicklosen Augen ihrer Tochter; voller Mitleid wischte sie den ständigen Speichelfluß aus seinen Mundwinkeln.

»Ach, lütt Guste, is all mien Schuld«, dachte sie dann traurig, nahm sie in die Arme, wiegte sie unter Liebkosungen und flüsterte ihr ins Ohr: »Dien Mudder is jümmers för di dor.«

Die Arbeit auf dem Hof und im Haus erforderte ihre ganze Kraft. Gleich nach dem Heuen im Mai und Juni fing sie an, Vorräte für den Winter anzulegen: Beeren wurden zu Saft verarbeitet, tagelang mußten Bohnen geschnippelt, in Salzlake geschichtet und in großen Tongefäßen im Keller gelagert werden. Konnte sie im Tönninger Hafen preisgünstig Fisch einkaufen, dann wurde er zu Salzhering oder Stockfisch verarbeitet. Die Arbeit riß niemals ab.

Im November war Schlachtzeit. Auch wenn dies für alle viel Arbeit bedeutete, so freuten sie sich darauf. Nach altem Brauch kam bei dem Übermaß an Arbeit die Unterhaltung nicht zu kurz. Man konnte wieder herzeigen, was man im Stall hatte, und man tat es auch. Die Zeit der Nachtschlachtungen und der Geheimniskrämerei war vorbei.

Am »Jolanthe-Tag« – dem ersten Schlachttag – kamen alle Nachbarn auf den Uhlenhof. Sie sahen sich die aufgehängten Schweinehälften und die ausgenommenen Teile fachmännisch an, befühlten sie, schätzten nach langem, bedächtigen Überlegen das Gewicht, die Fettschicht, Flomen und

Schinken. Sie rundeten möglichst nach oben auf, um dem Großbauern zu schmeicheln. Anschließend wurde zum Kaffeepunsch in die Döns gebeten. Mit der Menge des getrunkenen Punsches wuchs das Schlachtgewicht in schwindelnde Höhen.

An der Hintertür fanden sich die Armen des Dorfes mit Kannen und Schüsseln ein, in denen sie Blut für Schwarzsauer und Reste, die oft noch aus gutem Fleisch bestanden und für das Swattsuer gebraucht wurden, nach Hause trugen.

Tine stand beim Abstechen der Schweine neben dem Schlachter. Sie fing das Blut in Eimern auf, nachdem das Tier mit einem Bolzenschlag betäubt und die Halsschlagader mit schnellem Schnitt durchtrennt worden war. Das Blut mußte ständig gerührt werden, damit es nicht gerann.

Wenn die Schweine ausgeblutet waren, wurden sie mit kochendem Wasser überbrüht, um die Borsten zu lösen, die die Mägde dann mit großen Schabern abkratzen mußten. Die unangenehmste Arbeit war das Säubern der Därme, die für die Würste benötigt wurden. Es waren viele Arbeitsgänge nötig, ehe alles fertig war. Im Herd mußte das Feuer ständig brennen, damit genügend heißes Wasser bereit stand.

Am nächsten Tag wurde das zerteilte Fleisch in Salz eingelegt, um es haltbar zu machen, und anschließend wurde es geräuchert. Fetter Speck blieb nur kurz im Salz, durchwachsener Speck etwas länger. Der Schinken mußte sechs bis acht Wochen gepökelt werden, bis er in den Rauch kam. Die Würste wurden nach alten Hausrezepten gemacht und schmeckten vorzüglich.

Alle Arbeiten geschahen unter Tines Aufsicht. Sie lief während dieser Zeit ständig mit rot geschwollenen Augenlidern herum, da sie immer wieder in die Räucherkammer mußte. Wie stolz waren sie alle, vom jüngsten Knecht bis zur Großmagd, wenn alles endlich im Rauchfang hing. Dann gab es das Schlachte-Essen, bei dem jeder soviel essen durfte, wie er wollte und konnte.

Am letzten Abend nahm der Großbauer Tines Hand und sagte: »Kumm mit, Deern.« Er führte sie in die Schlafkammer der Großbäuerin, schloß die Schmuckschatulle auf und hielt sie Tine entgegen: »Söök di wat ut, hest dat verdeent, Deern. Wenn ick di nich op'n Hoff harr ...«

Tine wich erschrocken zurück: »Laat, Buur, ick bün in dien Schuld. Sachts nimmst noch mal en niee Fru, de dat hebben schall.«

»Meenst, un wat is mit di? Kunnst en gode Grootbuurin afgeven?«

»Nich, Buur, nich«, murmelte sie und floh aus der Kammer.

In der Folgezeit ging sie dem Großbauern nach Möglichkeit aus dem Weg. Nicht nur Sievert war aufgefallen, wie sich Tine nach der Geburt verändert hatte, wie hübsch, adrett, rundlich und fraulich sie jetzt aussah. Tine mußte sich auch einiger Knechte erwehren, die versuchten, in ihre Kammer zu schleichen und zudringlich zu werden. Einem hatte sie eine schallende Ohrfeige versetzt und wütend gerufen: »Dat kannst du all de Mannsbiller vertellen, ick bruuk mien Leefdag keen Mann mihr in mien Bett.«

Auch die Frauen des Hofes suchten wieder Kontakt und das Gespräch mit Tine: Sie brauchten ihre Hausmittel und ihren Rat in Liebesfragen. An der Hintertür standen wieder angstvolle, alte und kranke Menschen: »Segg de Wahrheit, Tine, kannst mi hölpen or steiht de Sensenmann al achter mien Döör?«

Mitleidig beruhigte Tine sie, selbst dann, wenn sie das Nahen des Todes erkennen konnte. Abends aber legte sie die Karten aus für den Jungbauern, der in so weiter Ferne war, und sie sah, daß er lebte und gesund war. Das Wissen darum erfüllte sie mit Glück.

Tine war wie die gute Erde; sie sorgte für das Leben und das Wohlergehen der Mitmenschen. Sie selber ertrug, was sie meinte, tragen zu müssen, und ahnte unter der Starre, die sie umgab, daß das Leben noch einiges bringen würde, wenn die Zeit gekommen war.

Der Großbauer gab sein Werben um Tine nicht auf. Mit Vergnügen sah er die flinken, geschmeidigen Bewegungen ihres Körpers bei der Arbeit; wie sie sich drehen konnte, wie besonnen sie war. Er fühlte sich richtig jung, wenn er sie sich an seiner Seite vorstellte. Gottlob hatte er dem Zweitältesten noch nicht den Hof abgetreten. Mit Tine zusammen könnte er ihn sicher wieder zur alten Blüte bringen. Wer weiß, vielleicht würde sie ihm auch einen Sohn schenken, wie er ihn sich immer gewünscht hatte. Zu alt dafür fühlte er sich noch nicht.

»Deern, kunnst mit mi in de Stuuv eten, dat Eten wull mi denn beter smecken.« Doch Tine lehnte ab.

»Wullt du nich mal wedder an Sünndag mit na Kark kamen?«, fragte der Bauer.

Das wollte Tine wohl gern, aber sie fürchtete die hämischen, neugierigen Blicke der Dorfbewohner. Außerdem war der Sonntagmorgen für ihre Tochter bestimmt: »Dank, Buur, avers ick will to lütt Guste gahn.«

Der Großbauer ließ sich nicht so einfach abweisen, sie mußte ihn zum Pferdemarkt nach Schleswig begleiten. »Den

Peermarkt muttst du sehn, Tine, dar is wat los, kann ick di seggen.« Tine stimmte zu.

Zwei Tage waren sie mit der Kutsche unterwegs, denn alle vier Stunden mußten die Pferde im jeweiligen Dorfkrug gewechselt werden. Der Großbauer bestellte sich jedesmal einen doppelten Korn und wurde richtig aufgekratzt. »Kannst ok en hebben, Deern. Dat warmt di un höllt Lief un Seel tosamen.«

Tine staunte nur, nie hätte sie gedacht, daß die Welt so groß sei. »Geiht dat jümmers so wieder un wieder mit't Land un Meer op de Welt«, dachte sie. »Wann kümmt dat Enn, wann kümmt en dor an?« Doch sie wagte nicht, den Bauern danach zu fragen.

In Schleswig fielen ihr vor Staunen fast die Augen aus dem Kopf; so viele Menschen hatte sie noch nie gesehen. Auf dem Pferdemarkt herrschte großes Gedränge. Es wurden nicht nur Pferde, sondern Vieh aller Art gehandelt: Kälber, Schweine, Schafe, Ziegen, Gänse, Hühner, Enten und Tauben befanden sich in Pferchen, Gestellen und Käfigen.

Den Pferden wurde vor dem Kauf ins Maul und unter den Schwanz geschaut. Alle Händler schrien lautstark durcheinander und priesen ihre Waren an. Die Käufer bedachten sich lange, gingen hierhin und dorthin, feilschten um die günstigsten Preise.

Kam dann der Handel zustande, wurde er durch einen kräftigen Handschlag besiegelt. Ein unbeteiligter Dritter mußte die zusammengeschlossenen Hände mit einem Schlag wieder trennen – der Handel war perfekt. Der Kauf wurde sodann mit einem kräftigen Schluck aus der mitgebrachten Buddel begossen.

Als Sievert seinen – wie er sagte – prächtigen Handel abgeschlossen hatte, führte er Tine zum hinteren Teil des Marktes, auf dem Stände mit Süßigkeiten aufgebaut waren sowie Schießbuden und eine Schiffsschaukel und wo Gaukler versuchten, den Händlern ihre schwer verdienten Taler wieder aus den Taschen zu ziehen.

Der Großbauer wollte mit Tine in die Schiffsschaukel steigen, aber davor fürchtete sich Tine. So kaufte er ihr ein großes Lebkuchenherz mit der Aufschrift: »Ick bün dien.« Tine wollte es sich nicht umhängen lassen. Und essen würde sie es auch nicht: »Dat schall Guste hebben, Buur.«

Dann besichtigten die beiden den Schleswiger Dom. Tine wurde in der riesigen Halle ganz beklommen zu Mute. Sie konnte sich gut vorstellen, daß der Herrgott in diesem herrlichen Kirchenbau lieber wohnen mochte als in der kleinen Kotzenbüller Dorfkirche.

Nachdem Tine ein Faß Buchweizen, ein Kalbfell, Wolle und Wachs sowie einige Haushaltsgeräte, die sie dringend benötigte, eingekauft hatte, ging die Fahrt mit den neuerworbenen Pferden im Schrittempo zurück. Sie standen früh auf, da die Pferde schon ein paar Stunden vor Fahrtantritt gefüttert werden mußten.

Lange noch sah sich Tine bei der Fahrt aus der Stadt nach dem Dom um. Die beiden zurückliegenden Tage in Schleswig würde sie ihr Lebtag nicht vergessen.

2

In einer der nächsten Nächte hatte Tine nach langer Zeit wieder ein Gesicht: Sie sah den Jungbauern die Ulmenallee zum Hof heraufkommen. Er hielt die Schultern gebeugt, die Hände vor den Augen, er schien zu weinen.

Tine war verstört; sie wußte nun, daß der Jungbauer nach drei Jahren Abwesenheit zurückkehren würde. Sie wurde von großer Unruhe befallen: Sollte sie dem Großbauern die Heimkehr des Sohnes ankündigen?

Sie konnte sich nicht dazu entschließen, schlaflos wälzte sie sich auf ihrem harten Lager hin und her. Aber die Wochen vergingen, ohne daß etwas geschah.

Eines Tages riß sie das wütende Schreien des zweitgeborenen Sohnes Johannes aus ihrer Arbeit: »Keen Schritt op den Hoff! Hest hier nix to söken! Hau af, ick laat de Hunnen loos!«

Mit großen Schritten kam der Großbauer dazu. Bösen Blikkes maß er die heruntergekommene, zerlumpte Gestalt seines Sohnes. »Frömme hebben hier nix verlaarn, maak, dat du wegkummst! Goh dorhen, wo de Peper waßt«, sagte er kalt, band den Hund los und hetzte ihn auf Sievert.

Sievert lief um sein Leben. Schweißnaß kam er im Dorf an. Er ging ins Gasthaus und betrank sich, obwohl er keinen Groschen mehr in der Tasche hatte.

Tine teilte eilig das Mittagsmahl aus, nahm ihr Umschlagtuch und machte sich auf den Weg, um Sievert zu suchen. Er saß ganz allein im Schankraum, die Ellenbogen auf den Holztisch gestützt, seinen Kopf in den Händen, und er weinte bitterlich.

Tine trat hinter ihn, legte ihm die Hände auf die Schultern: »Sievert, mien lütt Jung.«

»Tine, ach Tine, dat du kamen büst! Wat schall ick bloots don? Ich bün an't Enn, an't Enn.«

Wieder schoß ihm das Wasser in die Augen. Behutsam wischte Tine ihm die Tränen ab: »Dat gifft jümmers en Weg, dor mutt en bloots na söken«, redete sie beruhigend auf ihn ein.

Sievert ergriff dankbar ihre Hände. Ihm war, als hätte sie ihn in letzter Minute aus einem Strudel gezogen, gerade als die Fluten über seinem Kopf zusammenschlugen: »Help mi, help mi, Tine! Ick weet nich in, nich ut. Laat mi nich alleen, ick bün an't Enn«, schluchzte er.

Als er sich durch Tines Streicheln und ihre tröstenden Worte endlich gefaßt hatte, erzählte sie von ihrem Plan, auf den sie inzwischen gekommen war: Sie würden heiraten, und sie würde für ihn sorgen und die Hand über ihn halten, wie sie es immer schon getan hatte.

Manchen Jahreslohn und den jährlichen Weihnachtstaler hatte sie gespart und unter ihrer Matratze verwahrt. Das würde reichen für eine bescheidene Bleibe. Sie hatte schon eine leerstehende Kate in Kotzenbüll im Auge, die seit langem zum Verkauf stand. Sie war zwar heruntergekommen und nicht viel wert, aber Sievert würde alles herrichten können.

Sofort war Sievert wieder guter Dinge und zu allem bereit. »Avers en Beding, Sievert, is dor noch bi«, sagte Tine, »wenn du mi nimmst, muttst du ok lütt Guste, uns Dochter, mit in't Huus nehmen, denn is allens wedder in Recht un in Loot.«

Er hörte gar nicht mehr zu. »Laat uns dat Huus ankieken un dat Opgeboot bestellen.«

Vierzehn Tage später waren sie Mann und Frau. Aus Sievert von Hanken wurde Sievert Hank. In der Folgezeit unterschieden die Dörfler die Familie des »Kleinen Hank« und die Familie des »Großen von Hanken«.

Der Großbauer, maßlos enttäuscht und verbittert, daß Tine den Sohn vorgezogen und ihn so übereilt verlassen hatte, gab seinen Hof noch im selben Jahr an seinen Zweitgeborenen mit der Auflage, sich eine möglichst wohlhabende Bäuerin zu suchen.

Die neue Großbäuerin, die bald gefunden war und auf dem Uhlenhof einzog, legte wenig Hand an, kommandierte das Gesinde und ihren Mann herum, der sich ihr gegenüber nicht durchsetzen konnte. Sie stellte hohe Ansprüche; es wurde mehr ausgegeben als eingenommen. So mußten in den nächsten Jahren immer wieder Ländereien veräußert werden. Das Gesinde wechselte in rascher Folge, es fühlte sich an diesem unfriedlichen Arbeitsort nicht wohl. Auch der ersehnte Erbe ließ auf sich warten. Der alte Großbauer sah es mit Verbitterung und zog sich ganz zurück. So ging es mit dem Uhlenhof langsam und stetig bergab.

Als Tine und Sievert Hank ihre kleine Kate zum ersten Mal betraten, sahen sie, daß sie noch baufälliger war, als Tine sie in Erinnerung hatte. Das Strohdach wies Löcher auf, die Fensterscheiben waren zerbrochen. Es stank, Unrat lag in allen Ecken, aufgescheuchte Ratten huschten zur Tür hinaus. Sievert verjagte sie und sah sich den Stall hinterm Haus an. Tine kehrte den gröbsten Schmutz aus, so daß der erste, schlimme Eindruck bald vergessen war.

Dann setzten sich die beiden erst einmal auf eine wackelige Bank vors Haus. Tine strich Sievert über die Hand und bat ihn, ihr von Amerika zu erzählen.

Das ließ er sich nicht zweimal sagen. Und beim Erzählen war er sofort in seinem Element: »De Överfohrt, Tine, dat weer di villicht en Stück, dat warr ick nie nich vergeten, teihn Weken op See. Bulgen hoch as Hüüs. Un Brekers wuschen över Deck.«

»Hett dat Schipp nich dull schuckelt«, schauderte Tine, die an die Schiffsschaukel in Schleswig dachte.

»Maakt mi nix ut«, prahlte er.

Dabei war Sievert mehr tot als lebendig nach der langen Seekrankheit in Amerika an Land gegangen, das Schiff stank nach Erbrochenem, die sanitären Zustände auf dem Zwischendeck waren katastrophal gewesen.

Dem jungen Sievert ging es dabei noch gut, er hatte das Geld vom Vater und konnte sich einen Kabinenplatz leisten. Für die ärmeren Passagiere unter Deck des hoffnungslos überladenen Schiffes war es eine entsetzliche Überfahrt gewesen: Es gab nur schlechte, einseitige Verpflegung. Unter Deck herrschte beängstigende Enge. Einer lag am anderen in stickiger Luft. Unter- und Zwischendeck waren abgeriegelt und bewacht, damit die Passagiere des Oberdecks nichts von den unhaltbaren Zuständen im Bauch des Dreimastschoners erfuhren.

Sie alle hatten sich viel vom gelobten Amerika versprochen. Sie hofften, dort ihr Glück zu machen. Da die meisten ihre Angehörigen nicht allein zurücklassen wollten, waren viele Familien mit Säuglingen und alten Leuten an Bord, von denen einige die Überfahrt nicht überlebten. Sie wurden über Bord geworfen oder in Amerika als erste in verschnürten Leinenbündeln an Land gehievt. Jeder auf dem Schiff und am Kai wußte um den Inhalt dieser Bündel.

Der Kapitän hatte nur die nötigste Mannschaft angeheuert. Er wußte, daß sich auf der langen Überfahrt reichlich Männer finden würden, die schwere Arbeit auf See für geringen Lohn übernahmen, um damit ihren Familien das kärgliche Brot zu sichern.

Sievert, der noch die Taler in der Tasche spürte, leistete sich gutes Essen und vergnügte sich beim Kartenspiel, zu dem sich stets ein paar Gleichgesinnte zusammenfanden.

Sievert war ein guter Erzähler. Er verstand es meisterhaft, Unangenehmes zu verschweigen und seine Erlebnisse auszuschmücken. Tine hörte gespannt seinen Bericht, den er mit großen Gesten unterstrich. Sie konnte nicht genug hören von diesem riesigen Land Amerika, das Tine womöglich noch größer und verlockender vorkam, als es in Sieverts Erzählung ohnehin schon erschien.

Dabei hatte Sievert – von Heimweh geplagt – schnell die Erfahrung gemacht, daß das Geld in Amerika nicht auf der Straße lag. Nur Einwanderer mit einem soliden Handwerksberuf waren gefragt. Die anderen mußten jegliche Arbeit annehmen, wollten sie überhaupt überleben: Schuhe putzen, Teller abwaschen, im Schlachthof Tiere ausweiden, Gebäude reinigen oder Zeitungen austragen.

In Amerika angekommen, rann Sievert das letzte Geld schnell durch die Hände, da er keine niedrigen Arbeiten annahm, für anderes aber – ohne Sprachkenntnisse und ohne Zeugnisse – nicht in Frage kam. Erst als alles Geld ausgegeben war, fand er sich zähneknirschend zum Arbeiten bereit, verfluchte den Vater und den Bruder, die ihm dies – so empfand er es – angetan hatten.

So hatte sich Sievert Amerika nicht vorgestellt. Da er einzig von der Viehzucht und -haltung etwas verstand, riet man ihm, nach Kansas in den Westen zu trampen, um auf einer Ranch Arbeit als Cowboy zu suchen.

Nach entbehrungsreichen, schweren Wochen erreichte er schließlich Kansas City über Philadelphia, Baltimore, Cincinnatti. Er war beeindruckt, fühlte sich aber hilflos in den großen, geschäftigen Städten. Das pulsierende Leben, die vielen Fahrzeuge, die neuartigen Maschinen, die den Menschen die Arbeit abnahmen, verwirrten ihn.

So war er froh, ins Landesinnere zu kommen, wo auf den Ranches tatsächlich Arbeitskräfte gesucht wurden. Er bekam sofort Arbeit und hauste mit derben Männern zusammen, die er mit seiner Prahlerei überhaupt nicht beeindrukken konnte. Er blieb ein Fremdling und bekam die unangenehmste Arbeit, meistens die Nachtwachen bei der Herde.

Es war sehr anstrengend für die Männer, riesige angekaufte Viehherden über die ungeheuren Weiten der Prärie nach Kansas City oder auch zu den Bahnstationen zu treiben, von denen aus die Rinder mit Zügen in die Schlachthäuser nach Boston transportiert wurden. Dagegen war ein Treck von Jütland nach Eiderstedt ein reines Kinderspiel gewesen. Von Romantik mit Abenteuern und schönen Stunden am Lagerfeuer sah Sievert nichts. Die übermüdeten Männer schliefen fast auf der Stelle ein, sobald sie sich nach dem langen Tagesritt ausstrecken konnten.

Für Sievert, der am Tage im Sattel schlafen mußte, begann die Arbeit, wenn sich die anderen Männer zur Ruhe legten. Er mußte die zusammengetriebene Herde bewachen und dauernd umrunden. Immer wieder versuchten Banden, Vieh zu stehlen. Auch Diebstähle durch die eigenen Leute kamen in den Nachtstunden vor, und für alles wurde er zur Rechenschaft gezogen. Täglich machte Sievert neue Erfahrungen. Im Gegensatz zu Eiderstedt wurde das Vieh hier nicht schonend und langsam getrieben, hier kam es auf Schnelligkeit an: Zeit war Geld.

So war der Treck nicht nur für das Vieh eine Strapaze, sondern auch für die Treiber. Die Verpflegung allerdings war gut. Morgens wurden Eier über offenem Feuer in der Pfanne gebraten, dazu saftiges Fleisch, das sie in Fülle von notgeschlachteten Tieren hatten. Sievert aber sehnte sich oft nach der warmen Morgengrütze mit Milch zurück, die er zu Hause immer bekommen hatte.

Ganz besonders entbehrten die Männer die Frauen. So gaben sie ihre schwer verdienten Dollars in Topeka in den Freudenhäusern und in den Saloons wieder aus, für kurze Vergnügungen und viel Alkohol. Regelmäßig kam es zu Schlägereien, es folgte die Ausnüchterung in der Polizeizelle.

Auf der Bank vor der Kate entwarf Sievert ein anderes Bild und zählte seine Erfolge her: An der Börse hätte er sein Geld verdoppelt, sich beinahe ein Haus gebaut und ein Reitpferd gehalten, auf glanzvollen Festen wäre er gewesen und viel im Lande herumgekommen. Amerika würde er nun kennen wie seine Westentasche. Zuletzt hätte er sich fast eine Ranch in Kansas gekauft, im Westen in der ansteigenden Prärie, nahe der herrlichen Stadt Topeka.

Er verschwieg, daß er diese Stadt häufig nur durch die Gitterstäbe des Gefängnisses gesehen hatte, in dem er wegen verschiedener Alkoholdelikte und Schlägereien um billige Frauenzimmer eingesessen hatte.

Wer drei Vorstrafen hatte, wurde nicht eingebürgert und

bekam kein neues Visum. Anschließend wurde er vom Friedensrichter des Landes verwiesen. Das war auch Sieverts Schicksal. So war seine Amerikazeit bald abgelaufen. Ohne Bedauern, aber auch ohne einen Dollar in der Tasche, schiffte er sich auf einem Frachtsegler nach Bremerhaven ein. Der Kapitän heuerte ihn unter der Bedingung an, daß er seine Passage abarbeitete.

Krank und abgemagert erreichte er Deutschland. Doch auch dafür, daß er abgerissen und ohne Geld daheim ankam, hatte er sich eine Geschichte zurechtgelegt. Üble Kerle hätten ihm aufgelauert und alles Geld abgenommen. Er war ihnen nur mit Mühe und Not entkommen. Konnte gerade mal das nackte Leben retten.

Sievert hatte nicht damit gerechnet, daß man daheim den Hund auf ihn hetzen und er zum Erzählen seines Schicksals gar keine Gelegenheit haben würde. Doch jetzt hatte er ja wenigstens Tine, die ihn glücklich anschaute und ihm alle seine Geschichten, seine Lügen und Prahlereien abnahm. Mit ihr würde er einen Neuanfang schaffen. Tine war tüchtig. Schadenfroh dachte er an Vater und Bruder, denen jetzt ihre beste Arbeitskraft fehlen würde.

Tine war voll Mitleid und Liebe für ihn. Sie war glücklich, daß Sievert sie – eine Magd – zur Frau nehmen wollte. Er war ein Herr und würde sicher noch Großes im Leben erreichen. Sie dankte Gott und wollte es Sievert vergelten, mit all ihrer Kraft und Liebe, der sie fähig war.

Die Zeit, die Tine bis zu ihrer Hochzeit noch auf dem Uhlenhof verblieb, nutzte sie, um das ganze Anwesen ein letztesmal vom Keller bis zum Dachboden zu säubern, daß es nur so blitzte. Sie wollte sich nichts nachsagen lassen.

Gern hätte sie sich im guten vom Großbauern getrennt,

aber der ging ihr mit versteinertem Gesicht aus dem Wege. Es war Juni, und er hatte ihr genau den halben Jahreslohn auf den Tisch gezählt. Sie könne gehen, sobald sie wollte, ließ er ihr sagen. Er zwang sie nicht, die Zeit bis zum üblichen Gesindewechsel im November abzuwarten, obwohl noch keine Vertretung für sie gefunden war.

Bei der Arbeit überschlug Tine immer wieder ihre Ersparnisse. Sie konnte nun wohl nicht mehr – wie die anderen Mägde zuvor – auf eine Hochzeitsgabe des Bauern hoffen, die sie so bitter nötig gebraucht hätten. Die Kate war zwar bezahlt, und das Geld für Reet zum Dachdecken hatte sie Sievert schon gegeben, damit er es kaufte. Aber es fehlte an Hausrat, Wäsche, Betten. Dafür blieb kaum etwas übrig.

Sie würden es schon schaffen, dessen war sie sich sicher. War niemand im Haus, dann summte sie frohgemut vor sich hin. Sie war im Dorf bei verschiedenen Höfen vorstellig geworden und hatte um Arbeit nachgefragt. Schon auf dem ersten Hof konnte sie als Kleinmagd anfangen, wenn auch für sehr geringen Lohn. Andere Höfe brauchten sie am großen Waschtag, zum Schlachten im Herbst hatte sie ebenfalls Zusagen bekommen. Wenn auch Sievert sich um Arbeit bemühen würde, müßte es gehen.

Nach Arbeitsschluß eilte sie nach Kotzenbüll zu ihrer Kate. Sie war beseelt von der Vorstellung, zu ihrem eigenen Heim zu gehen, und sie sah ihren Mann vor sich, der gewiß den ganzen Tag am Dach gearbeitet hatte, um rechtzeitig fertig zu werden. Es war ein heißer Tag, er würde durstig sein. Tine hatte einen Krug mit Most gekauft, der ihr auf der langen Wegstrecke immer schwerer wurde.

Als sie ihr Häuschen sah, blieb sie wie angewurzelt stehen: Kein Sievert war zu sehen, mit der Arbeit hatte er überhaupt noch nicht begonnen. Sie wußte sofort, wo sie ihn finden würde. Und richtig: Sievert saß im Dorfkrug, war stark angetrunken, und vom Geld für das Reet war das meiste verpraßt.

Tine konnte sich nicht beherrschen: »Du Suupbüdel, schaamst di nich, uns Geld so to verballern?«

Sievert guckte sie mit glasigen Augen an und reagierte böse: »So büst du also, gönnst dienen Mann nich dat lüttste Vergnögen. Aber wahr di, noch heff ick bi uns de Büxen an, wat Kröger?«

Der Wirt nahm schuldbewußt sein Kinn auf die Brust und hielt sich wohlweislich heraus.

»Reken mi dat mal vör, so veel kann he doch hüüt noch nich utsopen hebben«, wandte sich Tine nun wütend an den Wirt.

»Ne, hüüt nich. Avers vun güstern un vörgüstern hett he noch Schulden hatt.«

»Maark di, Kröger, in Tokunft schenkst em nix mehr ut, ans kriggst dat mit mi to doon.«

Sie zog ihren torkelnden Mann auf die Beine und brachte ihn heim in die Kate, wo er – auf einem Sack zusammengerollt – seinen Rausch ausschlief.

Tine schämte sich maßlos für ihn. So etwas durfte nicht wieder passieren. Sie hatte ja selbst schuld, wenn sie ihm so viel Geld aushändigte. Er konnte nicht damit umgehen, aber er würde es lernen müssen.

Sie ging nun selbst zum Reetbauern, bestellte das Rohr und bezahlte es gleich, nachdem sie lange hin- und hergerechnet hatte. Sievert brauchte es jetzt nur noch abzuholen.

Am nächsten Morgen wanderte sie wieder in aller Frühe

vom Uhlenhof nach Kotzenbüll, um nach Sievert zu sehen und um ihm zu sagen, daß er das Reet holen konnte. Die Hochzeit rückte immer näher, und sie wollte nicht, daß es in ihr Hochzeitsbett hineinregnete.

Sievert mußte erst wachgerüttelt werden, auch der Mostkrug war geleert. Er sah Tine schuldbewußt an: »Dat weer so hitt güstern, egentlich wull ick bloots en lütten Sluck hebben, Deern, ick weet würklich nich, wo dat passeert is.«

»Weer dor keen Woter in'n Soot?«, fragte Tine spöttisch. »Avers wi hebbt doch noch Geld, or?«

Kleinlaut kam er auf die Beine und wollte Tine an sich ziehen.

»Du stinkst«, sagte sie angewidert und drehte sich um. »Kannst dat Reet halen, is betahlt, kannst anfangen.«

Sie ging. Als sie abends nach ihm sah, war viel weniger getan, als sie gedacht hatte. Er hatte sich eine lange Mittagspause gegönnt. So stieg Tine mit aufs Dach, damit es voranging. Die Nächte waren hell, und sie arbeiteten beide bis nach Mitternacht.

Tine war am Rand der Erschöpfung, als sie im Morgengrauen zum Uhlenhof zurückwanderte. Sie schlief fast im Gehen ein, so müde war sie. Dort angekommen, erwartete sie ein anstrengender Arbeitstag, während sich Sievert auf seinen Strohsack legte und bis Mittag schlief. Das ging so mehrere Tage. Tine atmete auf, als das Dach endlich gedeckt war.

»Hüüt günnt wi uns Roh, Sievert, hüüt besöökt wi Guste, dormit du dien Döchting kennenlihrst, un bald haalt wi ehr dor af«, sagte Tine glücklich. Ach ja, das Kind, er hatte es völlig vergessen.

Sie mußten sich bücken, um in die dunkle, stinkende Kate

des Reisigbinders eintreten zu können. Sievert hielt sich angewidert die Nase zu. Die Familie war um den Tisch herum versammelt. Auf dem einzigen Stuhl saß der Vater, die anderen standen. Sie aßen aus einem großen Topf Pellkartoffeln mitsamt der Schale.

»Wo is Guste«, rief Tine laut. Das Mädchen saß unter dem Tisch wie ein Hund, verschreckt und verschmiert vom Weinen. Man hatte ihr eine Kartoffel vor die Füße geworfen.

Tine zog sie liebevoll hervor: »Mudder is dor, kumm her, lütt Söte.« Tine schob Sievert das widerstrebende Kind zu. Sievert war wie versteinert. Angewidert starrte er auf das häßliche, unförmige Kind. »Bliev mi vun'n Liev mit den Popanz«, herrschte er sie an, drehte sich um und ging hinaus.

Tine lief ihm nach, sie weinte den ganzen Rückweg über still vor sich hin. Sievert ging unbeteiligt neben ihr her. Ihr wurde mit Erschrecken klar, daß er seinem Kind niemals Liebe entgegenbringen würde. Was sollte bloß werden? Sie hatte sich so große Hoffnungen auf ein geordnetes Familienleben gemacht. Auf dem Rückweg nach Hause begrub sie alle ihre Träume.

Tine und Sievert mußten zwei Trauzeugen beibringen. Das brachte sie in Schwierigkeiten, denn Tine hatte keine Eltern mehr und – da sie schon seit ihrem elften Lebensjahr auf dem Uhlenhoff diente – auch keinen Kontakt zu den Geschwistern. Auch Sievert wußte niemanden, der diese Aufgabe übernehmen würde. Schließlich erklärten sich der Kröger und seine Frau dazu bereit, Tine mußte dafür bei ihnen das Hochzeitsessen für alle vier bestellen.

Nach der Trauung saßen sie zusammen und verzehrten im Wirtshaus ein bescheidenes Mahl, zu mehr hatte es nicht gelangt. Tine dachte während der gedrückten Stimmung beim Essen an die Hochzeitsfeiern, die der Großbauer stets für sein Gesinde ausgerichtet hatte: Sievert von Hanken hatte die Braut dem Bräutigam am Altar zugeführt und dem Paar Glück gewünscht. In der Scheune stand anschließend eine festlich gedeckte Tafel, danach gab es Musik und Tanz bis in die Nacht.

Auch einmal so zu heiraten, davon hatte Tine geträumt. Doch am meisten vermißte sie den Segen der Kirche vor der Gemeinde. Sievert, der »dem da oben« grollte, hatte nur die Eintragung der Heirat ins Kirchenbuch vornehmen lassen.

»Dien Gott dor boben harr lewers dorför sorgen schullt, dat ick den Hoff krieg, as mi dat tosteiht«, hatte er zu Tine gesagt.

Tine nahm sich zusammen und ließ sich ihre Unzufriedenheit nicht anmerken. Sie würde auch ohne Segen und große Zeremonie dafür sorgen, daß ihre Familie ein rechtschaffenes Leben führte. Sievert war strahlender Laune. Er spazierte mit seiner jungen Frau durch das Dorf, sah sich selbstbewußt um. Tine ahnte hinter den Fenstern neugierige Zuschauer und schaute nicht auf.

Die Ehe begann unter kärglichen Bedingungen. Sie hatten nur den allernötigsten Hausrat anschaffen können. Es gab kein Bett, sie schliefen in einer Ecke auf einer Strohschütte. Wenn etwas Geld erspart war, wurde sogleich davon beim Tischler preiswertes Holz erstanden. Sievert arbeitete daraus Möbel. Tine bezahlte alles selber, das Geld gab sie nicht mehr aus der Hand.

Tine war sofort nach der Hochzeit schwanger geworden, worüber sie gar nicht glücklich war. Doch Sievert lachte nur und meinte: »Kinner sünd dat beste Kaptaal, se mööt för ehr olen Öllern sorgen.«

Er klopfte auf ihren runden Leib: »Avers paß op, dat dor nich noch so en Popanz ruutkümmt.«

Tine biß sich auf die Lippen. Guste war noch beim Reisigbinder, ihr Mann zögerte das Heimholen immer wieder hinaus: »Eerst, wenn wi mit allens fardig sünd, se steiht mi in'n Weg.«

Tines erster Sohn kam rasch und ohne Komplikationen zur Welt. Er wurde Walter genannt. Er war klein und gedrungen, und er sah Tine ähnlich. Sievert hatte kaum einen Blick für seinen Sohn. Da er sich immer noch nicht um Arbeit bemühte, konnte das Kostgeld für Guste nicht mehr gezahlt werden, und sie mußten sie nun doch zu sich holen. Sievert sollte auf sie achtgeben, wenn Tine mit Walter, den sie stillte, auf Arbeit war.

Ging sie morgens aus dem Haus, klammerte sich Guste an die Mutter. Sie hatte panische Angst vor ihrem Vater, der sie nicht um sich haben wollte, sie fortschob und in die Ecke schubste. Als Tine eines Abends müde nach Hause kam, fand sie Guste an das Tischbein gebunden vor. Sievert war auf und davon. Er saß im Krug und war betrunken. Auf Tines Vorhaltungen lallte er: »Ick warr krank, wenn ick ehr üm mi heff.« Also mußte die arme Guste wieder zum Reisigbinder zurückgebracht werden.

Die nächsten Kinder von Tine und Sievert kamen Jahr auf Jahr: Zunächst wurde ihnen wieder ein Mädchen geboren. Es bekam den Namen Maria, wurde Mide genannt. Im Jahr darauf wurde Mette geboren, danach wieder ein Sohn. Er bekam den Namen Johannes, wurde aber Hannes gerufen. Die Kinder waren gesund und gediehen – trotz aller Not im Hause – gut.

Sievert hatte endlich Arbeit als Viehaufkäufer gefunden, eine Arbeit, die ihm gefiel, da er viel unterwegs sein konnte, bei den Bauern gutes Essen vorgesetzt bekam und der Kauf jeweils mit Schnaps begossen wurde.

Der Wiederverkauf brachte viel ein, Sievert verstand jetzt zu handeln. Da er über Vieh gut Bescheid wußte und mit seinen Amerika-Erfahrungen prahlen konnte, waren die Käufer auch meistens zufrieden.

An den Lohntagen mußte sich Tine beeilen, um das eingenommene Geld vor dem Wirtshaus zu retten, da ihr Mann – sobald er mit dem Geld in der Tasche klimpern konnte – alle spendabel einlud. Sie haßte diese Gänge in die rauchige Wirtsstube, wo die betrunkenen Männer versuchten, sie zu betatschen und auf den Schoß zu ziehen.

Tine und ihre Kinder lebten für sich. Der Vater, wenn er wirklich über Tag mal nach Hause kam, wollte nicht gestört werden, verlangte gutes Essen und wollte dann mit seiner Frau ins Bett.

»Vadder kümmt«, bedeutete für die Kinder, sofort zu verschwinden und sich erst wieder sehen zu lassen, wenn er fort war. Um die Kinder kümmerte er sich nicht, wußte kaum ihre Namen. Besonders haßte er Guste, die Püffe und Schläge bekam, wenn ihre Geschwister sie nicht rechtzeitig vor ihm in Sicherheit brachten.

Tine hatte ihre Kinder gut erzogen, sie waren höflich und früh an die Arbeit gewöhnt. Sie sollten einmal gute Dienstboten sein, die ihr keine Schande machen würden. Jedes Kind bekam seine Arbeit zugeteilt. Die Kate, die so blitzblank war wie früher der Uhlenhof, wurde unter den strengen Augen der Mutter von Mide saubergehalten.

Die Jungen holten feinen Strandsand von der Treene, der – am Ofen getrocknet – auf die Fußböden ausgestreut wurde. Sie mußten Wasser von der Hofpumpe, Holz für das

Herdfeuer holen und dafür sorgen, daß es niemals ausging.

Die Kleinen schafften für die Kaninchen Grünfutter von den Wegrändern herbei. Schließlich paßten alle Kinder reihum auf ihre große Schwester Guste auf. Das war die schwierigste Aufgabe, die ihnen die Mutter zuteilte, denn das nun zwölfjährige Mädchen war unruhig und oft bösartig, es kratzte und biß um sich. Die Erlebnisse aus ihrer frühen Kindheit hatten Spuren hinterlassen. Ewig war Guste hungrig. Wenn man nicht ständig auf sie achtgab, ging sie an alle Vorräte.

Immer noch nahm sie den ersten Platz in Tines Herzen ein. Sie steckte ihr zusätzliches Essen zu, so daß Guste unförmig dick und viel stärker als ihre jüngeren Geschwister wurde. Und doch wurde sie von allen Kindern liebevoll behandelt. Die Mutter hatte es sie so gelehrt.

»Se is uns Gottsgaav«, sagte Tine oft. Und was die Mutter sagte, war für die Kinder gültig, wurde nicht angezweifelt. Tine war ihren Kindern eine liebevolle und gerechte Mutter.

Sonntags ging sie mit ihren Kindern in die Kirche, und alle freuten sich darauf. Nur Sievert ging nicht mit.

Tine setzte sich in der Kirche in die letzte Bank, sie nahm Guste auf den Schoß, damit sie ruhig blieb. Sie selber war unter dem schweren Kind kaum mehr zu sehen. In den letzten Jahren war sie von der schweren Arbeit, den Entbehrungen, den Geburten und dem anschließenden Stillen der Kinder immer schmaler und kleiner geworden, ihr Körper konnte sich nicht erholen.

Tine sah während des Gottesdienstes oft zu ihren beiden Buben hinüber, die bei den Männern saßen und andächtig lauschten. Als der Pastor predigte: »Was Gott tut, das ist wohlgetan«, flüsterte der achtjährige Walter seinem Bruder Johannes zu: »So as uns Mudder.«

Vor dem Vater fürchtete sich Walter, genau wie seine Geschwister. Ging man ihm nicht schnell genug aus dem Weg, wurde geschimpft: »Mal wedder Muulapen wiesen? Hest nix to doon?« Der Vater brummte ihnen zusätzliche, oft unnütze Arbeiten auf. Walter beneidete die anderen Kinder, die Hand in Hand mit ihrem Vater die Kirche verließen.

Wenn sie sechs Jahre alt waren, verdingte Tine ihre Kinder auf den umliegenden Gehöften als Hütekinder. Nur jeden zweiten Tag durften sie umschichtig die Tönninger Schule besuchen. Während schneereicher Winter war der lange, beschwerliche Schulweg ohnehin nur mit viel Mühe zu schaffen.

Tine hielt es für wichtiger, daß ihre Kinder im späteren Leben mit der Arbeit als Knechte und Mägde vertraut waren und tüchtig zupacken konnten, als daß sie mit vielem unnötigen Wissen vollgestopft würden. Abends betete sie mit jedem Kind lange: »Wenn ji wat up't Hart hebbt, köönt ji dat nu Gott un ju Mudder seggen«, meinte sie und strich den Kindern über ihre Blondschöpfe.

Sie war sich nicht bewußt, daß sie in diesen trauten Stunden so manches auffing, was die Kinder quälte. Sie erzog sie mit liebevoller Strenge zu Ehrlichkeit, Fleiß und Gerechtigkeit.

Es kam jetzt öfter mal vor, daß Sievert nachts nicht zu Hause war. Tine war traurig darüber. Sie wußte, daß er zu anderen Frauen ging. Erst neulich hatte er ihre magere Gestalt gemustert: »Du hest fröher beter utsehn, Tine, büst mager as en Tuunpahl. Müßt mihr eten.«

Tine arbeitete als Kleinmagd von morgens fünf bis abends fünf. Sie brachte zwar oft Essen und Speisereste für sich und die Kinder mit, doch sie aß das wenigste. Wovon sollte sie also Fett ansetzen können?

Sievert, der meist im Gasthof aß, hatte gut reden. Er war

stattlich, wohlgenährt und hatte bei anderen Frauen leichtes Spiel. Er zeigte sich bei ihnen stets lustig und gutgelaunt. Sein anderes, mürrisches Gesicht, das bewahrte er für Frau und Kinder auf. Tine wußte, daß er seine Familie als Klotz am Bein empfand, dennoch hielt sie vor den Kindern zu ihm: »Uns Vadder is en Herr, en gebild't Mann, em mutt en veel nasehn.«

Sie war froh, daß – außer Guste – die Kinder etwas von ihrer Art geerbt hatten. Sie sahen sich alle ähnlich, nur waren sie eben unterschiedlich groß. Im Dorf hieß es: »Hest du maal en Hank sehn, kennst se all.« Sie waren alle sauber, bescheiden und gehorsam.

Tine wußte, ihre Kinder würden ihr keine Schande machen. Sorgen bereitete ihr nur Guste. Was würde sein, wenn sie sich nicht mehr um sie kümmern könnte? Auf Sievert konnte sie nicht zählen, das hatte sie lange schon begriffen, und es schmerzte sie sehr.

Tines Ehe war nicht das geworden, was sie sich davon versprochen hatte. Sie allein trug die Lasten, ob es nun die Erziehung der Kinder, die Ernährung der Familie oder andere Pflichten waren. Sievert kümmerte sich um nichts, immer weniger trug er zum Unterhalt der Familie bei.

Tine war müde und ausgelaugt. Sie sehnte sich danach, mal ihren Kopf an seine Schulter lehnen zu können. Aber jetzt blieb er mitunter ganze Tage und Nächte von daheim fort. War er jedoch mal nachts zu Hause, mußte sie ihm zu Willen sein, schier unersättlich war sein Verlangen.

Ihre Angst, wieder schwanger zu werden, war groß. Die Wehmutter hatte sie nach der letzten Geburt gewarnt, eine erneute Schwangerschaft und Geburt würde lebensbedrohlich sein. Trotzdem wies sie ihn nicht ab, denn sie fürchtete, daß er dann gar nicht mehr zur Familie nach Hause käme.

Als Tine ein »Gesicht« hatte und sah, daß Sievert einen kleinen Sarg trug, wußte sie, daß sie wieder in anderen Umständen war. »Ach, Sievert, mien Jung, wat schall dat noch warrn«, wollte sie von ihm wissen.

Sievert tat schuldbewußt: »Ick heff dat nich wullt, Tine, avers ick heff di doch so dull leev.«

Im Dorf sagte man: »De Hank bruukt bloots sien Büx an'n Bettstänner hangen, un wedder hebbt wi enen lütten Hank.«

Der Winter wurde extrem hart, schon im November war es eisig kalt geworden. Die Eider und alle anderen Flüsse waren durch starke Stürme über die Ufer getreten und hatten die Wiesen in weitem Umkreis überschwemmt. Im Januar fühlte sich Tine elend wie nie zuvor in ihrem Zustand – sie war hochschwanger.

Die Wehmutter schüttelte bedenklich den Kopf: »Dat wart en bannigen Baas, dat Kind. Segg to Tiet Bescheed, Tine.«

»Ick heff noch Tiet, na mien Reken kümmt dat Anfang Februar«, sagte Tine müde.

Als der Schnee einsetzte, kam aus Nordost der Wind dazu, der sich zum Sturm steigerte und den Schnee vor sich her trieb, so daß man bald nichts mehr von der Landschaft sehen konnte.

Große Wehen bildeten sich auf den Feldern um die Schneezäune, die man im Herbst aufgestellt hatte, um die Zufahrtswege freizuhalten. Es schneite Tag und Nacht, bald waren auch die Schneezäune nicht mehr zu erkennen. Walter und Hannes versuchten, die Haustür der Kate freizuhalten, aber der eisige Sturm machte ihre Arbeit zunichte und trieb sie bald wieder hinein.

Im Haus blieb es dunkel. Der Schnee reichte über die Fenster bis hinauf an die Dachrinne. Tine hatte genug Holz und Wasser hereinschaffen lassen, und auch die Vorräte würden eine Zeit lang reichen. Es war ja nicht der erste harte Winter in Nordfriesland, den sie durchstehen mußten.

Sorgen machte ihr, daß sie nicht wußte, wo sich Sievert aufhielt. Er war seit einer Woche nicht mehr zu Hause gewesen. Der Sturm fegte und heulte um die Kate, drückte den Rauch vom Herdfeuer in die Küche zurück. Er trieb Tine und den Mädchen, die um den warmen Herd saßen und fleißig das Spinnrad drehten, die Tränen in die Augen. Die Buben zerkleinerten Holzkloben und machten Späne zum Anfeuern. Sie suchten sich immer eine Beschäftigung, denn Müßiggang gab es bei Tine nicht.

Mide sah die Mutter an und erschrak: »Mudder, wat is di, sühst ut as de Dood.«

Tine hielt sich den schweren Leib und wankte in die Schlafkammer: »Is nix, Deern, sett den Ketel op, dat Lütt will kamen.«

Es wurde eine schwere Geburt. Die Kinder hockten zusammengedrängt wie ein Häuflein Küken auf dem Fußboden und hielten sich die Ohren zu, um nicht die gräßlichen Schreie der Mutter zu hören. Die waren aber noch gar nichts gegen die Töne, die die verängstigte Guste aus sich herausschrie. Sie wollte unbedingt zur Mutter und konnte von den Geschwistern nur mit vereinten Kräften gebändigt werden. Sie banden Guste an den Tisch, sie ließ sich nicht beruhigen.

Mide schaute verängstigt zur Mutter hinein. Die lag da in einer Blutlache und hielt ein kleines, bläuliches Bündel in ihren mageren Armen. Die Nabelschnur hatte sie mit einem Knoten abgebunden. Das Baby atmete nicht.

»Wasch em un legg em in mien Bett to'n Warmen«, hauchte die Wöchnerin schwach.

»Ick haal de Wehmudder, dat duurt nich lang, Mudder«, sagte die verschreckte Mide.

»Hier bliffst, kummst nich dörch bi den depen Snee.« Sie zeigte den Kindern das Neugeborene: »Gott Dank, dat Kind is dar, nu is dat vörbi.«

»De is doot«, sagte Walter, nachdem er das Neugeborene befühlt hatte.

»Is nich wahr«, widersprach Mide, »Mudder will em in ehr Bett hebben.«

Tines Martyrium war noch nicht zu Ende: Es wurde eine Zwillingsgeburt. Nach sechs entsetzlichen Stunden brachte die halb bewußtlose Mutter das zweite Kind zur Welt, eine kräftige, wohlgestaltete Tochter.

Sie lebte und schrie aus voller Lunge. Sie wurde von ihren Geschwistern, in eine Decke gewickelt, ans warme Herdfeuer gelegt. Die Wöchnerin lag ohne Bewußtsein. Sie blutete und wurde immer schwächer.

»Se starvt, se starvt«, weinte Mide.

»Ick söök Vadder, he mutt kamen.« Walter sagte es entschlossen, zog die Klotzen an, band einen Schal um Kopf und Ohren, nahm die Stallaterne und kletterte aus dem Hoffenster. Sofort sank er bis zu den Schultern ein und konnte sich nur mühsam, die Laterne hoch über den Kopf haltend, Meter um Meter vorwärtskämpfen. Vor ihm lag die weiße Einöde, kahl und bleich, kaum ein bekannter Punkt war zu erkennen, der ihm den Weg weisen konnte.

Manche Bäume waren bis zu den Kronen im Schnee versunken. Walter mußte genau schauen, wohin er treten konnte. Es hatte zu schneien aufgehört, war aber kälter geworden. Der scharfe Nordostwind und die schneidende Kälte nahmen ihm fast den Atem. Der Junge konnte kaum die Stalllaterne halten. Er hatte keine Handschuhe, die Finger waren gefühllos. Mit zusammengebissenen Zähnen kämpfte er sich vorwärts: Er mußte sein Ziel – den Dorfkrug – erreichen. Dort vermutete er den Vater.

»Mudder un ick, wi beid mööt starven, wiel de Vadder mal wedder nich dor is, wo he doch helpen kunn«, dachte er verzweifelt, Tränen liefen ihm über die Wangen.

Etwa zehn Meter vor sich erkannte er einen Baum, der noch ein Stück aus dem Schnee ragte. Bis dorthin würde er es noch schaffen. Total erschöpft erreichte er den Baum, hängte die Stallaterne an einen Ast und kauerte sich hin, um etwas auszuruhen. Dann verließ ihn das Bewußtsein.

Sievert war tatsächlich im Krug, er war dort nach dem ersten Schneesturm eingeschneit. Die Zeit war ihm mit den beiden Wirtsleuten aber bei Essen, Schnaps und beim Kartenspiel zunächst nicht lang geworden. Dann hatte er kräftig verloren, sein Geld ging zu Ende, und er merkte, daß der Kröger ihn loswerden wollte.

»Wullt nich na Huus, Sievert, hett uphöört mit schneen?«, fragte der Wirt. »För so'n Keerl as di is dat doch en Klacks mit de Wixböst, so wiet is de Weg doch nich.«

Mit seinem benebelten Kopf schaute Sievert zur Tür hinaus, die der Wirt notdürftig freigehalten hatte. Gut, wenn dieser ihn nicht länger haben wollte, er hatte schließlich auch seinen Stolz. Empört verließ er die Wirtsstube. Er würde schon irgendwie nach Hause kommen.

Er wurde von der Kälte und dem eisigen Wind schlagartig

nüchtern, sah ratlos in die eisige Weite. Er wußte nicht, in welche Richtung er gehen mußte.

»Dat schafft keen Minsch«, überlegte er und wollte lieber umkehren. Doch der Gedanke an die Krögers, die ihm soviel Geld abgenommen hatten und ihn bei diesem Wetter nach Hause schickten, versetzte ihn derartig in Wut, daß er weiter stapfte.

Weit vor sich entdeckte er ein schwaches Licht. »Dat is seker mien Tine, de söcht mi, op de kann ick mi verlaten«, dachte er dankbar. So schnell es die Schneemassen erlaubten, kämpfte er sich bis zu dem Licht vor. Als er es – wie ihm schien – nach unendlich langer Zeit erreichte, wäre er fast auf das Bündel Mensch getreten, das in der Schneewehe kaum zu sehen war. Er zog es hoch und erkannte seinen Ältesten.

Wütend schlug er Walter ins Gesicht und schrie: »Büst mall, Jung, bi dat Weder ruutgahn?«

»Mudder is in de Weken kamen un mööt starven«, flüsterte das Kind und wurde wieder ohnmächtig.

Sievert erschrak zutiefst. So schnell es ging, knöpfte er seine Joppe auf, barg seinen Sohn an der Brust und machte sich mit ihm auf den Weg nach Hause.

Als er endlich die Kate erreicht hatte und erkannte, daß die Tür zugeschneit war, stieg auch er durch das Hinterfenster ein. Er sah seine erschöpften Kinder, die eingeschlafen waren, legte Walter zu ihnen auf die Ofenbank und ging in die Schlafkammer.

Es war totenstill. Die Kerzen waren heruntergebrannt. Tine lag in tiefer Bewußtlosigkeit, an ihrer Seite ein toter Säugling, auf ihr aber lag Guste, zufrieden schnarchend.

Derb trieb der Vater Guste mit Schlägen aus dem Bett, laut

heulend und vor Angst zitternd verkroch sie sich unter dem Tisch. Er versuchte, Ordnung in das Chaos zu bringen, und befahl: »Mide, du muttst Walter mit Snee afrebbeln, denn in Tüüch inwickeln mit en warmen Tegelsteen an de Fööt. Un du, Mette, du bringst dat Lütte, dat doot is, in'n Snee ruut. De annern maakt Füür, wi bruukt hitt Water.«

Er selber ging in die Schlafkammer zurück, schloß die Tür hinter sich, nahm den leichten Körper seiner Frau hoch, die nur ganz schwach atmete, wickelte sie behutsam in die Bettdecke ein und schaukelte sie wie ein Kind, dabei haltlos schluchzend: »Tine, Tine, mien Leevste, verlaat mi nich, wat schall ick denn ahn di doon? Ick bruuk di doch so nödig as dat leve Broot. Vadder in Himmel, bitt di, heff en Insehn, ick bitt di.«

In seiner großen Not begann er, das »Vaterunser« zu beten. Als er eine Pause machte, hörte er, wie seine Kinder in der Küche aus Angst laut mitbeteten.

Sievert richtete das Bett her und wärmte Tine mit seinem Körper. Als sie die Augen aufschlug, flößte er ihr löffelweise stark gesüßten schwarzen Tee ein, streichelte sie leise, versprach hoch und heilig unter Tränen: »Tine, mien leve Tine, dat verspreek ick di, ick röhr di mien Leefdag nich wedder an. Wi bruukt di doch all so nödig.«

Tine lächelte ihn liebevoll an, sie glaubte nicht an sein Wort, doch Sievert hielt es sein Leben lang. Zu tief war er erschrokken gewesen. Es war das einzige seiner vielen Versprechen, das er je hielt.

Das Kind, das seine Mutter und auch den ältesten Bruder fast das Leben gekostet hatte, das unter so dramatischen Umständen das Licht der Welt erblickt hatte und dessen Zwillingsbruder tot zur Welt kam, dieses Kind erhielt den Namen Maria Magdalena und wurde Lene genannt.

3

Maria Magdalena Hank wurde im Winter 1864 geboren, der so kalt war und mit Schneestürmen über das weite Marschland hinwegfegte. Den meisten Dithmarschern waren die sorgsam versteckten und gestreckten Vorräte fast zu Ende gegangen, sie waren am Ende ihrer Kraft. Der Konflikt mit Dänemark, das das Land bis zur Eidergrenze unter der Dänenkrone sehen wollte, schwelte immer noch, die Kämpfe flammten im Frühjahr wieder auf.

Maria Magdalena entwickelte sich nach ihrer schweren Geburt prächtig. Sievert hatte eine Nachbarin zu Hilfe geholt. Die sorgte für die erschöpfte Wöchnerin und hatte auch für das Baby eine Amme gefunden. Die übrigen Kinder halfen, wo sie konnten, waren selbständig, machten kaum Arbeit.

Sievert nahm bald wieder seinen alten, liebgewordenen Lebenswandel auf. Immerhin brachte er regelmäßig zum Sonntag einen Teil seines Verdienstes nach Hause, so daß keine direkte Not entstand.

Seine Geschäfte schienen gut zu gehen, da man mit dem wenigen Vieh, das in der Kriegszeit zum freien Verkauf stand, Höchstpreise erzielen konnte.

Sievert führte einer verwitweten Bäuerin in Oldenswort den Hof. Obwohl sie wußte, daß im Nachbardorf seine Frau und Kinder lebten, war sie froh, in diesen unruhigen Zeiten einen Mann im Haus zu haben, mit dem sie auch das Bett teilte. Tine hatte davon erfahren, machte ihm aber keine Vorwürfe. Er war ja ein Herr, für ihn galten in ihren Augen andere Gesetze als für die Dienstleute, zu denen sie sich zählte.

Außerdem war sie immer nur müde, wollte jeden Streit vermeiden. Sie konnte sich von der schweren Geburt nicht erholen. Sie verschlief ganze Tage, nahm kaum Anteil, wenn die Kinder am Bett mit leiser, banger Stimme ihren Namen flüsterten. Wenn Sievert kam, versuchten die Kinder, dem Vater nicht unter die Augen zu kommen, und flüchteten aus dem Haus. Saß Sievert an ihrem Bett, so öffnete Tine die Augen, streichelte seine Hand und flüsterte: »Vertell mi wat, mien Sievert.«

Sieverts Gerede drehte sich immer um dasselbe: Voller Genugtuung und mit haßerfüllter Stimme erzählte er, wie unfähig sein Bruder den Hof führte, ihn immer weiter herunterwirtschaftete.

»Tine, he hett bloots noch föfteihn Jungbulln in Gräsung. Wi domaals, besinn di, enhundertföftig hett Vadder up de Fennen hatt.«

Tine drehte angewidert den Kopf zur Seite; konnte Sievert denn niemals vergessen? Dieses haßvolle Gerede war sie so leid. Wie gut, daß Sievert sie nicht mehr anrührte. Sie schloß die Augen, Sievert ging aus der Kammer.

Es dauerte Monate, bis sich Tine soweit erholt hatte, daß sie ihre Arbeit wieder aufnehmen konnte. Mit Erstaunen betrachtete sie oft ihre zuletzt geborene Tochter Lene: Dieses Mädchen unterschied sich in allem von ihren anderen Kindern. Sie hatte nicht den gedrungenen Wuchs ihrer Geschwister, sondern einen schönen, schlanken Körper, nicht den runden Schädel, sondern eine längliche Kopfform mit hoher Stirn. Keine dicken Fingerchen, sondern schlanke, schmale Hände und Füße, keine blaßblauen Augen und spärliches blondes Haar. Nein, sie hatte tiefblaue, strahlende Augen, über die sich zarte schwarze Augenbrauen wölbten, die sich zu einem Strich über der geraden Nase zusammenziehen konnten, wenn sie ihren Willen nicht bekam.

Lenes Entwicklung verlief schneller als die ihrer Geschwister. Während die anderen bis zu einem Jahr festgeschnürt und gewickelt in der Wiege gelegen hatten und nur zum Füttern und Windeln herausgehoben wurden, war Lene dort nicht zu halten. Sie saß mit einem Kissen im Rücken an die Ofenbank gelehnt und verfolgte mit großen, klaren Augen alles Geschehen um sie herum. Sie lief früh und übertraf ihren älteren Bruder Hannes bald mit ihrem Sprachschatz und ihrem Bewegungsdrang.

»Se löppt as en lütt Wiesel«, sagten die Nachbarsfrauen von ihr. Und sie bewunderten das zarte blonde Haar: »Se süht ut, as wär se en kleen'n Engel.«

»Jo, avers se is ook en lütt'n Düwel«, antwortete dann Tine und betrachtete das Kind nachdenklich.

Sievert nahm seine jüngste Tochter erst richtig wahr, als sie bereits ihr drittes Lebensjahr erreicht hatte. Er war nach längerer Abwesenheit wieder einmal zu Hause und saß in der Döns vor einem Mahl, das ihm Tine bereitet hatte.

Die Kinder hatte sie hinausgeschickt. Da ging die Tür auf, Lene kam herein und schaute Sievert unverwandt an, wie es ihre Art war. »He, wokeen büst denn du? Kannst nich 'Goden Dag' seggen?«, fragte Sievert unfreundlich.

»Will ick nich«, antwortete das Kind und wollte gehen.

»Foorts kümmst rin«, schrie Sievert erbost.

Die Kleine kam, ohne Furcht vor ihm zu zeigen, in die Döns zurück. Das war Sievert nicht von seinen Kindern gewohnt. »Wo heetst du?«, fragte er sie. Lene sagte ihren Namen, hielt aber Abstand zu ihm.

Er betrachtete das liebliche Antlitz, den geraden Wuchs des Kindes, dann durchfuhr es ihn: Dies war eine echte »von Hanken«. Hier stand nicht das Kind einer Magd vor ihm. Dieses Mädchen war genau so, wie er es sich immer gewünscht hatte.

»So, lütt Lene, nu segg schöön 'Goden Dag, Herr Vadder'!«

Finster, mit zusammengezogenen Augenbrauen, sah ihn das Kind an: »Will nich!«

»Wat, dat will ick di lehren«, schrie Sievert wütend und sprang auf, ergriff die Kleine, die zurückgewichen war, schob ihr Röckchen hoch und schlug kräftig auf das bloße Hinterteil.

Auf Lenes Geschrei eilte Tine herbei. »Laat ehr loos, foorts«, kreischte sie und riß das Kind an sich. Sie, die niemals eines ihrer Kinder geschlagen hatte, war zornesweiß.

»Se lett dat an Ehr gegen ehrn Vadder fehlen«, sagte Sievert erbost, »se will nich: 'Goden Dag, Herr Vadder' to mi seggen. Du büst schuld, hest ehr vertrocken«, beschuldigte er Tine.

Tine hielt die Kleine in den Armen, wischte ihr die Tränen ab, flüsterte ihr leise zu: »Do dat Mudder to Leev, lütt Lene.«

Da trat das Kind zu ihm hin: »Goden Dag, Herr Vadder« – und nach kurzer Pause: »Avers mien Vadder büst du liekers nich«, drehte sich um und verschwand eilig. Tine und Sievert sahen sich ratlos an.

»Se hett ehr'n egen Kopp, so as du, Sievert«, sagte Tine. Sie versuchte, das Kind in Schutz zu nehmen. Sievert schüttelte nur den Kopf und ging.

Als die Kinder zum Nachtmahl um den Tisch standen, Tine die Schüssel Buchweizenklöße in die Mitte stellte und die

Kinder nach kurzem Gebet zugreifen durften, sagte Lene plötzlich entschlossen: »Ick will ok en'n Teller hebben, as he.«

Erstaunt hielten die Mutter und die Geschwister inne: »Wat wullt du?»

»En'n Teller un en Gabel«, wiederholte die Kleine bestimmt.

»Un worüm«, wollte die Mutter wissen.

»De Annern hebben sick de Hannen nich orrig wuschen«, war die Antwort.

»Büst wull en Gräfin«, sagte der große Bruder Walter spöttisch.

Diesen Spitznamen sollte sie ihr Leben lang behalten. Noch im hohen Alter wurde sie »Fru Gräfin« genannt.

»Sluß nu«, sagte Tine bestimmt. »Du kriggst dien Eten as all de annern or gar nix.«

Lene verweigerte drei Tage lang das Essen, dann gab Tine nach. Lene erhielt ihren eigenen Teller.

Als Sievert das nächste Mal heimkam, hatte er seiner jüngsten Tochter eine Nascherei mitgebracht: »Na, magst mi nu lieden?«

»Nee«, antwortete das Kind kurz und ehrlich.

Sievert aber hatte beschlossen, ihren Willen zu brechen. »Avers nu segg mi, woso wist du mi nich as Vadder hebben.«

Lene antwortete: »En Vadder is bi sien Fru un sien Kinner, un he hett se all leev.«

»Aha«, Sievert musterte sie nachdenklich, »kunnst am Enn Recht hebb'n.«

Als Tine kam, erzählte er ihr von dem Gespräch. »Jo, se bringt veel Unruh in uns Familie, se warrt dat noch swoar hebb'n in ehr Leven«, antwortete Tine.

Danach erzählte sie Sievert von dem Vorfall bei Tisch und

daß Lene nun einen eigenen Teller und eine eigene Gabel habe. Seltsamerweise war Sievert darüber geradezu vergnügt, klatschte sich auf die Schenkel: »Wenn ick to Huus bün, schall de Lütt bi mi in de Döns sitten un mit mi eten, 'tüürlich op Tellers un mit Gabel un Lepel«, sagte er lachend.

Je älter die Tochter wurde, desto mehr Kopfzerbrechen bereitete sie ihrer Mutter. Lene war wie eine Fremde, die sich in die Familie verirrt hatte und eine Sonderstellung einnahm, was Tine mit ihrem Gerechtigkeitssinn zu unterdrücken versuchte. Es erforderte viel Kraft, sich gegen dieses Kind zu behaupten, und diese Kraft fehlte ihr mehr und mehr.

Wie ihre Geschwister, so liebte auch Lene ihre Mutter über alle Maßen, versuchte zu helfen und ihr alles recht zu machen. Doch sie beobachtete scharf, stellte vieles in Frage und brachte Tines Ansichten ins Wanken. Während die übrigen Kinder widerspruchslos gehorchten, widersetzte sich Lene, wenn sie etwas nicht einsehen konnte.

Im Gegensatz zu den Geschwistern, die das Lernen als lästiges Übel ansahen, ging Lene gern zur Schule, nahm auch den langen Schulweg nach Tönning ohne Klagen hin, selbst bei Schnee und Unwetter, wenn Tine die Kinder lieber nicht gehen lassen wollte. Es bestand zwar schon die allgemeine Schulpflicht, aber der alte Lehrer, der die überfüllten Klassen der Landkinder unterrichtete, nahm es damit nicht so genau.

Ohnehin gingen die Kinder nur alle zwei, drei Tage in die Schule. Tine war auf das Geld, das sie hinzuverdienten, angewiesen. Lene, die sehr wißbegierig war und stets an den Lippen des Lehrers hing, hatte dann jeweils den Anschluß im Unterricht verloren.

Da die Kinder in den Bankreihen nach ihren Leistungen saßen, mußte Lene in die letzte Reihe, obwohl sie eigentlich eine gute Schülerin hätte sein können. So richtete sich ihr ganzer Ehrgeiz darauf, irgendwann einmal ganz vorn zu sitzen.

Sie versuchte, durch fleißiges Melden die Aufmerksamkeit des Lehrers auf sich zu lenken. Noch den Urenkeln erzählte sie später, wie beschämt sie sich gefühlt hatte, als der Lehrer sie einmal nach vorn gerufen hatte und sie auf der Landkarte Grönland zeigen sollte. Sie suchte ein »grönet Land« und zeigte auf Florida.

Da Lene eine Einzelgängerin war und mit den anderen Kindern kaum Kontakt hatte, wurde sie sofort von allen ausgelacht. Die Kinder spotteten noch lange: »Lene, liggt Grönland in Amerika or in Afrika?«

Weinend kam sie zu Tine, die noch niemals von Grönland gehört hatte. »Ick dach, dor wo dat an'n grönsten weer, dat mutt Grönland sien«, schluchzte sie. »Mudder, ick gah nich wedder to School, wenn ick nich jeedeen Dag gahn kann. Ick will lehr'n un klook warrn.«

Das war Tine denn doch zu viel: »En Deern mutt arbeiden lehr'n, en gode Huusfru warrn, dat is richtig un goot för di un dien Swestern«, beschied sie.

Doch Lene ließ nicht locker, sie versuchte es sogar über den Vater, der sie immer vorzog, wie sie wußte.

Und es gelang, – bald durfte sie den Unterricht regelmäßig besuchen. Der alte Lehrer war darüber gar nicht erfreut. Lene stellte viele unbequeme Fragen und störte damit seinen Unterricht. Sie durfte mit der Zeit nur drei Plätze aufrücken, obwohl ihre Zensuren viel besser wurden.

Erst viel später erkannte sie, daß der alte Schulmeister seine Schüler nicht nur nach Wissen und Fleiß bewertete. Der Lehrer bezog nur ein kärgliches Gehalt. Um mit dem knappen Geld auszukommen, mußte er reihum am sogenannten Wandeltisch bei den größeren Bauern seine Mahlzeiten einnehmen. Als Gegenleistung erwarteten dann diese Eltern ganz selbstverständlich, daß ihre Kinder gute Noten bekämen.

Was konnte da ein armes Häuslerkind wie Lene Besseres erwarten? Sie war ein Niemand, so sehr sie sich auch mühte. Nicht einmal zu Weihnachten konnte die Mutter dem Schulmeister ein paar Eier oder gar eine Gans schicken.

Bei Tine reichte es gerade, daß alle satt wurden. Von den Bauern, bei denen sie arbeitete, bekam sie abgelegte Kleidung für ihre Kinder. Manchmal sahen sie darin schon etwas herausgewachsen aus, aber sie waren sauber angezogen und mußten nicht frieren.

Sievert hingegen ließ es sich bei seiner Bäuerin wohl ergehen. Als Zeichen seines Wohlstandes zierten silberne Knöpfe seine Weste. Die zehnjährige Lene, die von Tine häufig in den Krug geschickt wurde, um das Geld für die Familie vom Vater abzuholen, sah es mit Abscheu.

»Na, lütt Popp, magst se lieden?«, fragte er seine Tochter und wies auf seine blitzenden Knöpfe. Sievert war ungeheuer stolz auf seine jüngste Tochter, und sie konnte, wenn sie es darauf anlegte, dem Vater manches abschmeicheln.

Wenn das Kind kam, ließ er das Trinken sein, als ob er sich vor ihr schämte. Die Geldsumme, die Lene heimbrachte, war höher als die, die er Tine gab. Tine war froh, daß Lene ihr diesen Weg abnahm. Dem Kind schien das auch nichts auszumachen. Es saß still auf der Bank und beobachtete das laute, prahlerische Treiben seines Vaters und der anderen Männer.

»Wat denkst, Deern, in dien lütt Spatzenbregen?«

Sie antwortete ruhig, ehrlich und direkt, ihm in die Augen blickend: »Ick denk, du büst en Suupkopp, un ick wull, ick kunn de Knööp von dien West afsnieden un Mudder dor warm Tüüch vun köpen.«

Sieverts Kopf lief knallrot an, schwankend stand er auf und ging aus der Schankstube. Im Raum war es totenstill geworden. Lene lief hinaus und suchte den Vater, konnte ihn aber nirgends finden.

Ohne Geld kam sie heim, doch das lag vor der Tür der Kate, daneben sechs abgerissene Silberknöpfe. Tine wunderte sich darüber sehr, doch Lene verschwieg der Mutter den Vorfall.

Lene besuchte leidenschaftlich gern die Sonntagsschule. Und bald war der Pastorin das hübsche, ernsthafte Mädchen mit dem hellen, klaren Sopran aufgefallen, das gebannt den Geschichten über Gottvater und Sohn lauschte. Die Pastorin, die sich nach ihren drei Söhnen so sehr eine Tochter gewünscht hatte, lud Lene nach dem Gottesdienst zu sich ein. Lene ging staunend durch das behagliche Pastorenhaus, betrachtete ehrfürchtig die alten Bilder an den Wänden und die vielen Bücher.

Sie beschloß für sich, so wollte sie später auch einmal leben. Besonders hatten es ihr die gehäkelten Gardinen vor den Fenstern angetan.

»So wat much ick ok könen«, sagte sie voller Bewunderung.

»Kannst bi mi lehr'n, Lene«, sagte die Pastorin.

Von nun an verbrachte Lene jeden Sonntagnachmittag im Pastorat. Die Pastorin erkannte, daß Lene einen hellen Kopf besaß und sehr wißbegierig war. Sie brachte ihr deshalb nicht nur komplizierte Strick- und Häkelmuster bei, sondern unterrichtete sie auch im Lesen, Schreiben und Rechnen.

»Mudder meent, en Deern bruukt nix to weten«, vertraute sie der Pastorin an.

»Un wat denkst du dorto?«, fragte die Pastorin sie lächelnd.

»Ick much allens lehr'n, wat dat op de Welt to lehr'n gifft«, war die überraschende Antwort.

Nicht nur der Mutter mißfiel es, daß Lene Sonntag für Sonntag gern ins Pastorat ging. Auch Pastor Petersen war mit seiner Frau uneins darüber.

Eines Sonntags, als Lene gerade das Pastorat betreten wollte, konnte Lene die erregten Stimmen des Pastors und seiner Frau hören: »Wat denkst du di dorbi? Wat settst du dat Kind för Flausen in'n Kopp? Dor warrt doch nie wat ut, Schiet blifft jümmer Schiet. Denk doch bloots an ehr'n Vadder, de döcht vörn un achtern nich veel«, sagte der Pastor, »se kann doch nie nich wat Betters warrn as en Magd.«

Lene hörte nicht mehr, was die Pastorin antwortete. Wie von Furien gehetzt, rannte sie davon. Enttäuschung und Zorn auf den Pastor – diesen Heuchler, diesen Lügner – waren so groß, daß sie meinte, ersticken zu müssen.

»Vor Gott sind alle Menschen gleich, ob arm oder reich«, hatte er in der Kirche gepredigt, und: »Liebet euren Nächsten, seid barmherzig und helft den Armen und Unwissenden, denn sie stehen Gott am nächsten.«

Sie hatte alles geglaubt, und jetzt verbot er seiner Frau, sich um sie zu kümmern. In diesem Augenblick haßte sie Pastor Petersen. Niemals wieder würde sie sein Haus betreten.

Bei der Mutter lud sie ihren Kummer, ihre Enttäuschung ab. Doch sie fand kein Verständnis: »Recht hett he, de Paster.

Ut en Spatz kann keen Goldfasan warrn. Du höörst to dien Familie, Kind«, sagte Tine, zufrieden darüber, daß das Kind ihr nicht verloren ging.

Doch es kam anders. Zwei Wochen später stand die Pastorin vor der Kate und wollte Tine sprechen. Sie hatte ihren Mann überzeugt, daß Lene in zwei bis drei Jahren eine sehr gute Haustochter sein würde. Sie war sauber, geschickt und arbeitsam, und wenn sie weiter von der Pastorin unterrichtet würde, käme auch etwas Bildung dazu.

»Se kann uns ole Lüüd later wiß mal goot plägen.« Das hatte den Ausschlag gegeben.

Tine wußte nicht, was sie dazu sagen sollte. Schließlich war es ja eine Ehre, im Pastorat dienen zu dürfen, konnte sie das ablehnen?

So rief sie Lene herbei. »Wat meenst?«, fragte sie ängstlich.

»Ick will gern wedder in't Pastorat.« Und so wurde die Sache beschlossen.

4

Lenes Mutter, die alte Großmagd Tine, hatte keine Kraft mehr. Sie wußte, ihre Kinder würden nun den Weg ins eigene Leben allein finden müssen. Sie legte sich am Abend nach dem Besuch der Pastorin fröstelnd auf ihren harten Strohsack und zog das schwere Federbett bis an ihr faltiges Kinn hinauf. Wie so manche Nacht konnte sie keine Ruhe finden. Ihr Rücken war von der vielen Arbeit krumm geworden, und ihre Hände sahen wie Tierkrallen aus, so hatte die Gicht sie verformt.

Die Schmerzen, die sie vor den Kindern verbarg, hatten tiefe Falten um den Mund herum gegraben. »Ick bün oolt worrn un to nix mihr nütt«, dachte sie, »wo is man bloots de Tiet bleven?«

Der erste Herbststurm blies heftig um die Kate, und durch die Fensterritzen zog es kalt und ungemütlich. Da sie nicht schlafen konnte, überdachte sie sorgsam, was noch geschehen mußte, damit alle den Winter gut überstanden.

Hinter der Kate stapelten sich die Kuhdunghaufen, die die Kinder gesammelt und zum Trocknen aufgestellt hatten. Es war aber noch lange nicht genug, um den ganzen Winter hindurch heizen zu können.

Auch die Lebensmittelvorräte überschlug Tine: Drei Kruken eingelegte Salzbohnen, Stockfisch, mehrere Schafskäse, drei Sack Mehl, je ein Sack Buchweizengrütze, Gerstengrütze, Kartoffeln. Da fiel ihre Rechnung nicht schlecht aus.

Wenn Sievert, der kaum noch nach Hause kam, etwas

Fleisch, Eier und ein wenig Butter dazu beisteuerte, würde sie mit den drei Kindern, die noch im Hause waren, auskommen können. Früher waren die Zeiten – weiß Gott – viel schlechter gewesen.

Der älteste Sohn Walter war seit seinem sechzehnten Lebensjahr schon als Pferdeknecht auf dem Gut Bothkamp in Lohn. Sein Dienstherr war sehr mit ihm zufrieden, und Walter erhielt guten Lohn. Er sah schmuck aus, wenn er in seiner grünen Livree ins Dorf heimkehrte, die Hacken zusammenschlug und mit schnarrender Stimme den Gutsherrn nachahmte.

Die Mädchen – auch seine Schwestern Mette und Mide – bewunderten ihn. Nur Lene schaute verächtlich und murmelte: »Aapekatt! Fröher much ick em veel lever lieden.«

Guste, die Schwachsinnige, war nun über zwanzig Jahre alt. Sie war unförmig und unbeweglich, hatte nicht mehr Verstand als ein Kleinkind. Sie stopfte alles Eßbare, was sie erwischen konnte, in sich hinein. So mußten Schränke und die Vorratskammer stets verschlossen gehalten werden. Sie hatte ruhige Phasen und sehr unruhige, in denen sie ununterbrochen kreischende Töne ausstieß.

Tine dachte voller Dankbarkeit an Lene, die dann mit der großen Schwester am besten umzugehen verstand. Lene nahm Gustes Hand, streichelte sie, sang ihr leise Melodien ins Ohr. Sie war die einzige, die die Schwester beruhigen konnte. Lene hatte ihr auch das Wollezupfen beigebracht. Damit konnte Guste nützlich beschäftigt werden. Überhaupt waren alle Geschwister freundlich und nachsichtig mit ihr, doch Guste mochte Lene am liebsten. Vor Walter fürchtete sie sich sehr, sie erkannte ihn nicht wieder, wenn er mal nach Hause kam.

Tine machte sich große Sorgen um Guste. Immer wieder sorgte sie sich, was aus diesem Kind werden sollte, wenn sie einmal nicht mehr da war. Sie hatte immer gedacht, daß Lene später für ihre Schwester Guste sorgen würde. Nun war aber alles anders gekommen: Im Frühjahr würde Lene als Haustochter ins Pastorat gehen.

Auch um Lene machte sie sich Gedanken. Eigentlich verstand Tine die eigene Tochter nicht, die für Ratschläge der Mutter so unzugänglich war.

Tine dachte traurig: »Witt is bi ehr witt un swatt is swatt, grau gifft dat nich.«

Sie legte so strenge Maßstäbe an sich und andere und verachtete Menschen mit Schwächen: »Se maakt sick dat Leven suur, dat arme Ding, wo schall dat noch lopen?«

Lene hatte Ähnlichkeit mit dem Vater, das einzige Kind übrigens, welches ihm auch äußerlich ähnelte. Vielleicht haßte die Tochter ihn deshalb, weil sie nicht so werden wollte wie er?

Nun schweiften Tines Gedanken zu Sievert, ihrem Mann. Schon mehrere Wochen hatte sie ihn nicht gesehen. Das letzte Mal war sie sehr erschrocken gewesen über sein Aussehen, der Alkohol brachte ihn langsam um. Er war aufgedunsen, bewegte sich schwerfällig und unsicher. Ihr war zugetragen worden, daß sein Verhältnis zu der Bäuerin abgekühlt war und er dort an Boden verloren hatte.

Dazu kam, daß ein jüngerer Viehaufkäufer – Henri Bonnier – mit Verstand und geschicktem Handeln in der Gegend von sich reden machte, so daß sich die Bauern lieber an ihn als an den stets betrunkenen Sievert wandten, wenn sie Vieh zu verkaufen hatten.

Bei Tine hatte sich Sievert über diesen Viehaufkäufer beklagt: »De Hund sitt an mienen Disch in'n Kroog, süppt mit mi dat Beer, un mit sien Klooksnack rafft he de Geschäften an sick.«

»Neemher kümmt he denn«, hatte Tine ihn gefragt.

»He mutt en Franzos ünner sien Vörfahrn hebben, he heet Bonnier or so ähnlich. Keeneen weet, neemher he kümmt. Avers en Klookschieter is he, dat segg ick di. Eerst bandelt he mit de Frunslüüd an un maakt ehr schöne Ogen. Un wenn he de Frunslüüd eerst von sick övertüügt hett, hett he ok nahsten ehr Mannslüüd in de Tasch. De Aap gifft kloke Ratslääg över Veehhollen un Veehtocht, avers he versteiht dor nich veel vun.«

Sievert schlug verärgert auf den Tisch. Tine betrachtete ihn bekümmert, er tat ihr leid. Andererseits haßte sie dieses Gejammer. Er verstand bestimmt genau so viel vom Viehhandel wie der Neue. Wenn er nur den Alkohol sein ließe, könnte er es mit seinem Widersacher aufnehmen, dachte sie. Wie viele Möglichkeiten hatte er in seinem Leben gehabt und ungenutzt vertan. Sie und die Bäuerin hatten ihn vielleicht zu sehr geliebt, ihm zu vieles nachgesehen. Nun sah sich Sievert als Verlierer, vom Schicksal betrogen.

Er war ein Schwächling. An Tine ließ er seine Wut aus, auf sie – die noch Schwächere – ergoß sich sein Zorn. Es machte ihm Freude, sie zu demütigen.

Seine Ungerechtigkeit, sein beißender Spott kränkten sie bis ins Herz. Sie hatte nur das Beste gewünscht und für ihn auf alles verzichtet. Sie würde ihm auch jetzt noch zur Seite stehen.

»Ach, Sievert«, seufzte Tine, »nich maal to't Gräffnis vun dien Dochter Mette büst kamen. Ganz alleen heff ick dor stahn an ehr Graff mit de annern Kinner. Du hest nich mit mi truurt. Se weer doch ok dien Kind.«

Die Tränen flossen über Tines faltiges Gesicht, sie schluchzte und mußte sich die Hand über den Mund halten, damit die Kinder es nicht hörten. Mette war im vorigen Herbst, als die große Seuche – die Bräune – übers Land kam, in ihrem siebzehnten Lebensjahr qualvoll in den Armen ihrer Mutter erstickt. Im Traum hatte Tine die Häuser schon mit schwarzen Tüchern verhängt gesehen, hatte die schauerlichen Klagelaute gehört, wenn die Toten in aller Eile auf den Holzkarren zum Friedhof abtransportiert und in eine große Kuhle geworfen wurden.

Eines Nachts sah sie auch Mettes Tod voraus. Zuoberst in der Totenkuhle hatte sie ihr Kind liegen sehen. Sie behielt dieses grauenvolle Wissen für sich und trug schwer daran: Es gab kein Entrinnen, man konnte sich nicht gegen die Vorsehung schützen.

Überall erkrankten die Menschen, immer das gleiche Bild: Die Kranken mochten nichts essen, hatten Schluckbeschwerden, erbrachen, hatten Kopfschmerzen, hohes Fieber, lagen matt danieder, redeten irr, zuletzt kamen Atemnot und dann Herzstillstand.

Der alte Doktor konnte nicht helfen. Er verschrieb Wadenwickel und Gurgeln mit Salzwasser, Trennung der Kranken von den Gesunden, um das Ausbreiten der Krankheit zu verhindern. Aber welcher arme Häusler hatte schon genügend Zimmer, um die Kranken und Gesunden voneinander zu isolieren. So breitete sich die Krankheit rasend schnell über den gesamten Landstrich aus.

Das Unheil ließ im eigenen Haus lange auf sich warten. Tine hoffte schon, daß ihre Gebete erhört worden wären. Doch eines Morgens sah sie in den Augen ihrer Tochter den Schatten des Todes. Der Schreck ließ sie erstarren. Mette hatte sich auf dem Nommesenhof angesteckt, wo sie als Kleinmagd in Dienst stand. Sie wurde sofort von ihrer Bäuerin nach Hause geschickt. Doch es war schon zu spät.

Tine und Lene wechselten sich in der Pflege Tag und Nacht ab, aber Mettes Lebenslicht erlosch schnell. Qualvoll und nach Luft ringend flüsterte sie: »Mudder, ick weet, ick mutt starven.«

Lene versuchte sie zu trösten: »Du warrst en lütt Engel in'n Heven, bi uns Herrgott, lütt Mette, bruukst keen Angst hebben, duurt nich mihr lang, geiht di goot denn, mien Metting.«

Mette starb, und nach ihrem Tod war Tine lange wie versteinert. Warum gerade dieses stille, bescheidene, immer freundliche Kind? Auch Lene konnte Mettes Tod nicht verwinden, wie rasend haderte sie mit Gott: »Wenn ick kunn, wull ick di, Gott, dor baben ümbringen«, schrie sie und ballte die Fäuste gen Himmel. »Du büst nich uns gode, gütige Vadder in'n Heven. Nee, ick glööv nich mihr an di, nu nich mihr.«

Tine war über diesen leidenschaftlichen Ausbruch ihrer Tochter ganz verstört. Ihr war bis dahin nicht bewußt geworden, daß die beiden Schwestern so aneinander hingen. Lene war eher von kühler, distanzierter Art ihren Geschwistern gegenüber.

Als der älteste Bruder Walter ihr durch sein Hackenknallen und den militärischen Ton imponieren wollte, hatte sie ihm nur spöttisch gesagt: »Laat dat, dat steiht di nich to Gesicht. So'n Krack as du een büst, is keen Suldatenpeerd.«

Walter nahm es gelassen: »Gegen 'Fru Gräfin' kümmt een as ick bün nich an, wat?«

Zu Mide hatte Lene kein gutes Verhältnis. Sie lebte jetzt auf der Geest, im Armeleuteland, hatte einen Häusler geheiratet und war sofort schwanger geworden. Mide hatte die jüngere Schwester immer als Rivalin empfunden, sie beneidet, weil sie bei der Mutter durchgesetzt hatte, im Haus zu arbeiten und nicht auf dem Felde wie die Geschwister.

»Uns 'Fru Gräfin' is wull wat Betters un bruukt sick nich de Hannen smerig maken«, hatte sie einmal böse zur Mutter gesagt.

»Se maakt dat doch allens so adrett un so fein, se hett sogar Gardinen för uns Finster häkelt, kann kaken as en lehrnte Kööksch. Un mit Guste kümmt se an'n besten klaar un warrt mit ehr fardig«, verteidigte Tine ihre Entscheidung.

»Jo, ick weet, se is dien Hartenskind.« Damit war Mide aus dem Haus gegangen. Mide wäre so gern hübsch gewesen wie ihre Schwester, aber sie war nun einmal derb und dick. Durch die wulstigen, nach außen gestülpten Lippen sah sie sehr sinnlich aus. Und sie wäre doch gern eine feine Dame gewesen.

Als sie sich einmal herausgeputzt hatte, kommentierte Lene: »Se süht so gewöhnlich ut, un se putzt sick mit so veel Talmi rut as en Pingstoss.«

Lene wurde auch in diesen Fragen von der Pastorin sehr beeinflußt, die sie immer ermahnte: »Lene, weniger is mehr.«

Die beiden Mädchen stritten häufig, versuchten es aber vor der Mutter zu verbergen. Auf dem Dorffest zur Mittsommernacht war Mide dem erstbesten Burschen in die Büsche gefolgt, und bald darauf mußte geheiratet werden.

Tine horchte auf den Sturm, der durch alle Ritzen der alten Kate pfiff und die untere Hälfte der Tür hin und her klappern ließ. Er hatte seit dem Abend an Heftigkeit zugenommen. Sie würde Hannes bitten müssen, die Fenster und Türen für den Winter auszubessern, sonst würden die scharfen Winterstürme womöglich den Schnee bis zum Herd treiben.

Hannes war mit seinen sechzehn Jahren schon recht anstellig. Er war kräftig gebaut, konnte tüchtig zupacken und war beim Arbeiten sorgsam und sehr geschickt. Tine war mit Recht stolz auf ihn. Wo er nur blieb?

»Ick haal uns en poor Fisch ut Tönn«, hatte er gesagt, als er abends das Haus verließ, war bis jetzt aber nicht heimgekehrt. Es machte ihr große Sorgen, daß er mittlerweile seine ganze Freizeit am Hafen zubrachte. Sein größter Wunsch war, daß ihm seine Mutter einmal erlaubte, mit den Fischern zum Krabbenfang auszufahren.

»Ick much Fischer warrn, Mudder, dat is en fein Leven«, sagte er immer wieder. »Wi hebbt denn jümmer noog to eten, un een kann en schöön Stück Geld dorbi verdehnen.«

Tine mochte ihm das nicht erlauben. Sie fürchtete sich – wie so viele Küstenbewohner – vor der unberechenbaren Nordsee. Immer wieder verloren die Bauern bei Sturmfluten Land und Leben, da die Deiche nicht standhielten. Mit eigenen Augen hatte Tine Menschen und Vieh während des Hochwassers in den Fluten versinken sehen.

Mancher Fischkutter kehrte nicht heim, blieb verschollen, und niemals wieder sahen oder hörten die Angehörigen etwas von ihren Männern und Vätern. Die Familien blieben ohne ihren Ernährer zurück und wurden ins Elend gestürzt.

Schließlich fiel Tine in einen kurzen, unruhigen Schlaf. Sie träumte, wovor sie sich mit offenen Augen fürchtete, und schreckte auf: Sie hatte Hannes in einem Boot, klein wie eine Nußschale, auf dem tosenden Meer gesehen.

»O Gott, laat dat doch nich wahr sien«, weinte sie und stöhnte, »Hannes, mien Hannes.«

Lene wachte vom Stöhnen in der Schlafkammer auf, trat an den Alkoven, ergriff Tines eiskalte Hände und drückte sie an ihr schlafwarmes Gesicht: »Mudder, wat is mit di? Büst krank?« Lene entzündete die blakende Petroleumlampe.

Aber Tine sagte: »Laat man, Lene, heff man bloots slecht dröömt.«

»Mudder, du arbeitst to veel, dor is bald Sluß mit. Wenn ick eerst in't Pastorat bün, schast all mien'n Lohn hem«, flüsterte Lene und wärmte die kalten, schwieligen, verkrümmten Hände der Mutter.

»Is recht, Kind, gah un slaap wedder in«, sagte Tine, und sachte schob sie die Tochter beiseite.

Tine ließ der entsetzliche Traum nicht wieder einschlafen. Der Kutter mit ihrem Hannes drohte in der aufgewühlten See zu versinken. Der Sohn hatte ihr die Arme entgegen gestreckt und gerufen: »Mudder, Mudder, help mi!« Aber sie hatte ihm nicht helfen können. Und das war das Schlimmste.

Sie betete zu Gott, daß ihr der Sohn erhalten bliebe, und sie wußte doch, daß sich der unheilvolle Traum erfüllen würde. Bis der Morgen graute, lag sie wach. Viel später, als die Wildgänse schon schreiend der Morgendämmerung entgegen zogen, hörte sie den Sohn leise ins Haus treten. Tine wagte nicht, ihn an ihr Bett zu rufen, aus Angst, die Schatten des Todes in seinen Augen zu sehen.

Der Morgen war kühl und klar, als sich Tine erhob, um den Kindern das Frühstück herzurichten. Als sie in die Küche trat, sah sie das Herdfeuer brennen. Die Buchweizengrütze war bereits gekocht, und Guste saß am Tisch, umklammerte fest ihre Schüssel, die sie allein haben durfte, und löffelte daraus, gierig schmatzend.

Lene war ihrer Mutter zuvorgekommen. »Wo geiht di dat, Mudder? Sühst man käsig ut.«

Tine antwortete nicht, sagte statt dessen nach einer Pause: »Uns Hannes will Fischer warrn.«

»Weet ick, Mudder, hett he mi vertellt, schast em gahn laten, Mudder, he weet, wat he will.«

»Jo, mutt ick wull«, antwortete Tine unendlich müde. »Wenn dat man goot geiht.«

Sie würde es wohl nicht überleben, wenn ihr noch ein Kind genommen würde. Sie dachte an Mette und ihren qualvollen Tod. Auch damals war Lene an ihrer Seite gewesen und hatte bis zuletzt leise mit ihrer Schwester geredet: »Lene, wo weer dat mit Mette, wat hett se di vertellt vör ehr'n Dood?»

Lene sah überrascht auf. Sie zögerte einen Moment, bevor sie antwortete: »Se hett mi dankt, dat ick ehr bewahrt heff, Mudder.«

»Wahrt vör wat, Lene?« fragte Tine betroffen.

»Vör ehr'n Buurn, he weer achter ehr ran, Mudder. Se weer doch noch en Kind, de Lütt.«

Tine wagte gar nicht zu fragen, ob der Bauer sich an Mette vergangen hätte, doch Lene erahnte ihre bange Frage.

»Keen Bang, Mudder, ick heff em to Räson bröcht un em drauht, allens den Paster to vertell'n. Dor harr de Swienskeerl mächtig Manschetten vör.«

»Hest goot maakt, Deern. Üm di bruuk ick mi tominnst keen Sorgen maken, kümmst alleen torecht«, atmete Tine erleichtert auf.

»Dat will ick menen«, reckte sich Lene stolz auf. »Woneem wullt denn hin, Mudder?«

Tine war zur Tür gegangen, sie mußte jetzt allein sein. Ohne Lene zu antworten, verließ sie das Haus. Wie in Trance ging sie zur Kirchwarft hinauf, stand lange mit gesenktem Haupt und gefalteten Händen an Mettes Grab.

Tine versuchte, Kraft zu gewinnen, um ihr weiteres Schicksal auf sich nehmen zu können. Sie wußte, daß sie Hannes nicht davon abhalten könnte, Fischer zu werden. Auch sein Leben würde sich vollenden, ehe es richtig gelebt worden war. Wo war ihr Mann? Immer war sie mit ihrem Schmerz, ihrer Trauer allein. Keine Hilfe, keine Unterstützung kam von seiner Seite.

»Smiet em doch rut, den Luderjahn, den Suupkopp den«, hatte Lene empört ausgerufen, die Augen schwarz vor Verachtung, »de Mannslüüd döögt doch all sams un sonners nix. Ick will mien Leefdag keen'n hebben.«

Tine konnte nur müde sagen: »Ach, Lene, Kind.«

Im Herbst munkelte man von Kotzenbüll bis Tönning, daß der Uhlenhof am Ende sei und unter den Hammer kommen sollte. Man hatte es vorausgesehen. Mancher Bauer hatte erwogen, den Hof zu erstehen, und hatte den Ankauf durchgerechnet. Die bedächtigen Eiderstedter schüttelten den Kopf. Es lohnte nicht: Die einst zum Hof gehörenden Fennen waren längst veräußert, der ganze Betrieb heruntergewirtschaftet, die Gebäude und Geräte verkommen.

Da war kein Ertrag herauszuwirtschaften. Der Grund, auf dem das einstmals so stattliche Anwesen stand, würde wohl nach Abriß der Gebäude an die Kirche fallen, denn es fand sich bis dato kein Käufer.

Die Jungbäuerin hatte den Hof schon verlassen und war mit ihrem Hausrat zu den Ihren ins Holsteinische gefahren. Der Jungbauer würde ihr folgen, sobald er die letzten drei gemästeten Rinder losgeschlagen hatte.

Die Nachbarn sorgten sich, was dann mit dem Altbauern werden sollte. Aber Sievert von Hanken hatte ihnen geantwortet: »Ick warr al för mi sülvst sorgen, wenn de Tiet dor is.«

Lene hatte dies im Pastorat gehört und ihrer Mutter weitererzählt. Tine meinte erleichtert: »Gott loff, denn hett uns Vadder nu wull endlich opletzt sien Roh.«

Sievert Hank saß jetzt immer öfter auch tagsüber betrunken im Krug und bedauerte sein Schicksal. Als die Wirtin ihm von dem Verkauf des Uhlenhofs erzählte, war er nicht mehr zu halten. Er hielt seine große Stunde für gekommen: »Nu kumm ick un warr de Kaar ut den Schiet trecken. Ick bring wedder allens in't Loot, ji warrt ju noch wunnern. Dat lett de Ool nich to, dat de Hoff in frömme Hannen kummt.«

»Stah du man eerst mal fast up dien eegen wacklige Been, Sievert«, lachte die Wirtin ihn aus.

Sievert aber prahlte: »Mien Dochter Lene arvt den Hoff na mi, dat warrt mal en prächtige, düchtige Buursfru, dat warrt ji all noch beleven.«

Er torkelte nach Hause. Lene sah kaum auf, als der Vater hereinkam. Sie saß am Herdfeuer, nähte mit feinen Stichen an einer Handarbeit für die Pastorin.

»Kumm gau, Lene, legg dat Tüüch bisiet, de Grootvadder vun'n Uhlenhoff will uns sehn«, riß er sie hoch.

»Wat schall ick dor«, erwiderte Lene ungehalten und wehrte sich.

Doch Tine kannte die unbeherrschten Ausbrüche ihres Mannes in betrunkenem Zustand, wenn er seinen Willen nicht bekam, und sie beschwor Lene: »Gah mit em, Lene!«

Widerwillig stand die Tochter auf, den Vater zu begleiten. Sie wollte Sievert beim Gehen stützen und nahm seinen Arm, wurde aber unwirsch abgeschüttelt: »Foorts lettst mi loos! Noch kann ick alleen lopen.«

Der Uhlenhof war in viel schlechterem Zustand, als sie beide erwartet hatten. Das Stalldach war eingesunken, alles verdreckt und verkommen. Keine Menschenseele war zu sehen, kein Hund bellte, nur ein paar magere Hühner scharrten zwischen den Pfützen.

Sievert wischte sich über die Augen, dann bölkte er: »He, nüms dor?«

Lene hatte den Großvater schon entdeckt, der aus dem Altenteil getreten war. Obwohl müde und gebeugt, verliehen ihm seine hagere, große Gestalt mit schlohweißem Haupt- und Barthaar, seine hohe Stirn und der durchdringend scharfe Blick immer noch ein gebieterisches Aussehen.

»Wat brüllt ji hier rüm? Maak, dat du vun'n Hoff kümmst, du büst ja duhn.«

Sievert änderte sogleich den Ton: »Vadder, ick will di helpen, den Uhlenhof wedder in Gang'n to bringen«, war seine unterwürfige Antwort.

Der Alte schüttelte den Kopf: »Dor kümmst fiefuntwintig Jahr to laat, Sievert.« Erneut versuchte Sievert, die Gunst und das Interesse seines Vaters zu erlangen: »Süh mal, Vadder, dat is dien Enkelin Lene, is se nich en staatsche Deern?«

Der alte Großbauer blickte nur kurz auf und murmelte müde: »Ick heff keen Enkelin«, und drehte sich weg.

»Un ick«, schrie Lene mit heller, zorniger Stimme, am ganzen Leib bebend, »ick heff keenen Grootvadder. Ick will di in mien ganz Leven nich mehr seihn.«

Sie stürzte davon, schämte sich ihres Vaters. Sievert stand eine ganze Zeit allein auf dem Hofplatz, bis sich seine Sinne allmählich lichteten.

Aus, vorbei. Alle Hoffnungen, die er selbstgefällig genährt hatte, waren zerplatzt wie Seifenblasen. Doch dann packte ihn eine wahnsinnige Wut: »De verdammte Deern, hett mi allens verdorven. Dat schall se mi böten. Na, de kann wat beleven.«

So schnell er konnte, rannte er nach Hause, riß die Tür der Kate auf, ergriff die völlig überraschte Lene und prügelte mit seinem Leibriemen auf sie ein, ohne Rücksicht, wohin er traf. Er schnaubte vor Wut: »Du Miststück, fallt den eegen Vadder in Rüch un bringt em üm sien Arvdeel«, keuchte er dabei.

Er stieß sie in die Ecke und verließ die Kate, ohne sich noch einmal umzudrehen. Lene fiel auf die Knie und blieb wimmernd in der Ecke liegen. So fand sie Tine, jämmerlich zugerichtet, die Augen geschwollen, die Unterlippe aufgeplatzt, Striemen am ganzen Körper.

»Dat weer Vadder«, brachte Lene mühsam heraus. »Mudder, he is wahnsinnig, nich mehr bi Verstand. Avers ick reek'n noch mit em af, dor kann he sick up verlaten.«

Tine hockte sich nieder und nahm sie in ihre Arme, und lange Zeit weinten sie zusammen. Schließlich half Tine ihr, auf die Beine zu kommen, säuberte behutsam die Wunden. »Woneem is Guste?«, fragte plötzlich Lene, erschrocken um sich blickend.

»Se hett sick vör luder Bang verkropen«, sagte Tine, »kumm foorts, Lene, wi mööt ehr söken.«

Sie fanden sie schließlich hinter dem Schweinekoben kauernd, völlig verängstigt, über und über beschmutzt. Als Lene sie hervorziehen wollte, schrie Guste auf. Die Mutter beruhigte sie, nahm sie mit in die Kate und säuberte sie von oben bis unten. Doch sobald Lene sich ihr nähern wollte, fing sie wieder an, am ganzen Körper zu zittern.

Selbst noch völlig verstört, setzte sich Lene auf die Ofenbank und begann unter Tränen leise zu summen und ein Lied zu singen. Schließlich gelang es ihr, Guste zu beruhigen. Tine saß neben ihr, die Augen geschlossen, die Hände gefaltet und streichelte ihr über die Wange.

Am nächsten Morgen schraken sie durch lautes Pochen an die Dönstür auf: »O Gott, wat is dat denn nu wedder?«

Tine, immer noch das Unheil des Vortags vor Augen, öffnete zögernd die Tür. Es war der Gemeindebote: »De ole Grootbuur Sievert von Hanken hett sick dootschaten, un dat hebbt se bi em funnen." Damit hielt er Tine ein Schreiben hin und verließ eilig die Kate.

Ratlos murmelte Tine: »Dat ist för di, Lene.«

Lene las: »An meine Enkeltochter Magdalena von ihrem Großvater Sievert von Hanken, ehemaliger Hardesvogt und Amtmann zu Eiderstedt ...« Der Großvater vermachte der Enkelin seinen Nachlaß: Dänenkronen im Wert von dreißig Goldtalern.

Lene wurde kalkweiß: »Dat is för di, Mudder, ick will't nich hebben, dat Geld kümmt mi nich to. Maak du dormit, wat du wullt.«

Die Mutter löste einen alten, losen Mauerstein aus der Wand, schob den Brief hinein, den Mauerstein wieder davor und sagte zu Lene: »Dat Geld warrt afhaalt, un ick wahr dat för di op, Lene, dat warrst in dien Leven noch bruken. Un dien Vadder bruukt nix von to weten.«

Und so geschah es. Tine ließ sich die Erbschaft auszahlen, und das Geld verschwand in dem Versteck in der Wand.

Das Leben des jungen Fischers Hannes Hank nahm das Ende, das seine Mutter vorausgesehen hatte. Es hatte einen schönen, warmen Sommer gegeben, die Ochsen waren rund gemästet, der Schönwetterwind beständig. Der Himmel wölbte sich tiefblau mit weißen Schäfchenwolken über der Marsch. Man bereitete sich auf den Abtrieb des Viehs nach Husum und dann weiter zu den Schlachthöfen nach Altona vor. Die Herden versprachen einen guten Gewinn.

Im Oktober schlug der Wind um, er sprang auf Südwest. Schwarze Wolkenbänke schoben sich am Himmel zusammen. Dann brach ein Sturm los. Zunächst waren die Bauern noch nicht beunruhigt. Doch als der Sturm gegen Abend Orkanstärke erreichte, wurden die Rinder eilig in den Stall getrieben und die Schafe aus dem Vorland geborgen. Dabei wurden die Bauern vom Sturm fast auf den Boden gedrückt. Wieder zu Hause angelangt, wurden die Lebensgeister durch ein Glas Punsch gestärkt. Das Barometer fiel weiter ab.

Zu dieser Zeit kämpfte ein leckgeschlagener Tönninger Fischkutter mit drei Mann Besatzung, darunter Tines Sohn Hannes, gegen die Naturgewalten. Die Besatzung versuchte verzweifelt zu lenzen und hoffte, den rettenden Hafen von Tönning zu erreichen. Ein Navigieren war durch die ständig wechselnden Winde und den einsetzenden Ebbstrom nicht mehr möglich.

Sie wurden immer weiter auf die offene Nordsee hinausgetrieben. Gegen Mitternacht setzte für kurze Zeit völlige Windstille ein. Das war für erfahrene Fischer ein Zeichen für einen nahenden Orkan, der dann auch bald mit beängstigender Wucht einsetzte. Die Wellenberge wurden höher und höher. Das leckgeschlagene Fischerboot wurde zum Spielball der Wellen und war bald so voll Wasser, daß es sich nicht mehr aufrichtete. In Sekundenschnelle versank es in den gurgelnden Fluten, mit ihm die drei Männer.

Die letzten verzweifelten Rufe von Hannes galten seiner Mutter: »Help mi, Mudder, ick versuup.«

Die Kirchen- und die Sturmglocken läuteten, zu spät und nutzlos – wie so oft in solchen Fällen. Es war Neumond, da wird jede Sturmflut zur Springflut, so auch in dieser Nacht: Deiche brachen, und die Nordsee überflutete weite Landstriche von Eiderstedt und an der gesamten Küste. Menschen und Tiere ertranken, unermeßlicher Schaden entstand überall.

Tine trauerte still um ihren Sohn. Von ihren sechs Kindern lebten nur noch vier. Lene umsorgte die Mutter liebevoll, tröstete sie, besorgte das Hauswesen und war nur froh, daß sie ihren Dienst noch nicht angetreten hatte.

Im Frühjahr übersiedelte sie ins Pastorat, nahm begierig alles Neue auf und lernte schnell, sich einzufügen. Die Pastorin hatte ihre helle Freude an dem Mädchen. Obwohl die Arbeit in Haus und Garten nicht leicht war, mit den Vorräten sparsam umgegangen werden mußte und das Essen – genau wie zu Hause – zugeteilt wurde, war die Lebensart doch eine feinere.

Die Pastorin war belesen und liebte gute Gespräche über das Tagwerk hinaus. Mit ihrem Mann, der abends in seinem Studierzimmer verschwand und für seine Gemeinde viel zu komplizierte Predigten ausarbeitete, verband sie nicht viel. So blieb Lene, die ihr gern zuhörte und die sie sich nach ihrem Bilde formen konnte.

Lene wurde ihrer Familie mehr und mehr entfremdet. Nur jeden zweiten Sonntag nach dem Kirchgang hatte sie bis zum Abendläuten Ausgang und besuchte ihre Mutter, der sie dann ein Stück vom Sonntagskuchen mitbrachte. Auf diese Stunden freute sich Tine sehr. Sie konnte nicht genug darüber hören, wie es im Pfarrhaus zuging und welche schmackhaften Gerichte Lene zuzubereiten lernte.

Tine war beeindruckt, was für eine gute Hausfrau die Pastorin war. Zum Schluß mußte Lene dann immer noch alle Familienneuigkeiten erfahren: »Walter hett heirat, de Kööksch vun sien Goot. He hett mi to Hochtied inladen, avers he kunn mi nich afholen«, erzählte ihr Tine traurig. Sie hatte ihren Sohn schon lange nicht mehr gesehen. Daß er ihr von seinem Lohn nichts mehr schickte, verschwieg sie.

»Un Mide? Hest vun Mide höört«, wollte Lene wissen.

»Jo, Mide weer körtens bi mi, hett nu al dree Kinners, veel Arbeit un en suur Leven op de Geest.« Im Geist sah Tine das verbitterte Gesicht ihrer Tochter vor sich, die ihr gesagt hatte: »Kann di keen Geld geven, Mudder, wi hebbt sülvst nix, mööt oftins an de Fingers sugen."

Dagegen war es Tine eine Freude, Lene anzusehen: »Sühst man prächtig ut, büst en richtige Daam worrn in dien Pastorat.«

Ja, Lene hatte sich gut rausgemacht, war eine Schönheit geworden, rank und schlank. Ihre klaren blauen Augen drückten Ruhe und Besonnenheit aus. Das lange prächtige Haar trug sie hochgesteckt zu einem schweren Knoten. Ihre Bewegungen waren anmutig und geschmeidig, die Sprache gewählter als die der Bauernmädchen. Und auch ihre Kleidung war gediegen: Die Sachen, die die Pastorin ablegte, durfte sie sich ändern und mit einem weißen Kragen versehen. Ihr weißes Häubchen trug eine Spitzenkante.

Unwillkürlich verglich Tine sie mit ihrer Schwester Mide, dieser drallen, verarbeiteten Bäuerin.

»Denkst al an't Freen, Lene?«, fragte sie ihre Tochter. Dabei wußte sie ja, daß Lene nie auf den Tanzboden ging und ihre ganze freie Zeit entweder im Pastorat oder bei der Mutter zubrachte.

»Ick will mien Leefdag nich heiraden; ick will för keen'n Keerl to Krüüz krupen. Ick bliev in't Pastorat, bit ick oolt un gries bün.«

Tine betrachtete sie und seufzte leise: »Ach, Lene, kümmt Tiet, kümmt Raat. Keen weet, wat noch dien Schicksaal is.«

5

Lene war im Pastorat eine zufriedene Haustochter. Alle Hoffnungen der Pastorin hatten sich erfüllt: Lene war freundlich, fleißig, sauber und geschickt. Sie arbeitete gern. Im Haus lief alles wie am Schnürchen. Die Pastorin konnte sich manch schöne Mußestunde gönnen.

Weihnachten stand vor der Tür, die beiden Pastorensöhne wurden zum Fest erwartet, alle waren voller Vorfreude. Das Haus war festlich geschmückt, und es duftete nach Weihnachtsbäckerei.

Mit Erstaunen sahen die Söhne auf die schmucke Haustochter. Wie sehr sie sich in dem einen Jahr wieder verändert hatte. Aus dem mageren, schüchternen Mädchen war eine Schönheit geworden, die mit flinken, umsichtigen Bewegungen das Haus besorgte und alles vortrefflich regelte. Dazu war es noch amüsant, sich mit ihr zu unterhalten. Sie hatte Verstand, ihre Ansichten waren geradlinig. Alles, was sie sagte, hatte Hand und Fuß.

Welch Unterschied zu den Gänsen, den sogenannten Töchtern aus gutem Hause, mit denen sie bis jetzt herumgealbert hatten. So wetteiferten die beiden Jungen untereinander, Lenes Gunst zu erlangen, ihr kleine Aufmerksamkeiten zu erweisen.

Lene blieb kühl, doch der Pastor beobachtete die Annäherungsversuche seiner Söhne mit Unruhe. »Dat fählt noch, dat een vun uns Jungs sick in de Deern vergafft. Dor heff ick ehr nich för studeern laten, dat se sick en Magd to Fru nehmt, en Deern ut en Familie mit en Reputatschoon, de... Na, ick will dor lever nich över snacken«, wetterte er im Gespräch mit seiner Frau. »Paß man bloots op, Fru.«

Besonders Günther, dem jüngsten Sohn, gefiel Lene. Eines Abends schenkte er ihr eine Kette aus blauen Glassteinen. Er sagte: »Wenn ick Pingsten trüchkaam, denn gaht wi beid to'n Dörpfest danzen.«

»Ick kann nich danzen. Dat heff ick noch nich probeert«, lehnte Lene ab.

»Ick bring di dat bi.« Er drängte sie so lange, bis sie endlich zusagte. In den folgenden Wochen nähte sie Abend für Abend aus billigem Stoff einen weit schwingenden Tanzrock. Dazu wollte sie die weiße Bluse anziehen, die sie zum Kirchgang trug. Und in die Haare würde sie ein blaues Band binden.

Je näher Pfingsten kam, desto größer wurde ihre Vorfreude, doch die bekam einen jähen Dämpfer: Kurz nach der Ankunft des Sohnes rief der Pastor sie in sein Arbeitszimmer.

»Lene, ick mutt mit di reden«, fing er an, seine Augen fest und unerbittlich auf sie gerichtet. »Jedereen hett sienen Platz in't Leven, mien Deern. Dien Platz is in de Köök un in't Huus, nich mehr un nich weniger. Mien Söhns sünd för anner Fruuns dor, maark di dat.«

Mit hochrotem Kopf verließ Lene das Studierzimmer; am liebsten hätte sie die Tür hinter sich zugeknallt. Wut und Scham kämpften in ihr: Was hatte sie denn getan?!

Erst langsam konnte sie wieder klar denken. Was war geschehen? Hatte sie sich etwas vorzuwerfen? Günthers feine, höfliche Art ihr gegenüber hatte auf sie Eindruck gemacht.

Das wäre ein Mann nach ihrem Geschmack gewesen, gab sie vor sich ehrlich zu. Aber sie hatte sich ihm nicht aufgedrängt und erst nach langem Zögern zugesagt, mit ihm auszugehen.

Völlig überraschend reiste der Pastorensohn am Sonntag nach dem Mittagessen wieder ab, ohne sich noch einmal an Lene gewandt zu haben. Dieser wortlose Abschied tat ihr weh. Sie war enttäuscht, und wieder dachte sie: Auf Männer ist kein Verlaß, sie taugen nichts. Verlassen kann man sich nur auf sich selbst.

Sie sah den selbstgenähten Tanzrock an, daneben hing die frisch gebügelte Bluse. Sie hatte sich so gefreut. Voll Trotz dachte sie: »Wozu brauche ich einen Begleiter? Ich kann auch allein ausgehen. Ich will ja nur zusehen, wie die anderen tanzen.«

Am Abend wußte Lene schon nicht mehr so genau, ob sie in den Dorfkrug gehen sollte oder lieber nicht. Die Pastorin war in die Küche gekommen, hatte ihr eine Weile zugesehen und sie – wohl auch, um sie auszuhorchen – gelobt: »Du büst en düchtige Huusfru worrn, Lene. De Mann, de di mal kriggt, kann sick graleern. Hest al en'n in Utsicht?«

»Ick will nie nich heiraden, Fru Paster. Ick bliev alleen. Dat's veel beter«, hatte Lene gesagt. Die Pastorin hatte zufrieden genickt. Diese Antwort hatte sie erwartet.

Der Himmel war schwefelgelb, eine dunkle Wolkenfront zog von Westen auf; Lene blickte unruhig aus dem Küchenfenster in den Garten: »Ick kiek bloots fix mal in'n Kroog, vör dat Unweder bün ick wedder to Huus, dat maarkt keeneen«, dachte sie sich. Sie lief flink in ihre Kammer, wusch sich über der Waschkumme, zog den neuen Tanzrock und die weiße Bluse an, band das blaue Band in ihr Haar. Die hohen schwarzen Knopfstiefel paßten zwar nicht gut dazu, auch tanzen konnte man damit sicher nicht. Aber andere Schuhe hatte sie nicht, und eigentlich wollte sie ja sowieso nicht tanzen.

Die Tür zum Tanzsaal konnte sie kaum öffnen, so hatte der Wind aufgefrischt. Die Luft innen war stickig, ein Gemisch von Tabakschwaden und Schweiß nahm ihr fast den Atem. Im Halbdunkel gewahrte sie schwerfällige Knechte, die mit ihren Liebsten auf dem Boden herumstampften. Wie eine Viehherde, dachte sie angewidert und wollte wieder gehen.

Ein Mann hatte sie ganz ungeniert gemustert und verstellte ihr den Weg: »Goden Abend, Lene. Kumm, danz mit mi.«

Lene sagte nur kühl: »Ick kann nich danzen, un ick will ok nich.«

»Muttst lehr'n, Deern, ick bring di dat bi.« Ehe sie sich versah, hatte er sie schon gepackt, den Arm um sie geschlungen und sie zur Tanzfläche geschoben. Sofort waren sie eingekeilt zwischen den vielen tanzenden Paaren. Er war stark, sie konnte sich nicht losreißen, ohne daß es allen im Saal auffiel.

Die drei Männer der Kapelle spielten gerade: »Lott is doot, Lott is doot, Jule liggt in't Starven, laat ehr man, laat ehr man, denn gifft dat wat to arven. Een, twee, dree, veer, in Hoppenstedt, in Hoppenstedt is't Füür. Fief, söß, söben, acht, de Mudder blast de Lampen ut un seggt uns gode Nacht.«

In schnellem Tempo mußten die Tänzer dabei galoppieren, bei jeder Zahl hob der Tänzer sein Mädchen hoch, und bei »Gode Nacht!« durfte er seiner Tanzpartnerin einen Kuß geben. Lene drehte den Kopf zur Seite, um Bonniers Mund zu entgehen. Ihr war schon ganz schwindelig, da endlich machten die Musiker eine Pause, nahmen einen kräftigen Schluck Bier.

»Kumm, Deern, is Paus, wi wöllt ok wat drinken!« Bonnier zog sie zu einem freien Tisch.

»Nee, ick will lever na Huus.« Lene blitzte ihn zornig an.

»Bi dat Weder? Warrst natt as en Katt.«

Das stimmte. Lene hörte den Regen gegen die Scheiben peitschen. Sie befürchtete, daß die Pastorin ihren nassen Rock in der Kammer bemerken würde. Bonnier sah, daß sie zögerte.

»Hest wull Bang vör mi«, meinte er belustigt.

»Ick heff vör keenen Keerl Bang, un vör di al gar nich.«

»Rass hett se«, dachte Bonnier anerkennend, »de will ick hebben.« Laut sagte er: »Wies mi dat un bliev bit na den Regen.«

Angst hatte sie keine, und das würde sie ihm beweisen. So blieb sie. Während Bonnier etwas zu trinken besorgte, überlegte sie, woher sie der Mann kannte, der sie so einfach angesprochen hatte und sie duzte. Sie konnte sich nicht an ihn erinnern.

Bonnier hatte Lene einmal in die Gaststube treten sehen, als sie von ihrem Vater das Wirtschaftsgeld für die Mutter bekommen hatte. Da war ihm die hochgewachsene, stolze Anmut der jungen Frau aufgefallen, die ihn noch nicht einmal zu bemerken schien.

Ganz ungläubig hatte er anschließend gefragt: »Weer dat dien Dochter, Sievert? De much ick hebben.«

Aber sofort war Sievert aufgefahren, hatte auf den Tisch geschlagen und gebölkt: »Laat de Finger vun mien Deern, du Mistkeerl. De is wat Beters, nix för so'n Schiet as di.«

Bonnier hatte ihn geringschätzig angesehen, ihm ein Glas Korn hingeschoben: »Dor hest en Snaps." Dann schlenderte er davon, ohne Sievert noch eines Blickes zu würdigen.

Bonnier kam mit Getränken zurück. Das Zeug in dem großen Glas schmeckte merkwürdig, brannte Lene in der Kehle, tat aber gut. Sie fühlte sich besser. Ihre Bedenken schwanden. Und wenn sie schon hier blieb, dann wollte sie auch tanzen. So hatte sie nichts dagegen, daß Bonnier sie ein ums andere Mal aufforderte.

Er sah so ganz anders aus als alle Männer hier. Er war schlank, drahtig, der Körper muskulös. Mit seinem welligen schwarzen Haar, dem gezwirbelten Schnurrbart war er eine blendende Erscheinung.

Er war ein guter Tänzer und lobte sie nach einem Rheinländer, der nicht ganz so wild war wie der Tanz zuvor: »Lenchen, maakt Spaaß mit di to danzen.«

Als sie an den Tisch zurückkamen, trank sie ihr Glas in einem Zug aus. Sie hatte nicht gemerkt, daß Bonnier dem Wirt heimlich Zeichen gegeben und er die Gläser stets unauffällig nachgefüllt hatte. Sie fühlte sich bald so wohl, alles wurde leicht, über alles konnte sie kichern. Und sie konnte tanzen. Die anderen im Saal wunderten sich: »Süh an, de Lene Hank, hest di dacht, dat de so danzen kann?«

Plötzlich wurde ihr schwindelig, Brechreiz stieg ihr scharf die Kehle hoch. Sie schaffte es gerade noch, sich aus dem Saal herauszudrängeln. Vorm Haus konnte sie die Übelkeit nicht mehr unterdrücken. Ein Schwall ergoß sich auf ihre Bluse und den Rock. Zitternd und hilflos weinte sie vor sich hin.

Lene konnte nicht mehr klar denken, ihre Beine versagten, sie hielt sich krampfhaft an der Türklinke fest. Da nahm Bonnier sie einfach auf den Arm, trug sie in seine Kammer. Er sprach beruhigend auf das wehrlose Mädchen ein, während er es auszog: Er werde ihr die Kleidung säubern, sie solle sich etwas ausruhen, es würde ihr bald wieder besser gehen.

Erst als er sich über sie schob und in sie eindrang, versuchte sie verzweifelt, ihn abzuwehren und sich von ihm zu befreien. Es war für ihn ein leichtes Spiel, denn in ihrem elenden Zustand war sie ohne Kraft und betäubt von den Wirbeln in ihrem Kopf.

Später, als Bonnier eingeschlafen war und das Schwindelgefühl nachließ, ekelte sie sich vor sich selbst, zog die verschmutzten Sachen an, die Bonnier achtlos in die Ecke geworfen hatte, und schlich die Treppe hinunter. Unten und vorm Haus standen Burschen mit ihren Mädchen. Ihre hämischen Blicke und Bemerkungen empfand sie wie Schläge ins Gesicht. Sie rannte davon. Unaufhaltsam liefen ihr die Tränen übers Gesicht.

Der Regen hatte nachgelassen, es grummelte in der Ferne, die Luft war kühl und erfrischend. Je weiter sie sich vom Dorffest entfernte, desto klarer wurde es in ihrem Kopf. Verzweifelt überlegte sie immer wieder, wie es soweit hatte kommen können.

»He hett mi mit Afsicht duhn maakt«, sagte sie sich. Doch das half ihr jetzt auch nicht. Sie war auf ihn hereingefallen.

Leise vor sich hinweinend, schlüpfte sie durch das angelehnte Kammerfenster ins Pastorat. Sie wusch sich von Kopf bis Fuß und fühlte sich dennoch schmutzig. Ihr war elend, und sie fror. Schließlich kroch sie unter das schwere Federbett, aber ihr wurde nicht warm, und sie schlief nicht. Zitternd und schluchzend schwor sie sich: »Nie wedder. De Keerl schall mi dat böten.«

Am nächsten Morgen erschrak die Pastorin, als sie mit Lene in der Küche zusammentraf. Lene richtete das Frühstück her, war aber so leichenblaß, sah so verbittert aus, daß die Pastorin sie fragte: »Lene, büst krank?«

Lene murmelte nur: »Dat geiht al, Fru Paster.«

Aber in Ordnung war gar nichts, Lene hatte sich völlig verändert. Sie verlor ihr fröhliches Wesen, verließ das Haus kaum noch. Wurde sie von der Pastorin ins Dorf zum Einkaufen geschickt, hatte sie Angst, Bonnier zu begegnen oder von den Leuten im Dorf schadenfroh gefragt zu werden: »Na, 'Fru Gräfin', hest Spaaß hatt mit em?« Sie zitterte, hielt den Blick auf den Boden gesenkt und war bald zurück.

Lene wußte, daß Bonnier manchmal um das Pastorat schlich, um ihr aufzulauern oder sie herauszulocken. Sie wollte ihn nicht wiedersehen. Sie sah elend aus, und so fühlte sie sich auch. Tagsüber war sie unkonzentriert bei ihrer Arbeit, aß kaum noch und fand nachts keinen Schlaf. Daß sie schwanger sein könnte, dachte sie seltsamerweise nicht. Dieser Gedanke kam der Pastorin, als sie Lene eines Morgens elend und würgend in der Küche stehen sah.

Als Lene rot wurde, entfuhr es der Pastorin erschrocken: »Is uns Söhn Günther de Vadder vun dien Kind?«

Lene war wie vom Blitz getroffen. Sie begriff sofort, daß die Pastorin recht hatte: Sie war schwanger.

Sie floh in ihre Kammer, riegelte ab, war wie erstarrt. Was sollte sie jetzt tun? Am liebsten wäre sie tot.

Sie hörte Schritte vor ihrer Kammer, dann die Stimme des Pastors: »Maak foorts de Döör up, Lene.« Nachdem ihm geöffnet worden war, stellte er Lene zur Rede: »Ick will weten, wecker is de Vadder vun dien Kind?«

»Bonnier«, flüsterte Lene kaum hörbar.

»Wat heff ick di seggt, Fru«, nickte Pastor Petersen triumphierend seiner Frau zu, »Schiet blifft Schiet. Een kunn nix anners vermoden. Un nu kannst dien Weeg gahn, noch hüüt büst du ut Huus.«

Die Pastorin schüttelte nur den Kopf über Lene. Gott sei Dank hatte ihr Sohn nichts damit zu tun, und dem Mädchen würde sie in diesem Zustand nun auch nicht weiterhelfen können.

Lene war sicher, daß ihre Mutter zu ihr stehen würde. Sie wollte sofort nach Hause, Tine sollte die Schmach nicht von fremden Leuten erfahren. Unkonzentriert erledigte sie die letzten Arbeiten, die ihr die Pastorin noch auftrug. So schnell es ging, eilte sie dann nach Hause, um sich mit ihrer Mutter aussprechen zu können.

Als sie in die Kate trat, stand sie unvermittelt dem Vater gegenüber. Er war wieder betrunken und ging sofort auf Lene los. Sie sah ihm an, daß er über alles Bescheid wußte. Wahrscheinlich hatte Bonnier nichts Eiligeres zu tun gehabt, als mit seiner Eroberung zu prahlen.

Sievert hatte gehofft, daß Lene ihm sein Erbe, seinen Wohlstand zurückbringen würde. Er fühlte sich von ihr verraten. Die ganze aufgestaute Wut – über sein Leben, den erfolgreicheren Bonnier, den eigenen Vater – entlud sich auf die Tochter.

Er band den Gürtel los und drosch auf Lene ein. Lene wehrte seine Schläge kaum ab. Sie fühlte sich wie abgestorben, sank in die Knie.

Plötzlich brachen die Schläge ab. Lene hörte ein dumpfes Geräusch. Neben ihr fiel der Vater zu Boden. Sievert Hank hatte der Schlag getroffen. Der hinzugerufene Arzt stellte eine halbseitige Lähmung fest, Sievert konnte nicht mehr sprechen und sich nicht bewegen.

Dieses neuerliche Unglück war für Tine entscheidend: Sievert brauchte sie; vieles mußte bedacht, geregelt und geordnet werden. Sie nahm Lenes Nöte – die verlorene Stellung im Pastorat und ihre ungewollte Schwangerschaft – kaum wahr.

Die beiden Frauen wechselten sich in der Pflege Sievert Hanks ab. Da Guste die ganze Zeit aus Angst vor dem Vater schrie und sich nicht beruhigen ließ, mußte sie für einige Zeit ins Armen- und Pflegeheim. Darauf hatten sich Tine und Lene schweren Herzens geeinigt.

Walter und Mide waren benachrichtigt worden und hatten sich angesagt. Lene versuchte, mit der Mutter ein Gespräch über ihre Situation zu führen. Tine aber hatte in den Augen ihres Mannes den Tod gesehen. Nichts anderes hatte im Augenblick für sie Gewicht. Sie sorgte liebevoll für Sievert, las ihm jeden Wunsch von den Lippen ab. Sie konnte Lene in dieser Zeit nicht helfen, sagte ihr: »Kümmt Tiet, kümmt Raat. In sware Tieden muttst enen Dag na'n annern hennehmen.«

Lene fand bei ihrer Mutter weder ein offenes Ohr noch Trost und war mit ihrem Kummer allein. Schmerzhaft wurde ihr bewußt, daß sie Hilfe immer nur von sich selbst erwarten konnte.

Zuerst kam Walter ans Krankenbett des Vaters, stattlich anzusehen in seiner Kutscheruniform. Ein wenig verlegen trat er in die niedrige Kate, nahm die Mutter zärtlich in die Arme, die er so klein und gebeugt nicht in seiner Erinnerung gehabt hatte. Sie sah abgezehrt aus und er nahm sich vor, sie nach dem Tod des Vaters eine Weile mitzunehmen, damit sie sich bei ihm ein wenig erholen könnte. Er verglich unwillkürlich seine behagliche Kutscherwohnung mit den ärmlichen Verhältnissen hier.

Noch rechtzeitig fiel ihm ein, daß seine Frau nicht begeistert wäre, wenn er die Mutter mitbrächte. Sie würde sicher auf Tine herabsehen. Walter war gutmütig, ging jedem Streit mit seiner Frau lieber aus dem Weg. Er konnte es mit ihr nicht aufnehmen.

So sagte er lieber nichts.

Auf den Vater hatte er nur einen kurzen, gleichgültigen Blick geworfen und gemurmelt: »Lang maakt he dat nich mihr, Mudder.«

Er wandte sich der Schwester zu und meinte: »Goot sühst ut, 'Fru Gräfin'.« Da Lene nicht antwortete, sich nur verlegen umgedreht hatte, war er bald gegangen. Zum Abschied hatte er Tine drei Taler in die Hand gedrückt und im Hinausgehen zu ihr gesagt: »Is för di alleen, Mudder.«

Tine hatte ihm noch lange sinnend nachgeschaut und dachte traurig bei sich: »He hett gar nix vun sien Fru un de Kinner vertellt.«

Einige Tage später kam Mide, laut und lärmend: »Goden Dag, Lüüd!«

»Psch, Vadder is krank«, ermahnte sie die Mutter.

Mide sah sich kurz um, der Vater lebte also noch. Zu erben gab es hier sowieso nichts. »Sühst man käsig ut, Vadder, avers dat warrt al wedder«, sagte sie zu dem Kranken und fuhr fort: »Hebbt ji en Teller Supp för mi, bün düchtig hungrig worrn vun de lange Reis.«

Zu Lene gewandt, fuhr sie fort: »Vun di, Lene, höört een ja allerhand, un nix Godes. Heff höört, kriggst en Kind. Is 'Fru Gräfin' nu to Fall kamen«, fragte sie höhnisch, »büst ok nix Beters as wi.«

Lene antwortete nicht. Sie ging in ihre Kammer und holte den hübschen frisch gewaschenen Tanzrock und die blaue Glasperlenkette. Sie schenkte alles der Schwester: »Is för di, Mide, ick bruuk de Saken nich mihr.«

Mide legte die Kette gleich um ihren dicken Hals, für den Rock war sie zu derb und zu dick. »Schaad, dor lett sick nix mihr ut de Sieden utlaten, avers mien Öllste, de kann em bald antrecken.« Dann löffelte sie die aufgefüllte Suppe in sich hinein und verabschiedete sich bald, ohne nochmals nach dem Vater zu sehen. Mutter und Tochter blieben allein zurück.

Sie wechselten einander mit Sieverts Pflege ab: Tine versorgte ihn tagsüber, fütterte, säuberte und wickelte ihn, als wäre er eines ihrer Kinder. Lene blieb nachts in einer Ecke der Schlafkammer immer bereit, aufzuspringen, wenn sie ein ungewöhnliches Geräusch hörte. Manchmal dachte sie verbittert, daß ihr Vater so viel Aufmerksamkeit nicht verdient hatte. Sie hätte ihn am liebsten einfach liegen lassen. Lene konnte die Mutter nur aus tiefstem Herzen bewundern. »Jüst as de hillige Mudder Maria«, dachte sie manchmal.

Sievert hatte sich verändert. Er konnte nur noch seine Augen bewegen. Die folgten Tine, solange sie im Zimmer war.

Gott sei Dank hatten Tine und Lene stets sparsam gewirtschaftet. So brauchten sie – solange Sievert lebte – nicht mehr außer Haus zu arbeiten. Häufig stellten die Nachbarn Suppe und andere Lebensmittel stillschweigend vor die Tür. Tine hatte auch so manchem in Notzeiten beigestanden. So kamen sie mit vielerlei Hilfe über die schwere Zeit hinweg.

Während sich die Mutter am Morgen um den Kranken kümmerte, besorgte Lene den Haushalt. Am Nachmittag machte sich Tine auf den Weg ins Armen- und Pflegehaus und besuchte Guste, die sich überhaupt nicht eingewöhnen konnte und mit ihrem lauten Schreien alle störte. Sie ließ sich von keinem Fremden anfassen, füttern oder waschen.

Die Pflegeschwestern hatten Tine aufgefordert, Guste zurückzuholen. Aber Tine – immer sanft und freundlich – hatte die frommen Schwestern überzeugen können, daß der Tod Sieverts nicht mehr lange auf sich warten ließe. Bis dahin wollten sie Guste also noch behalten.

Weil sie den gesamten Tagesablauf im Armenhaus durcheinander brachte und alle störte, wurde Guste in einem alten Gartenhäuschen untergebracht. Dort fanden Tine oder Lene sie immer völlig verschmutzt vor. Es brach Tine jedesmal das Herz, wenn sie Guste zurücklassen mußte, die sich an sie klammerte und jammerte: »Mudder, Mudder, Guste mit.«

Mehrere Schwestern mußten Guste gewaltsam zurückhalten, Tine schleppte sich jedesmal erschöpft nach Hause.

Lene haßte die Pflege des kranken Vaters. Sie wünschte nur seinen Tod. Sie versuchte, seine mit den Augen ausgedrückten Wünsche zu übersehen. Wenn er mit der Zunge zwischen seinen Lippen andeutete, daß er Durst hatte, ließ sie ihn warten, bis sie es selbst nicht mehr aushalten konnte.

Die beiden führten einen unerbittlichen Kampf, bis einer nachgab: Sievert, indem er müde die Augen schloß, oder Lene, indem sie sich abwandte.

Wenn sie mit der Mutter zusammen seinen Unterkörper reinigte, wurde ihr übel. Vor ihrem inneren Auge standen demütigende Erinnerungen: der Vater, der nie für die Familie gesorgt, die Mutter nur ausgenutzt, ständig andere Frauen gehabt und seine Kinder in Angst und Schrecken versetzt hatte.

Der Vater hatte ihr Bild von den Männern geprägt. Schaute sie ihn an, so sah sie alle anderen, die bisher auf ihr Leben Einfluß gehabt hatten. Sie sah den alten Lehrer, der all ihre Anstrengungen, eine gute Schülerin zu sein, bewußt übersehen hatte, weil sie – nur ein armes Kätnerkind – ihm nicht von Nutzen sein konnte. Und der Pastor stand ihr vor Augen mit seiner gepredigten Heuchelei, daß alle Menschen vor Gott gleich und seine Kinder seien. Und was hatte er über sie gesagt? »Schiet blifft Schiet!«

Der Gipfel menschlicher Verkommenheit aber war Henri Bonnier. Um sie gefügig zu machen, hatte er sie betrunken gemacht und mißbraucht. Eines Tages würde sie es ihm heimzahlen, ihm und allen anderen Männern, dachte sie bitter. Das Kind, das in ihr heranwuchs, würde sie ihm vor die Füße legen. Sollte er dafür sorgen, der Luderhans, sie hatte es schließlich nicht gewollt.

Bonnier hätte sein Verhältnis mit Lene gern fortgesetzt. Sie hatte ihn in letzter Zeit mehrfach ums Haus streichen sehen, aber sie wollte und konnte nicht mit ihm sprechen, nicht einmal, um ihn zu beschimpfen oder fortzujagen. Bei seinem Anblick spürte sie sofort die körperliche Erniedrigung, das Blut schoß ihr ins Gesicht, und sie zitterte am ganzen Körper.

Wann der junge Viehhändler Henri Bonnier in Eiderstedt aufgetaucht war, wußte später niemand recht zu sagen. In kurzer Zeit war er jedenfalls bekannt wie ein bunter Hund. Die Eiderstedter – Fremden gegenüber eigentlich zurückhaltend und mißtrauisch – scharten sich um ihn, immer war er Mittelpunkt von großem Hallo und Gelächter. Er war ein guter Unterhalter und im Wirtshaus freigiebig.

Seine derben Späße versetzten die Leute in gute Laune. Sie konnten ihre Sorgen und den grauen Alltag für einige Stunden vergessen. In allem war er das genaue Gegenteil der schwerfälligen Nordfriesen.

Er konnte ausschmückend erzählen, und seine Geschichten waren abgestimmt auf die jeweiligen Zuhörer. Mal hatte er erzählt, daß er aus Frankreich stamme, die ganze Familie bei einem Unglück ums Leben gekommen wäre. Ein anderes Mal berichtete er, er sei holländischer Fischer mit eigenem Boot gewesen. Dann wieder, daß er aus einem alten Bauerngeschlecht im Kehdinger Land stamme. So sagte man von ihm: »He lüggt, wat dat Tüüch höllt! Avers he lüggt goot.«

Er hatte das, was die Eiderstedter »Viehverstand« nannten, und deshalb immer Geld in der Tasche. Er hatte schnell erkannt, daß der Viehhandel hier in dem weiten Marschenland ein gutes Geschäft war.

Es gab nur einen, der ihm in die Quere kommen konnte und den er ausbooten mußte: Sievert Hank. Das fiel nicht allzu schwer. Der hatte seine besten Jahre hinter sich und war dem Alkohol verfallen. Bonnier nutzte das geschickt, spendierte Sievert gelegentlich einen Korn und horchte ihn über die Bauern, das Vieh und den Handel aus. Da Sievert ohnehin gern prahlte und stolz darauf war, daß Bonnier ihn seinen Freund nannte, erzählte er bereitwillig, nahm ihn auch hin und wieder zu einem Käufer mit. So legte er sich die Schlinge selbst um den Hals.

Als er endlich begriff, welches Ziel Bonnier mit seiner Freundlichkeit verfolgte, war es längst zu spät. Der andere saß bereits fest im Sattel. Nicht Sievert wurde zu den Bauern gerufen, wenn Groß- und Kleinvieh zu verkaufen war, sondern Henri Bonnier.

Bonnier trank kaum Alkohol, dachte scharf und schnell, war Sievert Hank in allem überlegen. Auch mit Frauen konnte er gut umgehen. Er war galant, hofierte sie, machte Komplimente, weil er wußte, daß der Weg zur Geldbörse der Männer am leichtesten über ihre Frauen führte. So manche Frau ließ sich bei dieser Gelegenheit auch zu mehr verführen.

Da er auch darin umsichtig vorging und den Bogen nicht überspannte, genoß er bald den Ruf eines sehr guten Liebhabers. Ihn störte nicht, wenn mancher Mann sorgenvoll die Stirn runzelte oder ihm Prügel androhte. Auch nicht, daß der Gendarm heimlich Nachforschungen über ihn anstellte und dabei war, seine Herkunft zu überprüfen. Er verstand es, in kurzer Zeit alle wichtigen Leute in der Umgebung von sich abhängig zu machen.

Seinen ärgsten Widersacher, Lenes Vater, hatte er längst aus dem Feld geschlagen. Der lag – wie man hörte – auf den Tod. Und er überlegte gar, ob er ihn nicht am Sterbebett aufsuchen sollte, um damit endlich Zugang zu Lene zu bekommen. Er unterließ es. Sieverts hübsche Deern, die er zur Frau gemacht hatte, würde ihm ohnehin wie ein reifer Apfel in den Schoß fallen. Da sie ein Kind von ihm bekam, würde er sie sogar heiraten, wenn sie darauf bestand.

Daß er in Holland schon Frau und Kinder hatte, störte ihn nicht im geringsten. Wer sollte das hier in Eiderstedt, fast am Ende der Welt, erfahren? Er hatte sich eine neue Existenz in Holstein aufgebaut, dazu gehörte eine tüchtige Frau an seiner Seite, und die hoffte er bald zu haben.

Daß manche Frauen eine Demütigung nicht vergessen und verzeihen, daß sie unversöhnlich hassen können, war ihm noch nicht begegnet.

Eine Woche vor Lenes Niederkunft war Sieverts Siechtum zu Ende. Alle atmeten erleichtert auf. Nur Tine trauerte, worüber sich Nachbarn und Kinder wunderten. Hatte sie von ihm je etwas Gutes erfahren?

Nach Sieverts Tod holte Tine ihre Guste sofort nach Hause. Diese war noch lauter und reizbarer geworden. Zudem ließ sie Tine nicht aus den Augen, klammerte sich an sie, folgte ihr auf Schritt und Tritt. Auch für Lene in ihrem hochschwangeren Zustand war sie oft eine rechte Last.

Lene wollte vor der Niederkunft die Zukunft ihres Kindes regeln. So überwand sie sich eines Tages und ging zu Bonnier ins Wirtshaus.

Er war überrascht und erfreut. »Lene, schöön di endlich wedder to Gesicht to kriegen. Wi hebbt veel to besnacken miteenanner.«

Eine flammende Röte überzog Lenes Gesicht, doch sie nahm sich zusammen und sagte nur knapp: »Dat will ick menen.«

Bonnier war trotz ihres Zustandes wieder beeindruckt von ihr und fragte gerade heraus: »Wullt du mi heiraden, Lene?«

Er wollte sie gleich an sich ziehen, doch Lene schob ihn weg, sagte – ohne Zögern, ohne Umstände – »Ja« zu seinem Antrag. Sie wollte seinen Namen für ihr gemeinsames Kind, weiter nichts. Mit ihm, dem Mann, wollte sie nichts zu tun haben, aber bezahlen sollte er wenigstens.

Der Hochzeitstermin wurde auf der Stelle festgesetzt, Lene hatte keine Zeit zu verlieren. Bonnier wunderte sich zwar, daß sie nicht mit ihm in die Kammer hochgehen wollte. Er durfte ihr nicht einmal zur Besiegelung des Ehebundes einen Kuß geben, da er doch jetzt ordentlich verlobt mit ihr war. Er schrieb es aber ihrem Zustand zu, und der war ja bald zu Ende. Dann würde er sie nach allen Regeln seiner Kunst abermals verführen, glaubte er.

Die Hochzeit, die nur vor dem Hardesvogt geschlossen wurde, hatte kein Gefolge. Nur Tine und Bruder Walter waren als Zeugen dabei. Die beiden glaubten ihren Ohren nicht zu trauen, als Lene – kaum daß die Papiere unterschrieben waren – den Hardesvogt mit fester Stimme um einen Scheidungstermin bat. Der Vogt schaute sie fassungslos an. So etwas war ihm in allen Jahren seiner Amtszeit nicht vorgekommen.

An einem schönen, kalten Frosttag wurde Lenes Tochter geboren, ein zartes Mädchen, kaum fünf Pfund schwer. Es war eine leichte, schnelle Geburt. Lene hatte kaum einen Ton von sich gegeben. Sie sah das Neugeborene nur flüchtig an, obwohl Tine und eine Nachbarin bewundernd ausgerufen hatten: »Wat en hübsche, lütte Popp. Un so veel swatte Haar un schöne blage Ogen. Lene, nu süh doch mal.« Doch Lene hatte schon genug gesehen, sie sagte angewidert: »Se süht Bonnier liek, he kieckt mi ut ehr Ogen an.« Lene und Tine hatten beschlossen, ein Mädchen würden sie »Katharina Maria« nennen, was zum Nachnamen Bonnier paßte.

Lene war nicht fähig, für das kleine Lebewesen Muttergefühle zu entwickeln. Doch um so mehr liebte Tine ihr Enkelkind. Stolz führte sie es den Nachbarn vor, die zum Kindskiek kamen: »Dat hier is Katharina Maria Bonnier«, verkündigte sie ihnen stolz, während die junge Mutter völlig unbeteiligt daneben saß. »Dat is en lütt Franzos«, wurde festgestellt. Unter Tines liebevoller Pflege wuchs und gedieh die Kleine – Mimi genannt – und wurde ein hübsches, lebhaftes, freundliches Mädchen, dem sich alle Herzen sogleich zuwandten.

Man konnte die Kleine niemals ohne Aufsicht lassen, denn Guste, inzwischen total verwirrt, war maßlos eifersüchtig, wenn Tine das Baby fütterte und auf dem Arm hatte. Zweimal hatte sie schon versucht, dem Säugling den Hals zuzudrücken, und dabei geknurrt: »Ick di doot maak.«

Drei Monate nach der Trauung wurde Lene schuldig geschieden, da sie die eheliche Gemeinschaft verweigerte. Sie nahm ihren Mädchennamen wieder an, das Kind hieß weiterhin Bonnier. Dem Vater des Kindes gab sie keine Gelegenheit, sein Kind zu sehen. Als ihre Tochter ein halbes Jahr alt war, kehrte Lene Eiderstedt den Rücken. Damit gab sie ihrem Leben eine entscheidende Wendung, ordnete es neu, ohne einen Blick zurückzuwerfen.

6

Ohne eine Spur von Bedauern hatte Lene ihr Heimatdorf hinter sich gelassen, ihre Vergangenheit abgestreift wie ein altes Gewand, welches zu eng geworden war. Was ließ sie – außer Mutter und Tochter – schon zurück? Wenn sie zurückdachte, konnte sie sich nur an die freudlose Kindheit, einsame Jugendjahre, an Enttäuschungen und viele deprimierende Begebenheiten erinnern.

Sie wollte neu beginnen. Mit ihren einundzwanzig Jahren wollte sie so leben, wie sie es sich vorgestellt hatte: Unabhängig, auf sich selbst gestellt, würde sie allein für sich und Mimi sorgen. Sie liebte dieses ihr aufgezwungene Kind zwar nicht, hatte es aber akzeptiert, die Verantwortung zu tragen. Dafür wollte sie arbeiten.

Das Kind blieb bei Großmutter Tine, die es zärtlich liebte. Es war bei ihr am besten aufgehoben. Lene hatte noch keinen Platz für Mimi in ihren Plänen, sie wußte ja selbst nicht, wo sie bleiben sollte. Die Trennung von der Tochter war Lene nicht schwergefallen, ganz anders die von ihrer Mutter.

Sie hatte Tine lange im Arm gehalten und mochte sie gar nicht mehr loslassen, diese abgearbeitete Frau, der das Leben so übel mitgespielt hatte. Für den Neubeginn hatten sie das Erbgeld vom Großbauern Sievert unter sich aufgeteilt, das Tine für Notzeiten aufgehoben hatte.

Tine wollte eigentlich nichts davon behalten, doch Lene

drängte es ihr auf: »Nimm dat för de Lütt, Mudder, ick kumm trecht. Ick haal ehr, sodraad ick dat kann«, versprach Lene der Mutter und strich dem Kind über das Köpfchen. Und zu Guste gewandt: »Un du, Guste, maak Mudder nich so veel Schereree, dat se nich so veel mit di rümklöschen mutt.«

Im Moment des Abschieds zog Tine unter ihren Röcken ein abgegriffenes Kartenspiel hervor: »Nimm dat, Lene, ick heff di dat lehrt, kannst jümmers kieken, wo't uns geiht, wenn du in de Frömm büst."

Noch einmal drückte Lene die Mutter ganz fest. Sie hatte nun doch ein schlechtes Gewissen, der Mutter das Kind aufzubürden. Aber es ging nicht anders. Sie wandte sich ab und ging mit festem Schritt davon, ohne sich noch einmal umzusehen. Tine schaute ihr lange nach, die Augen vor Tränen blind.

Lene nahm ihren Platz in der alten Postkutsche ein, die vor dem Dorfkrug wartete und sie in drei Tagen bis nach Hamburg bringen sollte. Sie verstaute ihren Flechtkorb mit den Habseligkeiten unter dem Sitz. Es gab nicht viel Platz für die Reisenden, und die meisten hatten reichlich Gepäck.

Alle zwei Stunden wurden die Pferde gewechselt, die Reisenden konnten sich eine Weile die Füße vertreten. Lene setzte sich niemals mit den anderen in die Gastwirtschaft, um etwas zu trinken oder zu essen. Sie mußte ihr Geld sorgsam einteilen.

Es war herbstlich kalt, feucht und nebelig. Lene hatte sich erkundigt, was wohl eine Übernachtung im Gasthof kosten würde. Sie hatte die ganze Zeit gerechnet, wie weit sie mit ihrer Barschaft kommen würde. Für ein bescheidenes Nachtlager unterm Dach reichte es.

Am nächsten Morgen ging es in aller Frühe weiter. Bei dem Dörfchen Fahrdorf, kurz vor Schleswig, hielt der Kutscher abrupt die Pferde an. Die Reisenden dachten voller Schrecken an einen Überfall. Lene war froh, daß sie ihr Geld im Saum eingenäht hatte.

Doch es waren keine Räuber, sondern preußische Kürassiere, die mit barscher Stimme die Paßkarten der Reisenden verlangten. Lene erschrak, denn einen Paß führte sie nicht mit sich, geschweige denn eine Paßkarte, die jetzt beim Reisen Vorschrift war. Lene hatte nicht einmal einen Geburtsschein bei sich. Das würde Strafe kosten, meinten die Soldaten ungemütlich.

Als Lene ihre Börse – unter den Augen der Reisenden – aus dem Saum herausgeholt hatte, wurde es noch ärger. Die Dänenkronen, die sie besaß, waren kein Zahlungsmittel mehr. Inzwischen hatten die Preußen eine neue preußische Währung eingeführt.

In Kotzenbüll hatte man von all diesen Dingen nichts erfahren, da war alles beim alten geblieben. Lene schwirrte der Kopf. Ein Offizier meinte, sie lebe wohl auf dem Mond, und befahl ihr, auszusteigen.

Die anderen Reisenden sprangen ihr mitleidig bei. Eine ältere Dame bat für sie: »Drücken Sie doch bitte ein Auge zu, Herr Offizier.«

Doch es hatte keinen Zweck. Die preußischen Soldaten ließen nicht mit sich reden. Sie hatten ihre Vorschriften. So war Lenes Reise in Schleswig zunächst beendet.

Der Kutscher fuhr Lene zum Amtssitz der Provincial-Regierung. Wie fast alle einfachen Landbewohner hatte Lene großen Respekt vor der Obrigkeit und ihren Behörden. So schlug ihr das Herz bis zum Hals, als sie die breite Rathaustreppe emporging. Sie holte tief Luft und nahm sich vor, sich ihre Angst nicht anmerken zu lassen.

Als erstes mußte sie ihr Geld tauschen. Das machte keine Schwierigkeiten. Ihre hohe, schlanke Gestalt strahlte jetzt Selbstsicherheit aus, sie wurde zuvorkommend wie eine Dame behandelt.

Für den Paßschein verwies man sie in ein anderes Zimmer. Da gab es dann Probleme, da sie den Geburtsschein nicht beibringen konnte. Sie wurde zu ihrer Person befragt. Als der Beamte als Personenstand »geschieden« hörte, wurde seine Miene eisig. So eine war das also, hatte Mann und Kind verlassen.

Sie wurde aufgeklärt, daß man nicht so einfach seinen Geburtsort verlassen dürfe, daß sie einen Bürgen benennen müsse. Man wollte sicher sein, daß sie in Hamburg nicht der Armenversorgung zur Last fiele. Lene konnte zum Glück ihre Barschaft vorweisen. Daraufhin wurde der Beamte zugänglicher, er dachte an die leere Stadtkasse, Geld war willkommen. So stellte er Lene gegen Gebühr einen Paßschein aus, mit dem sie erleichtert das Rathaus verließ.

Nach einer weiteren Nacht im Landgasthaus stand Lene am nächsten Morgen wieder vor der Post und hoffte inständig, daß ihre Fahrkarte noch gültig sei; sie hatte für den Kutscher extra eine Flasche Schnaps besorgt.

Sie hatte Glück, der Kutscher war ein gutmütiger Geselle. Nachdem sie ihre Geschichte erzählt hatte, durfte sie mitfahren, zunächst bis Rendsburg vorn auf dem Kutschbock. In der Kutsche waren alle Plätze besetzt; aber was machte das schon? Sie hatte es geschafft, konnte die Reise fortsetzen. Das war das Wichtigste. Sie hatte sich schon ausgemalt, daß sie nach Kotzenbüll zurück müßte, hatte in Gedanken die schadenfrohen Gesichter der Nachbarn vor sich gesehen.

Am dritten Tag erreichten sie endlich Altona. Lene war ganz benommen. Noch nie hatte sie so ein Treiben auf den Straßen gesehen. Pferdebahnen fuhren im Trab links und rechts an der Kutsche vorbei, die vielen Passanten hatten es eilig. Ob man sich in so einem Gewirr zurechtfinden, an eine solche Unruhe je gewöhnen könnte?

Nach langem Fragen und Suchen fand sie schließlich die Arbeitsvermittlungsstelle. Auf dem Flur wartete eine lange Reihe armseliger Leute. Lene reihte sich in die Schlange ein. Nach etwa einer Stunde trat ein Beamter aus seiner Amtsstube und sah über die geduldig wartenden Menschen hinweg. Er erblickte Lene. In der Meinung, sie sei eine Dame, die Personal einstellen wolle, winkte er sie als erste herein.

Als er dann aber feststellen mußte, daß Lene auch nur Arbeit suchte, sie noch nicht einmal Zeugnisse oder Referenzen hatte, entließ er sie schnell wieder. Bei den Herrschaften wäre ohne die gewünschten Papiere gar nichts zu machen. Die sollte sie erst einmal besorgen.

Lene war verzweifelt: Woher sollte sie Empfehlungen bekommen? Die Pastorin zu bitten, wäre zwecklos. Sie würde hineinschreiben, daß Lene die Arbeitsstelle wegen ihres losen Lebenswandels verloren hätte.

Was sollte bloß werden? Sie mußte Geld verdienen für die Mutter, für ihr Kind, und sie selbst mußte schließlich auch leben. An wen sollte sie sich – allein in dieser fremden, großen Stadt – wenden?

Die aufsteigende Angst nahm ihr fast den Atem. Sie mußte sich zusammenreißen, um ihre Situation genau zu überdenken. Mutig trat sie in die nächste Schenke ein, setzte sich in eine Ecke und bestellte einen Tee.

Die Schenke war voller Soldaten, niemand nahm Notiz

von ihr. Der Tee tat gut, die Spannung löste sich ein wenig. Sie merkte gar nicht, daß ihr die Tränen unaufhaltsam über die Wangen rannen.

Ein hagerer Mann trat an ihren Tisch, nahm Platz, ohne zu fragen, und sprach sie an: »Ich sehe, Sie haben großen Kummer, Madame, kann ich Ihnen helfen?«

Lene antwortete nicht. Er deutete eine leichte Verbeugung an und stellte sich vor: »Hans Averdieck ist mein Name, königlich-preußischer Uniformschneider von Beruf.«

Er wartete auf eine Antwort, die aber nicht kam. Er hatte eine Uniform über dem Arm, die er zuvor einigen Soldaten gezeigt hatte. »Sehen Sie, diese Uniform hat ein Leutnant bei mir bestellt und nicht abgeholt. Nun sitze ich da. Den Lohn brauche ich dringend und hoffe, daß sie mir hier jemand abkauft, aber ich habe kein Glück. Da geht es mir wohl so wie Ihnen.«

Da Lene noch immer nicht sprach, fing er an, von sich zu erzählen: Das Geschäft, das er zusammen mit einem Schneidergesellen führe, gehe so schlecht, daß er den Gesellen entlassen mußte. Dazu sei seine liebe Frau vor kurzem verstorben, er sorge allein für drei minderjährige Kinder.

Lene hörte ihm aufmerksam zu. Sein Schicksal rührte sie, es lenkte sie ab von ihren eigenen Sorgen. Schließlich überwand sie sich und fragte ihn, wo man wohl eine billige Bleibe fände. Sie sei hier fremd und suche Arbeit.

Ohne überrascht zu sein, bot ihr der Schneider an, zunächst bei ihm und seinen Kindern zu wohnen: »Natürlich umsonst, wenn Sie sich ein wenig um den Haushalt und die Kinder kümmern. Wo vier essen, wird auch der fünfte satt.«

Lene hatte keine andere Wahl. Sie sah, daß er gute, ehrliche Augen hatte. Sie dankte ihm und nahm das Angebot an:

»Aber nur, bis ich eine Stellung gefunden habe, Herr Averdieck. Ich will gern nach besten Kräften arbeiten, um mir Kost und Logis zu verdienen. Aber zum Schluß müßten Sie mir ein Zeugnis ausstellen, das ich für eine feste Anstellung brauche.«

Das wurde ihr zugesagt, und so zog Lene zur Familie des Uniformschneiders Averdieck, der im dritten dunklen Hinterhaus nahe der Reeperbahn wohnte. Das Firmenschild war am Vorderhaus angebracht: »Königl. preußische Uniformschneiderei H. Averdieck, erstkl. Wertarbeit.«

Als Lene die dunkle Zweizimmerwohnung betrat, ahnte sie gleich, daß es hier ähnlich zuging, wie sie es von Zuhause gewohnt war. Es gab eine Küche, in der sich das tägliche Familienleben abspielte. Das Mobiliar bestand aus einem Tisch, vier Stühlen, einem Wandbord mit spärlichen Küchengeräten und einem alten Herd, der wahrscheinlich schlecht zog. Dann gab es ein Schlafzimmer mit vier Betten und ein paar Haken an der Wand für die Kleidung. Etwas verlegen wies Averdieck in den Hof: »Dort ist die Toilette.«

Schließlich zeigte er ihr noch seine Schneiderstube, die – während die Küche und das Schlafzimmer dringend der Reinigung bedurften – blitzsauber war. Um den Tisch in der Mitte saßen die drei Kinder, zwei Mädchen, die dem Vater nach der Schule Vorarbeiten fürs Mützennähen leisteten, und ein etwa sechs Jahre alter Junge, der mit Trennarbeiten beschäftigt war.

Die Kinder waren blaß, sprangen sogleich auf, begrüßten den Besuch schüchtern und ehrerbietig. Sie stellten sich vor, und Lene merkte sich ihre Namen: Eva, Martha und Paul.

Lene band sich eine große schwarze Schürze um und fing mit dem Scheuern der Küche an. Was war das doch für ein

Unterschied zur hellen, freundlichen, gut ausgestatteten Küche im Pastorat, in der sie bisher gewirtschaftet hatte. Man sah auf die dunkle Brandmauer des nächsten Hauses, wenn man aus dem Fenster blickte. Als Lene es öffnete, meinte sie, ersticken zu müssen.

Gegen Abend war die Küche sauber. Sie rief Martha, das ältere Mädchen. Es sollte ihr den Höker in ihrer Nachbarschaft zeigen. Es waren fast keine Nahrungsmittel im Haus. Sie kauften das Notwendigste ein, und Lene bereitete für den Abend ein einfaches, schmackhaftes Essen.

Als sie mit dem vollen Einkaufsnetz in die Wohnung zurückgekommen waren, hatte sie den sorgenvollen Blick des Schneiders bemerkt, der verstohlen das pralle Netz gemustert hatte.

»Das ist mein Einstand«, sagte Lene schnell und sah seine Erleichterung. Am Abend richtete der Schneider für sich und Paul ein Nachtlager in der Schneiderwerkstatt her. Lene teilte sich mit den Mädchen das Schlafzimmer.

Lene hatte den Haushalt bald gut in Schuß. Sparsam zu wirtschaften, war sie gewohnt. Die Kinder hatten schnell Vertrauen gefaßt, sie sorgte gut für sie. Sie kamen jetzt auch jeden Tag an die frische Luft, denn Lene setzte sich für sie in die Schneiderstube und übernahm die Arbeit von Martha und Eva.

Anfangs hatte sich Averdieck sehr gewundert, wie sauber und ordentlich sie nähen konnte, mit welch zierlichen Stichen. Er lobte sie und pries sein Glück, sie getroffen zu haben; seinen Schneidergesellen ersetzte sie voll und ganz. Seit sie da war, liefen auch die Geschäfte wieder besser.

So gingen die Monate ins Land. Allein der Gedanke, daß Lene ihm gesagt hatte, daß sie eines Tages wieder gehen würde, trübte des Schneidermeisters Glück. Ohne sie konnte er sich sein Leben, seinen Haushalt gar nicht mehr vorstellen. Er getraute sich aber nicht, sie zu fragen, ob sie bleiben und ihn heiraten wollte. Sie sprach kaum über Privates und war immer sehr auf Abstand bedacht.

Über ihr früheres Leben wußte er nur, daß sie eine Tochter hatte, die bei der Mutter in Eiderstedt lebte. Wenn er sonntags mit seinen Kindern spazieren ging, schloß sich Lene niemals an.

Er hätte gern gewußt, was sie statt dessen unternahm, wagte aber nicht zu fragen. Dabei tat Lene gar nichts Besonderes. Sie genoß es, ganz für sich allein zu sein. Als erstes legte sie sich die Karten. Daß Mimi wohlauf war, konnte man sehen, sie war immer von Glückskarten umgeben. Bei ihrer Mutter sah es nicht so gut aus. Lene konnte aus den Karten lesen, daß es ihr gesundheitlich schlecht ging.

Zweimal hatte sie nach Hause geschrieben, auch eine kurze Antwort bekommen: »Wir sind gesund; dafür danken wir Gott. Mit Guste wird es immer schlimmer. Paß auf Dich auf, Deine Mutter.«

Das war der ganze Brief, der außerdem erst nach Wochen eintraf, denn die Beförderung dauerte sehr lange. Da Tine nicht schreiben und lesen konnte, ging sie zum Schulmeister, der ihren Antwortbrief aufsetzte und den sie dafür bezahlte. Das war schon sehr umständlich.

Erst jetzt in der Stadt konnte Lene ermessen, wie schön Eiderstedt war. Sie dachte oft an ihr Zuhause, sah die Weite der Landschaft, den endlosen Horizont, die saftigen grünen Fennen. Gern wäre sie jetzt dort gewesen.

Sie gestand sich ein, daß sie auch Sehnsucht nach ihrem Kind hatte. Wie groß Mimi wohl schon sei, fragte sie sich, wie sie aussehe, wie sie sich inzwischen entwickelt habe.

All das versuchte sie sich vorzustellen. Da wollten ihr manchmal die Tränen kommen, doch dann nahm sie sich zusammen. Es ging nicht anders, sie mußte Geld verdienen, eine ordentliche, gut bezahlte Stellung finden. Dann erst konnte sie allein für Mimi sorgen.

Lene war im dritten Jahr bei der Schneiderfamilie, als Averdieck bemerkte, daß sie sich in letzter Zeit besonders sorgfältig kleidete und oft ohne ein Wort aus dem Haus ging. Er nahm zunächst an, sie würde Bekanntschaften suchen, aber dann bat sie um das versprochene Zeugnis.

Die Angst, sie zu verlieren, gab ihm Mut, und er fragte sie eines Abend, ob sie sich vorstellen könnte, für immer – als seine Frau – bei ihnen zu bleiben.

Sie antwortete ihm ruhig und kälter, als sie eigentlich wollte: »Ich denke, wir haben zu Beginn meiner Zeit bei Ihnen die Grenzen festgelegt.« Und sie erzählte ihm, daß sie durch eine Anzeige in den »Altonaer Stadtnachrichten« eine Stellung gefunden hatte, die sie im nächsten Quartal antreten konnte.

Die Zeit bei den Averdiecks ging zu Ende. Nicht nur der Schneider, auch seine Kinder nahmen ungern Abschied von Lene, als sie sich mit ihrem Flechtkoffer auf den Weg machte.

Unter den vielen Bewerberinnen für die Stelle einer Herrschaftsköchin hatte Frau Senator Söderbohm Lene ausgewählt. Das exzellente Zeugnis von Herrn Averdieck hatte den Ausschlag gegeben. Lene mußte allerdings den Arbeitsvertrag für drei Jahre unterschreiben, weil die gnädige Frau es nicht liebte, sich öfter an neues Personal zu gewöhnen. Zweihundertzehn Mark Jahresgehalt waren ihr zugesichert worden, bei freier Kost und Logis.

Beklommen ging sie durch den wunderschönen, gepflegten Park die Auffahrt entlang auf das prächtige Herrenhaus an der Elbchaussee zu. Als sie sich umwandte, konnte sie auf die Elbe blicken, auf der träge ein Lastkahn vorüberzog. Voller Bewunderung schaute sie auf die herrlichen alten Bäume und Rosenrabatten, in denen zwei Gärtner arbeiteten, die sie mit einem Nicken des Kopfes und einem schüchternen Lächeln grüßte.

Welch eine wunderbare Welt, welch ein Gegensatz zur Hinterhofwohnung in Altona mit dem Fischgeruch, der vom Hafen herüberwehte, dachte sie aufgeregt und sog die frische Luft ein. Wenn sie erst Fuß gefaßt hatte, würde sie vielleicht die Mutter und Mimi hierherholen dürfen.

Hätte sie erst die Frau Senator durch fleißige Arbeit gewonnen, würde diese ihr den Wunsch sicher nicht abschlagen, zumal die Mutter unentgeltlich in der Küche helfen konnte. Und Mimi würde es gut tun, unter ihrer eigenen, strengen Erziehung aufzuwachsen, so träumte sie. Vielleicht könnte ihre Mimi eine Schule für höhere Töchter besuchen, wenn sie sehr sparte.

Viel Zeit würde Lene für die Tochter nicht haben. Sie mußte zehn Stunden täglich im Haus arbeiten und, wenn Bedarf war, an anderen Stellen ohne Entgelt helfen. Nur alle vierzehn Tage am Sonntag würde sie den Nachmittag freibekommen.

Das alles ging ihr durch den Kopf, als sie mit ihrem Koffer die große Freitreppe hinaufstieg, die von schwarzen Marmorsäulen eingefaßt war. Dazwischen standen große Kübel mit Buchsbaum. Lene ließ den Bronzering am Türklopfer – einem blanken Löwenkopf – leicht anschlagen. Sofort öffnete sich die große Tür zur Eingangshalle.

Ein adrettes, schwarzgekleidetes Mädchen mit weißem Schürzchen und Häubchen versank ehrerbietig in einen Knicks und fragte, wen sie melden dürfte. Als Lene sich als die neue Köchin zu erkennen gab, erschrak das Mädchen sichtlich und flüsterte: »Das Hauspersonal und Bedienstete dürfen nur den Hintereingang benutzen. Kommen Sie bloß schnell herein, daß die Gnädige Sie nicht sieht.«

Lene huschte ins Haus und folgte dem Mädchen durch die große Halle zur Hintertreppe, die zu den Personalräumen führte. Zwei kleine Kammern unter dem Dach des riesigen Hauses gehörten Lene ganz allein. Darauf war sie besonders stolz, hatte sie doch noch nie im Leben zwei Räume für sich allein gehabt.

Sie war kaum in ihren Kämmerchen angekommen, hatte den Koffer abgestellt und wollte sich etwas herrichten, als die gnädige Frau schon nach ihr rufen ließ. Lene ging klopfenden Herzens zur Hausherrin. Sie hoffte, daß ihr am ersten Tag kein Fehler unterlaufen würde, denn der Umgang mit feinen Herrschaften war ihr nicht geläufig.

Zaghaft klopfte sie an die große Tür des Salons. Sie hörte: »Entrez«, öffnete die Tür und stand einer knurrenden Riesendogge gegenüber, die sich auf ein Wort ihrer Herrin widerwillig von ihr abwandte und sich zu deren Füßen niederließ.

Lene hatte sich furchtbar erschrocken, die Frau Senator schien es nicht bemerkt zu haben. Sie begann sofort zu reden: »Ich möchte mit Ihnen Ihre Pflichten durchsprechen. Als erstes haben Sie morgens für den Hund zu sorgen, ihn zu füttern und ihm im Park Auslauf zu verschaffen. Sie sind doch tierlieb? Darauf lege ich größten Wert.«

Lene nickte beklommen.

»Danach wird mein Frühstück gerichtet, das ich im Bett

einzunehmen wünsche. Was ich zu frühstücken gedenke, teile ich Ihnen auf einem Zettel mit, den Sie in der Küche am Vorabend vorfinden werden. Anschließend richten Sie das Frühstück fürs Gesinde. Es besteht aus Malzkaffee und zwei Scheiben Brot, bestrichen mit Margarine und Vierfruchtmarmelade, die sie mit gequetschter Rote Beete strecken. Es soll genau zehn Minuten dauern.

Wenn die Hausdame mit den Einkäufen zurückgekehrt ist, beginnen Sie mit den Vorbereitungen zum Lunch. Da Vorkenntnisse der feinen Küche bei Ihnen nicht vorhanden sein dürften, werden Sie diesbezüglich von mir angeleitet. Ich werde zum Abschmecken in der Küche erscheinen. Sollten Sie teure Zutaten vergeuden oder verderben, wird Ihnen das vom Lohn abgezogen, ebenso dann, wenn Sie etwas zerbrechen. Ich hoffe, Sie gehen sorgsam mit allen Küchengeräten um.

Für die Ausbildung in der feinen Küche werde ich zwölf Mark vom Jahreslohn einbehalten. Ich hoffe, daß Sie mir dankbar sind und mich mit treuen Diensten belohnen.«

Lene schwirrte der Kopf. Als sie gehen wollte, fing Frau Söderbohm wieder an: »Ach, noch etwas, Lene, so war doch Ihr Name? Das Personal hat sich in den Herrschaftsräumen nicht blicken zu lassen. Sie verlassen nach Ende Ihrer Arbeitszeit sofort die Küche und suchen ihre Kammern auf. Dort ist Besuch – egal ob weiblich oder männlich – selbstverständlich nicht erlaubt. Vite, maintenant, vite, an die Arbeit.«

Damit war Lene entlassen, sie knickste tief und verließ den Salon ganz benommen. In ihrer Verwirrung konnte sie in dem großen Haus nicht sogleich die Kellertreppe finden, die in den Küchentrakt hinabführte.

Madame Söderbohm führte ein strenges Regiment, das

hatte Lene bald begriffen. Wie geizig die Herrin war und wie sehr sie ihr Personal ausnutzte, das sollte sie auch bald erfahren. »Allons, vite, vite«, scholl es unablässig durch das Haus.

Die zierliche Hausherrin hatte viele Wünsche, sah und hörte alles, tauchte unverhofft auf, kontrollierte die Schränke, alle Vorräte, trieb zur Eile an und schikanierte ihr Personal. Abends – kurz vor Feierabend – monierte sie das Geputzte und Gewienerte, verlangte, daß es sofort in Ordnung zu bringen sei. Das Personal verhielt sich dann stets solidarisch und half der Gescholtenen. Lene wurde sofort in die Gemeinschaft aufgenommen. So hatte sie in der ersten, schwierigen Zeit stets Unterstützung, und das half ihr beträchtlich.

Während der wenigen Male, die sie zur Gnädigen gerufen wurde, nahm sich Lene stets Zeit, die hochherrschaftlichen Räume, den Reichtum, die Pracht zu bestaunen.

Pomp und Plüsch, wohin man nur schaute: Schwere, dunkelrote Samtportieren an den Türen, gehalten mit goldenen Schnüren und Quasten, behinderten den Durchgang. Sie verdunkelten vor den Fenstern den Raum, versperrten die schöne Aussicht nach draußen auf den herrlichen Park. Verstärkt wurde der Eindruck von Düsternis durch dunkle Stofftapeten mit großen silbernen Blumenornamenten an den Wänden.

Die Räume waren vollgestellt mit schweren Plüschmöbeln und diversen Konsolen mit Wachsblumen. Auf dem großen Tisch eine rote Samtdecke mit Fransen, darüber eine blütenweiße Mitteldecke mit kostbarer Stickerei, darauf eine große Silberschale mit Wachsobst. Feinstes Porzellan und Nippessachen waren auf Etageren drapiert. An den Wänden hingen zahlreiche große, dunkle Ölbilder, üppige Stilleben.

Am meisten beeindruckten Lene die riesigen, funkelnden

Kristallkronleuchter, in denen unzählige weiße Kerzen brannten, und die Stuckdecken mit Cupido und Barockengeln. Alles spiegelte sich in großen Kristallspiegeln mit barocken Goldrahmen.

Lene war in solchen Momenten stolz darauf, in diesem Haus dienen zu dürfen, und gab sich große Mühe, der gnädigen Frau alles recht zu machen. Den Herrn Senator Söderbohm – einen stillen, unauffälligen Mann – bekam Lene kaum zu Gesicht. Sie war sicher, er kannte nicht einmal ihren Namen.

Schon bald wurde Lene eine besondere Anerkennung zuteil. Sie durfte am letzten Donnerstag im Monat der Hausdame zur Hand gehen, den Damen und Herren Sherry und »Petits Fours« reichen.

Zu diesem sogenannten »Jour fixe« erschienen die Gäste, meist Herren, in ordengeschmückten Uniformen oder im Frack, die wenigen Damen in gewagten Roben, dekolletiert oder gerafft und dabei so fest geschnürt, daß sie kaum Luft holen konnten. Sie gaben in der Halle ihre Visitenkarten ab, die auf einem silbernen Tablett gesammelt wurden.

Am schönsten von allen war stets die gnädige Frau Söderbohm, darüber waren sich alle Dienstboten einig. Sie, die sonst meist nachlässig im Morgenrock herumlief oder sich auf der Chaiselongue rekelte und Süßigkeiten naschte, bereitete sich dann stundenlang in ihrem Boudoir vor.

Lene hatte einmal einen Blick hineinwerfen können. Vor den Fenstern hingen duftige Volants mit Rüschen und Spitzen. Die Lampen waren mit roten Plüschdecken verhängt, überall standen Tischchen mit diversen Tiegeln, Flacons, Creme- und Puderdosen. Ringsum hingen goldgerahmte Spiegel, und ein schwerer, süßlicher Duft durchtränkte den Raum.

Wie ein Schmetterling, der dem Kokon entschlüpft war, präsentierte sich Madame Söderbohm nach solchen Prozeduren im Boudoir dem staunenden Personal. Die blondgefärbten Locken hatte der Friseur schon am Morgen unermüdlich gebürstet, mit der Brennschere rechts und links vom Mittelscheitel gebändigt. Lene erinnerte der gerade Scheitel an eine akkurat gezogene Ackerfurche.

Die Gnädige flatterte wie ein Vogel von einem Gast zum anderen. Selbst ihre Stimme war nicht wie sonst schrill und hart, sondern zwitschernd und hell. Die Herren – auch ihr Mann, der Herr Senator, von dem man hinter vorgehaltener Hand munkelte, daß er eine Maitresse hätte – machten ihr Komplimente, lagen ihr zu Füßen.

Für Lene war es eine Auszeichnung, daß sie diese illustre Gesellschaft bedienen durfte. Frau Söderbohm hatte sie zuvor gemustert, ihre blühende Jugend mißbilligend betrachtet, das Häubchen zurechtgerückt. Sie hatte ihr zugezischt, daß sie sich nicht zur Schau stellen sollte und ihr Haar unter der Haube zu verschwinden hätte.

Der freie Tag, den jeder hatte, war meistens gar nicht frei. Mit Vorliebe lieh Madame Söderbohm dann ihre Dienstboten an Freunde und Bekannte zu deren Festlichkeiten aus. Das wurde zwar honoriert, doch das Salaire steckte die Gnädige ein, auch das Trinkgeld mußte vorgewiesen werden. Man durfte es zwar behalten, sie zog es aber am Jahresende vom Lohn ab. Darüber wurde genau Buch geführt.

Natürlich ärgerte sich das Personal über seine geizige und ungerechte Herrin, doch etwas dagegen unternehmen konnte man nicht. Es gab genügend Arbeitslose, die sofort die Arbeit übernommen hätten. Außerdem stand den Herrschaften um die Jahrhundertwende das Recht zu, widerspenstige

Dienstboten zu züchtigen oder sie ohne besonderen Grund aus dem Haus zu weisen.

Später würde man von diesen Jahren als der »guten alten Zeit« sprechen. Sie war für die meisten Menschen alles andere als gut.

Lene sah wohl, daß sie es – wenn sie sich mit anderen verglich – alles in allem ganz gut getroffen hatte. Mit ihrer Energie und ihrem Fleiß hatte sie den Neuanfang geschafft.

Ebenso wie sie kamen Monat für Monat Menschen aus den Dörfern in die große Stadt. Die Hoffnung, dort Arbeit und Geld zu bekommen, löste eine regelrechte Landflucht aus. Aber viele wurden enttäuscht. Nur wer stark war oder Glück hatte, schaffte den Sprung.

Hamburg war ein getreues Spiegelbild der Lage im Deutschen Reich: Die eingesessenen Reeder- und Kaufmannsfamilien zogen sich in die Villenvororte zurück, während in der Innenstadt, am Bahnhof und im Hafenviertel Armut und Elend immer größer wurden.

Es entstanden Elendsviertel, in denen sich Krankheit und Seuchen ungebremst ausbreiteten. Die Hygiene war mangelhaft, es gab kaum Toiletten und nur gemeinsame Wasserstellen. Der Unrat sammelte sich im Rinnstein und in der Gosse.

Durch die ständige Zuwanderung waren auch die Preise für Lebensmittel und Mieten rapide gestiegen und konnten von vielen nicht mehr bezahlt werden. Für einen Hungerlohn arbeitete man durchschnittlich zehn Stunden. Bäcker, Schlachter, Rollkutscher und andere mußten sogar vierzehn bis sechzehn Stunden arbeiten. Mancher Arbeiter teilte sich Tisch und Bett mit einem Kameraden, der in einer anderen

Schicht arbeitete, um überhaupt ein Dach über dem Kopf zu haben.

So gesehen, gehörte Lene schon zu den Bessergestellten. Aber manchmal – besonders wenn sie an Mutter und Tochter dachte – bedauerte sie doch, sich auf so lange Zeit an die Stadt, die Stellung und die Söderbohms gebunden zu haben.

7

Eines Tages erschien Pastor Petersen in Hamburg und ließ sich bei Lenes Herrin anmelden. Er forderte eindringlich, daß Lene ihrer Kindespflicht nachkommen, ihre schwerkranke Mutter pflegen und die gemeingefährliche, tobsüchtige Schwester Guste in die Schleswiger Irrenanstalt bringen müsse. Die Gemeinde könne da nicht länger tatenlos zusehen.

Frau Söderbohm aber war hart geblieben: Sie könne Lene nicht vorzeitig aus dem Dienstvertrag entlassen. Was sie natürlich nicht sagte: Lene war inzwischen eine perfekte Zofe geworden. Sie war anstellig, sauber und vor allem so billig, daß die Gnädige sie auf gar keinen Fall vorzeitig abgeben wollte. So gab sie nur soweit nach, daß sie Lene erlaubte, mit dem Pastor nach Haus zu fahren, um schnellstens ihre privaten Angelegenheiten dort zu regeln. Ansonsten wünschte sie, damit verschont zu werden.

Zu Hause angekommen, war Lene erschüttert, wie wenig sich hier verändert hatte. Nur die Mutter war noch schwächer und gebrechlicher geworden. Tine spürte das Alter in allen Knochen. Sie hatte Gicht und Rheuma, die Arbeit fiel ihr immer schwerer. Manchmal waren die Schmerzen unerträglich. Großmutter Tine war nicht mehr in der Lage, für Lenes Tochter zu sorgen.

Von den Nachbarn erfuhr Lene, daß sich in letzter Zeit immer öfter heftige Szenen zwischen Guste und Mimi abgespielt hatten. Guste war nach wie vor eifersüchtig auf das Mädchen. Eines Nachts war Tine vom Schreien der Kleinen aufgewacht und hatte Guste überrascht, als sie versuchte, Mimi den Hals zuzudrücken.

Seitdem schlief Mimi bei der Großmutter im Bett, für alle Fälle hatte Tine sogar einen Knüppel parat liegen. Mimi hatte die Zwischenfälle mit Guste zwar nicht vergessen, aber bange war ihr nicht. Sie hatte bald gemerkt, daß Guste sehr schreckhaft war. So konnte sie Guste auf ihre Art Angst einjagen, indem sie sich versteckte und Guste mit hohen, spitzen Schreien erschreckte. Oder sie blies in der Dunkelheit das Licht aus und versetzte Guste, die sich im Dunkeln fürchtete, mit unheimlichen Geräuschen in Angst und Schrecken.

Tine konnte ihr diese Spiele nicht ausreden. Mimi meinte dann bloß: »Maakt doch so en'n Spaaß, Oma. Ick kann fix lopen, Guste kriggt mi nich.« Guste war wirklich inzwischen unförmig dick und reagierte so langsam, daß sie Mimi nie zu fassen bekam.

Guste war unberechenbar und schlug alles kurz und klein, wenn Tine nicht in der Nähe war, so daß die Mutter gezwungen war, sie mit extra vom Sattler angefertigten Lederriemen, die mit sicheren Haken an der Wand befestigt waren, anzubinden. Mimi konnte von Tine zu ihrer Arbeitsstelle mitgenommen werden.

Mimi war ein lebhaftes, fröhliches Kind, eine richtige Lachtaube, die den ganzen Tag sang und tanzte. Sie drehte sich mit unbewußter Anmut, hielt ihr Röckchen mit den Fingerspitzen. Sie war das ganze Glück der alten Großmutter, die keinem ihrer Wünsche widerstehen konnte. Sollte sie kleinere Pflichten übernehmen, hatte dazu aber keine Lust, dann streckte sie ihr die dünnen Arme entgegen, drehte kokett das

Köpfchen und schmeichelte: »Oma, Mimi is doch soo mööd.«

Sie war eine Schauspielerin, stets beobachtete sie genau ihre Wirkung auf andere Menschen, sie benötigte Publikum. Sie gab drollige Redensarten, die sie aufgeschnappt hatte, in anderen Zusammenhängen wieder von sich, so daß sich alle vor Lachen ausschütteten. So sagte sie über eine sehr vollbusige Nachbarsfrau, die keine Kinder mochte und über die sie sich geärgert hatte: »Se süht ut as en Koh mit en Euter vull suur Melk.«

Den Krämer, der wirres, ungeschnittenes, fast weißblondes Haar hatte, nannte sie »Wittkohlkopp«. Sie war zart von Gestalt und quirlig, alle Herzen flogen ihr zu. Von Oma Tine konnte sie sich manchen Leckerbissen erbetteln: »Mien leve gode Omama, lütt Mimi mag doch soo geern söte Bodder un Schaapskees.«

Auch die Bäuerinnen, auf deren Hof die Großmutter die große Wäsche besorgte, steckten ihr gern etwas zu. Wenn sie schon mit den Erwachsenen gut zurecht kam, so besser noch mit den Kindern, besonders mit den Jungen.

Um sie herum war immer Lachen und Fröhlichkeit. Sie erfand stets neue Spiele, in denen sie die Hauptperson war. Sie kannte keine Gefahr, keine Angst, jedes Abenteuer lockte sie.

Die größeren Dorfjungen, die sie zu Streichen anstiftete und die dann die Folgen ausbaden durften, mußten auf sie achtgeben und sie beschützen, damit sie ihre Späße nicht auf die Spitze trieb. Im Dorf unkte man schon, daß sie wohl Zirkusblut in den Adern hätte.

Lene brachte – gemeinsam mit einem Gendarmen – ihre Schwester Guste nach Schleswig in die Nervenheilanstalt. Sie suchte und fand schnell eine Nachbarin, die bereit war, gegen ein Entgelt für die Mutter zu sorgen. Aber was sollte mit der eigenen Tochter geschehen? In ihrer Not sah Lene nur einen Weg: Sie mußte Mimi zu deren Tante Mide in das Dörfchen Eggebek auf der Geest bringen.

Mimi verstand nicht, was im Hause vor sich ging, seit diese unnahbare, strenge Person da war, vor der sie sich fürchtete, zu der sie »Mutter« sagen sollte und die sie schließlich bei der Hand nahm und mit sich fortzog.

Mimi war jetzt fast sechs Jahre alt. Die Entscheidung der Erwachsenen, sie zur Tante in Pflege zu geben, war für sie ein einziges Unglück. Niemand hatte sie darauf vorbereitet, sie wurde einfach herausgerissen aus ihrem gewohnten Leben. Damit war Mimis sonnige Kindheit zu Ende. Die blieb unwiederbringlich zurück in Eiderstedt.

Mimi konnte sich in ihrer neuen Umgebung nicht eingewöhnen, sie vermißte die Freunde, die liebevolle Zuwendung der Großmutter. Bei Tante Mide war alles fremd. Mide war von dem Familienzuwachs nicht begeistert gewesen. Sie machte Mimi von vornherein klar, daß sie eine Außenseiterin war, nicht dazu gehörte.

Verzweifelt hatte sie sich beim Abschied an ihre Mutter geklammert und sie angefleht: »Laat mi nich hier. Nimm mi wedder mit na Huus.«

Lene mußte sich gewaltsam befreien und erwiderte bestimmt: »Nimm di tosamen. Je ehrer du dat lehrst, dat dat Leven keen Zuckerslecken is, desto beter.«

Zum Trost hatte sie aber der Tochter eine kleine Stoffpuppe in den Arm gelegt. Es war die erste Puppe ihres jungen Lebens, und Mimi hatte sie glücklich an sich gedrückt. Als sie am Abend mit ihr schlafen gehen wollte, war sie unauffindbar und tauchte auch später nie wieder auf. Mimi weinte bitterlich, aber anstatt eines tröstenden Wortes wurde sie noch ausgeschimpft, daß sie besser auf ihre Sachen zu achten hätte.

Am ersten Abend gab es großes Geschrei, denn keine ihrer Cousinen wollte mit ihr das Bett teilen, weil sie »en Bastard« sei. Auf Mimis Frage, was das denn sei, wurde sie ausgelacht und bekam die Antwort: »Du hest keenen Vadder.« Mimi schämte sich sehr, keinen Vater zu haben.

Eine Cousine gab erst nach, als ein in der Mitte aufgestelltes Plättbrett das Bett teilte. Mimi war todunglücklich und weinte sich in den Schlaf. Am nächsten Morgen – sie wagte nicht, sich zu erheben – hatte sie zu allem Unglück auch noch eingenäßt. Das war, seit sie ein Kleinkind war, nicht mehr vorgekommen. Die vierzehnjährige Cousine, mit der sie das Bett teilte, bemerkte ihr Mißgeschick als erste und sagte hämisch: »Auweia! Dat gifft en Morsvull.«

Da nahte auch schon Tante Mide, riß sie barsch an den Armen aus dem Bett, schüttelte sie erbarmungslos und drohte ihr, wenn ihr das noch einmal passiere, dann würde sie etwas erleben.

Aber es passierte immer wieder. Mimi, die so sauber gewesen war, konnte es nicht steuern. Jeden Abend schlief sie voller Angst ein, und jeden Morgen nahm sie die Strafe auf sich.

Danach flüchtete sie sich zu den Stallhasen, den Kaninchen, stand lange bei ihnen und klagte ihnen ihr Leid. Es waren wertvolle Zuchttiere und des Onkels ganzer Stolz. Sie wollte sie gern streicheln, öffnete die Stalltür und nahm eines der Tiere heraus. Es war der Bock, er wehrte sich und kratzte sie. Erschrocken ließ sie ihn los, und weg war er. Sofort suchte sie ihn, aber sie konnte ihn nirgends finden.

Ihr war bewußt, daß wieder eine Strafe folgen würde. Sie rannte in wilder Panik zum nächsten Bauernhof und verkroch sich tief im Heu eines Schobers. Den ganzen Tag wurde sie gesucht.

Erst am Abend entdeckte man das Häufchen Elend. Mimi lief sofort auf den Onkel zu, sprang an ihm hoch und schluchzte: »Ick heff dat nich wullt, bestimmt nich. Leve, beste Unkel Adolf, wees wedder goot?«

Der zog das Kind überrascht an sich und streichelte Mimi über den Kopf. Er war gutmütig, und die Kleine tat ihm leid. »Ick heff den Buck al funnen, allens is goot, mien Deern.«

Onkel Adolf wurde ihr Freund und half ihr in der Folgezeit über manch schwere Stunde hinweg, denn bei ihrer Tante hatte sie viel auszustehen. Mide übertrug – bewußt oder unbewußt, wer will das sagen – ihren unausgelebten Haß gegen die klügere und hübschere, von der Mutter stets bevorzugte Schwester Lene auf deren Kind.

Überdies war Mimi auch so vollkommen anders als ihre eigenen Kinder. Sie mochte dieses Kind nun einmal nicht und bestrafte es bei jeder Gelegenheit, besonders als sie merkte, daß ihr Mann Mimi gut leiden konnte und sie nach Möglichkeit in Schutz nahm.

So wurde Mimi bald zum Zankapfel zwischen den Eheleuten, was für das Verhältnis zur Tante weitere Nachteile brachte. Mimi wurde immer öfter bei den Mahlzeiten benachteiligt. Man begann mit dem Essen, bevor sie von der Schule zu Hause war. Es hieß dann nur:« De nich kümmt to rechte Tiet, den geiht de Mohltiet quiet.« Und das war bei dem ohnehin kärglichen Essen bitter.

So hetzte Mimi nach der Schule zur Tante nach Hause, um ja nicht zu spät zu kommen. Aus dem fröhlichen Kind wurde bald ein fahriges, unkonzentriertes, ängstliches Mädchen, das stets fürchtete, etwas falsch zu machen, und das nachts mit bösen Träumen unruhig schlief.

Im Alter von acht Jahren erkrankte Mimi an Ziegenpeter. Der ausgemergelte Körper vertrug die harmlose Krankheit schlecht, er magerte noch mehr ab. Lene mußte benachrichtigt werden, weil man fürchtete, Mimi würde es nicht überstehen.

Als Lene kam und ihre Tochter sah, war sie erschüttert. Es gab einen bösen Streit zwischen den Schwestern. Lene hatte gar keine Wahl, sie mußte ihr Kind – kaum genesen und noch sehr schwach – mit sich nach Hamburg nehmen.

Auf der Fahrt zurück, ihre schlafende Tochter im Arm, zermarterte sich Lene den Kopf, wie ihrer beiden Leben in Zukunft aussehen sollte. Ihr war klar, daß sie die Tochter in Hamburg nicht bei sich behalten konnte, auch wenn es das beste wäre.

Voller Mitleid betrachtete sie den kleinen abgezehrten Körper. Es regten sich mütterliche Gefühle in ihr, die ihr aber immer noch keinen rechten Zugang zu diesem Kind öffneten. Sie wußte, daß Mimi vor ihr Angst hatte, weil sie streng war und barsch mit ihr sprach.

Doch Lene fürchtete insgeheim, daß Mimi den liederlichen Charakter ihres Vaters geerbt haben könnte. Auch Mide hatte zum Abschied gehöhnt: »Paß man bloots op de Deern goot op, se höllt dat al nu mit de Mannslüüd.« Mit eigenen Augen hatte sie gesehen, wie Mimi sich an den Onkel Adolf klammerte und ihn auf die Stirn küßte.

So viele Sorgen, vor allem, wenn sie an Hamburg dachte. Vielleicht sollte sie ihre Bitte, ob Mimi dort bei ihr bleiben könnte, lieber dem gnädigen Herrn Söderbohm vortragen, wenn der wieder einmal zu Hause war.

Aber das war sehr selten. Und wenn er kam, dann war Madame nervös. Man konnte ihr nichts recht machen. Sie zog Lene das Häubchen tief ins Gesicht, damit ja kein Haar hervorlugte, damit die Gäste – und der eigene Mann – auch ja nichts mit dem Personal »anfingen«. Als ob Lene so etwas beabsichtigte. Sie war in solchen Momenten sehr wütend. Schließlich hatte sie für ihr Leben genug von den Männern.

Natürlich bemerkte die Gnädige gleich am Morgen nach Lenes Rückkehr das Kind. Obwohl es für das Frühstück noch viel zu früh war, erschien sie in der Küche. Als sie Mimi dort mit einem Glas Milch in der Hand sitzen sah, begann die Hausherrin laut zu schimpfen, daß es sie anwidere, dauernd mit Lenes Familiengeschichten konfrontiert zu werden. Das schwindsüchtige Kind müsse sofort aus dem Haus, da man sich ja sonst anstecken könnte. Sie werde sogleich im Haus für »gefallene Mädchen« anfragen lassen, ob da Platz für das Kind wäre.

Die Tiraden gipfelten darin, daß sie Lene anschrie, wie verantwortungslos Dienstboten seien, die Kinder in die Welt setzten und andere dafür sorgen ließen. All ihre Wut darüber, selbst keine Kinder zu haben, schwang in ihrem Haß gegen die fremde Kleine mit.

Mimi zitterte vor Angst, und Lene war wie vor den Kopf geschlagen. In ihrer Kammer angekommen, rechnete sie ihre Ersparnisse durch: Für die Mutter mußte sie Pflegegeld aufbringen und für das Kind Kostgeld bezahlen, wenn sie es in der Stadt behalten wollte. So konnte nie und nimmer Schulgeld für Mimi übrig bleiben.

Vielleicht könnte sie Mimi zu Bruder Walter geben, überlegte sie. Im Vergleich zu Mide, die kaum das Nötigste zum Leben hatte, ging es Walter und seiner Familie gut.

Lene hatte sich mit ihrem Bruder Walter immer gut vertragen. Er war gutmütig, das hatte er von der Mutter. Er würde ihr Kind bestimmt aufnehmen, wenn sie ihn bat, ihr zu helfen. Die Landluft täte Mimi gut, sie würde sich dort sicher schnell erholen.

Diesen Gedanken setzte sie in die Tat um. Noch einmal bat sie um einen Tag Urlaub und reiste mit Mimi zu Walter auf das Gut Bothkamp.

Lene hatte sich nicht in ihrem Bruder getäuscht. Walter freute sich, sie zu sehen, und wollte auch gerne Mimi aufnehmen. Ihre Schwägerin indes war nicht begeistert. Auf Kostgeld wären sie nicht angewiesen, beschied sie Lene. Und außerdem hätte ihre gnädige Frau – die Gutsherrin – zu entscheiden, ob Mimi bei ihnen bleiben dürfte oder nicht.

Das machte Lene ein wenig mutlos, doch wie sich zeigen sollte, ohne Grund. Die Herrin von Gut Bothkamp verhielt sich leutselig, sprach freundlich mit Mimi und fand Gefallen an der aufgeweckten, grazilen Person, die sie ohne Scheu anblickte und auf die Frage, wie es ihr bei der Tante in Eggebek denn gefallen hätte, wie aus der Pistole geschossen antwortete: »Dat weer gresig. Ick much dor nich sien.«

Die Gutsherrin lachte über soviel Offenheit. Es wurde beschlossen, daß Mimi bleiben dürfe, bis ihre Mutter sie wieder zu sich holen konnte. Mimi war froh, daß sie nicht mit ihrer Mutter zurückfahren mußte, die sie ständig ermahnte und tadelte. Da blieb sie doch lieber auf Gut Bothkamp.

Außerdem mochte sie Onkel Walter gut leiden, denn er machte Späße, und mit ihm konnte sie schmusen. Er genoß die Püppi, wie er sie nannte, und verwöhnte sie. Er konnte sich gut vorstellen, wie wenig erfreulich es für das Mädchen bei seiner Schwester Mide gewesen war.

Mimi begriff bald, daß sie mit Schmeicheleien und Schauspielereien einen größeren Erfolg bei Männern hatte als bei den Frauen. Mit Onkel Walter gab es keine Probleme.

Bei der Tante hatte sie es allerdings nicht so leicht. Nach der Schule ließ diese das Kind stundenlang in der Küche helfen, das gefiel Mimi gar nicht. Sie mußte Geschirr abwaschen, Kartoffeln schälen, Bestecke putzen und staubwischen. Die Tante war streng und akkurat, sah jeden Fleck, jedes nicht ausgestochene Kartoffelauge. Auch auf Sauberkeit achtete sie sehr.

Die Mutter mußte Mimi aus Hamburg für den Alltag graue Schürzen aus starkem, scheuernden Stoff schicken und für den Sonntag eine weiße, aus feinerem Stoff. Dazu band ihr die Tante eine große weiße Schleife in ihr dünnes Haar. Das gefiel Mimi, und sie fand sich schön, wenn sie sich vor dem Spiegel vorsichtig hin und her bewegte, damit die Schleife nicht herausrutschte.

Sie hatte sich schnell auf Gut Bothkamp eingelebt. Die schlimme Zeit in Eggebek war bald in Vergessenheit geraten. Des Sonntags saß sie bei Onkel Walter auf dem Kutschbock. Sie durfte mit zur Kirche fahren und am Gottesdienst teilnehmen, während die Tante in der Gutsküche mit hochrotem Kopf am Herd stand und das Küchenpersonal beim Zubereiten des herrschaftlichen Sonntagsmahls anleitete.

Hier auf dem Gut gab es keine Unterschiede. Was die Herrschaft aß, bekam auch das Gesinde. Für Onkel Walters Familie fiel immer reichlich ab, Mimi wurde rund und niedlich.

In der Kirche verfolgte Mimi das Geschehen mit großer Aufmerksamkeit. Vorn – in besonderen Kirchenstühlen für die herrschaftliche Familie – saßen der Gutsherr und seine Frau und manchmal auch deren erwachsene Kinder, wenn sie daheim zu Besuch waren. Wie hübsch sie in ihrer vornehmen Kleidung aussahen. Mimi betete lange und inbrünstig zum lieben Gott, aus ihr auch eine Herrin zu machen, wenn sie groß sei.

War der Gottesdienst aus, versuchte Mimi immer, in die Nähe der Gutsherrschaft zu gelangen und ihre Aufmerksamkeit auf sich zu lenken. Walter kutschierte die Familie in der blankgewienerten Karosse mit den gepflegten, gestriegelten Pferden nach Hause.

Wenn Mimi Glück hatte, erkannte die Gutsherrin das Mädchen und richtete das Wort an sie. Mimi machte einen tiefen Knicks, den ihr die Tante für diesen Fall beigebracht hatte. Sie versuchte, hochdeutsch zu antworten, denn Frau von Bülow verstand kaum Platt. Mit der Zeit versuchte Mimi, das Plattdeutsche ganz zu vermeiden.

Hatte sie ihre Pflichten bei der Tante in der Küche erledigt, begann ihre Freizeit. Sie konnte tun und lassen, was ihr gefiel. Sie spielte gern mit den Dorfkindern, besonders mit den Jungen, die sie als ebenbürtig betrachteten.

Auf dem Gutshof war sie meistens in den Ställen zu finden, half beim Pferdestriegeln und durfte auf den Ackerpferden reiten. Sie liebte Tiere über alles, die Hunde liefen ihr nach, unter den Katzen hatte sie ihre Lieblinge.

Die Schule machte ihr keine Probleme: Zwar war sie immer nur unter den Letzten, aber wen kümmerte das? Mimi jedenfalls nicht. Sie war sorglos, besaß keinerlei Ehrgeiz und gab gern ihre Schwächen zu: »Man kann doch nicht alles können«, meinte sie treuherzig.

Vier ungebundene, herrliche Jahre verbrachte sie so auf Bothkamp und erinnerte sich ihr ganzes Leben gern an diese Zeit. Unauslöschbare Eindrücke blieben die Weihnachtsfeste und die frühzeitigen Vorbereitungen darauf. Es war selbstverständlich, daß die Geschenke alle selbst gebastelt, gestrickt, gehäkelt, genäht und gemalt wurden.

Mimi mühte sich mit ihren ungeschickten Fingern wochenlang ab, Topflappen für die Tante und die Mutter zu häkeln. Zuletzt waren es jeweils schwarze, sich nach oben immer weiter ausdehnende Gebilde geworden. Da war das selbstgemalte Bild von Onkel Walters Lieblingspferd schon besser geraten.

In der Küche duftete es um diese Zeit herrlich nach Weihnachtsgebäck. Unzählige Sorten Kekse wurden gebacken, von denen man nach stundenlangem Ausstechen und Bakken höchstens einen probieren durfte, bevor sie in riesigen Blechdosen verschlossen wurden.

Auch die Süßigkeiten, die jeder am Weihnachtsabend auf seinem bunten Teller vorfand, waren nicht etwa gekauft, sondern alle selbst hergestellt. Und wie das alles schmeckte! Etwas Besseres gab es auf der ganzen Welt nicht zu kosten.

Der riesige Weihnachtsbaum, der in der Halle aufgestellt wurde, mußte vom Hausherrn von einer Leiter aus geschmückt werden. Er prunkte und glitzerte. Herr von Bülow und seine Kinder, die alle zum Weihnachtsfest heimgekehrt waren, machten Hausmusik. Für das Gesinde waren in der Halle lange Tische gedeckt, wo jeder seine Gaben vorfand; meistens praktische Dinge für die Aussteuer.

Für Mimi lag dort ihr erstes Märchenbuch, das sie begeistert las. Das Allerbeste aber war, daß sie ganz allein mit ihrem hohen Sopran singen durfte: »Vom Himmel hoch, da komm ich her«, – im selbstgeschneiderten Sternenkleid, das aufgelöste Haar geschmückt mit einem goldenen Stern. Alle waren gerührt, und Frau von Bülow gab ihr ein Küßchen auf beide Wangen.

Das war ein Leben. Nein, Mimi würde die Zeit bei Onkel Walter und der Tante, bei den freundlichen Gutsleuten nie vergessen. Und die Trauer war groß, als aus Hamburg die Nachricht kam, sie sollte fortan bei der Mutter leben, die sie ja kaum kannte.

Mimi saß am Fenster der kleinen Kammer, die sie mit der Mutter teilte, und sah hinaus. Herbstlich war es draußen, grau in grau und natürlich Nieselregen. Seit einem Jahr war sie nun schon in Harburg. Lene hatte eine neue Stellung als Hausdame nur unter der Bedingung angenommen, ihre Tochter mitbringen zu dürfen.

Ihr Arbeitgeber, der Oberlehrer Störmer, war Junggeselle. Er hatte mit seiner Mutter bis zu deren Tod zusammengelebt. Sie hatte ihn verwöhnt, behütet und beherrscht. Es hatte keine Gelegenheit für ihn gegeben, eine Frau zu finden. Verwirrt und hilflos war er nach ihrem Ableben zurückgeblieben.

Lene hatte sich auf seine Anzeige hin gemeldet, und als die große schwarze Frau mit den harten Gesichtszügen vor ihm stand, erinnerte sie ihn an seine Mutter. Eigentlich hatte er vorgehabt, sich mit seinen einundfünfzig Jahren eine Ehefrau zu suchen, doch wagte er nicht, Lene abzuweisen. Er ging auch darauf ein, daß sie ihre zwölfjährige Tochter mit ins Haus brachte.

Bald schon war er mit seiner Entscheidung zufrieden. Über Lenes Haushaltsführung konnte er nicht klagen, alles lief bestens. Sie rechnete gewissenhaft mit ihm ab. Aber von Beginn an tat sie so, als ob sie die Hausherrin wäre.

Das fiel sogar Mimi auf, die eines Tages zu Lene sagte: »Mutter, du hast Herrn Störmer ganz schön unter der Fuchtel.«

Schon beim Einstellungsgespräch hatte Störmer einen Schreck bekommen, als er sie fragte, wie lange ihr Witwenstand denn schon dauere, und Lene ihm geantwortet hatte: »Ich bin geschieden, und zwar von mir ausgehend.«

Vielleicht war sie eine dieser modernen Frauen, die jetzt allenthalben demonstrierten und für gleiche Rechte stritten, am Ende war sie gar eine Suffragette. Jedenfalls fühlte er sich in ihrer Gegenwart unsicher und unbehaglich. So saß er, wenn er zu Hause war, meistens in seinem Arbeitszimmer, um ihr nach Möglichkeit aus dem Wege zu gehen. Sie war so ganz anders als ihre Tochter.

Das Mädchen Mimi mochte er. Nur schade, daß es nicht viel Intelligenz besaß, aber das war bei Frauen ja kein Fehl. Auf Wunsch der Mutter erteilte er Mimi zweimal in der Woche kostenlosen Nachhilfeunterricht in fast allen schulischen Fächern.

Die Kleine schaute ihn oft so lieb an, daß ihm ganz warm ums Herz wurde. Dann legte er ihr den Arm um die Schultern, obwohl er sich eigentlich nichts aus Kindern machte.

Wie so viele Menschen mit schwachem Charakter zeigte er sich seinen Schülern gegenüber stets streng und unnachgiebig, gab ihnen mit Vorliebe lange Strafarbeiten auf, ließ sie für kleinste Vergehen nachsitzen.

Aber Mimi war etwas Besonderes. Sie war eine zarte

Schönheit. Leider mußte die Tür zum Studierzimmer auf Anordnung von Frau Hank immer offen bleiben. Ja, Lene gewann ihm Fußbreit um Fußbreit Boden in seinem eigenen Hause ab. Doch wußte er, daß er nicht schlecht dabei fuhr. Vor einer Veränderung, etwa einer neuen Haushälterin, schauderte ihm.

Wieder einmal packte Mimi unlustig ihre Bücher und Hefte zusammen, um zu Herrn Störmer ins Studierzimmer hinüberzugehen. Sie haßte diese Stunden. Sie ahnte zwar, daß sie viel zu lernen hatte, schließlich predigte ihr die Mutter dies Tag für Tag. Doch sie hatte keine Lust, sich ernsthaft zu bemühen. Sie besaß nicht die Zielstrebigkeit und Ernsthaftigkeit der Mutter und nahm das Leben von der leichten Seite. Sie hatte eben ihre Schwächen, dazu stand sie.

Auch anderen Menschen ließ sie ihre Freiheiten und forderte oder verlangte niemals etwas. Dies war es wohl, was ihren Reiz ausmachte, jeder in ihrer Umgebung fühlte sich wohl.

Mimi, selbst sehr umgänglich, haßte die mütterlichen Maßregelungen. Jeden Tag mußte sie sich anhören, wie sie zu sein hätte. Wenn sie die Mutter ganz lieb anschaute und immer »Ja« sagte, dann ließ die endlich von ihr ab.

Auch bei Herrn Störmer schlug dieses Mittel an. Er schaute sie oft so sonderbar an, fast verliebt, wie sie meinte. Sie war jetzt in dem Alter, in dem ihre Weiblichkeit langsam erwachte.

Sie ertappte sich bei dem Wunsch, daß die Jungen sie beachten, vielleicht sogar küssen möchten. Die rauhen Spiele mit ihnen waren längst Vergangenheit. Jetzt streckte sie ihren kleinen Busen heraus und wiegte sich leicht in den Hüften, wenn sie an Jungen vorbeiging, und beobachtete aus den Augenwinkeln die Wirkung.

Eines Tages hatte die Mutter sie mit einem Nachbarsjungen gesehen und sogleich zur Rede gestellt: »Du fängst doch wohl nichts mit den Bengeln an? Oder ist vielleicht schon etwas vorgekommen?«, fragte sie Mimi argwöhnisch.

Die Tochter sah die Mutter herausfordernd an und antwortete schnippisch: »Ich bin nicht bange vor Jungen.«

Prompt bekam sie eine Ohrfeige, und die Mutter schimpfte: »Du verdorbenes Ding. Du kommst zu den Diakonissen, sobald du vierzehn Jahre alt bist. Die werden dir die Flausen schon austreiben.«

8

Das neue Jahr brachte nicht nur die Jahrhundertwende, die mit großen Feierlichkeiten und Jubel begangen wurde, sondern auch bedeutende Veränderungen für Lene und Mimi. Für Lene stand plötzlich das große Glück vor der Tür, auch wenn sie es weder gleich erkannt noch aus den Karten vorhergesehen hatte.

Es fing damit an, daß Herr Störmer sie fragte, ob sie in diesem Jahr wohl seinen Geburtstag festlich ausrichten möchte. Er würde so gern einmal wieder seine weitläufige Familie einladen, die er zuletzt bei der Beerdigung seiner hochverehrten Frau Mutter gesehen hatte.

Lene sagte zu und begann sofort zu planen. Schon am Abend legte sie Herrn Störmer ihre Vorschläge für das Festmahl auf den Schreibtisch. Sie war ganz in ihrem Element, konnte sie doch endlich einmal zeigen, was sie im Hause der Frau Senator Söderbohm gelernt hatte.

Er genehmigte alles, strich nur den Musikanten, der zur Unterhaltung der Gäste aufspielen sollte, weil ihm danach nicht zumute war, und den geplanten Mietdiener, der Lene helfen sollte. Er meinte, man könnte auch eine Frau aus der Nachbarschaft anstellen oder aber Lenes Tochter Mimi.

Lene war einverstanden, und nun wurde tagelang gebraten, gebacken und gekocht. Im ganzen Hause machte sich die Vorfreude breit, die Lene selbst ausstrahlte.

Der Geburtstag verlief ganz nach ihren und Herrn Störmers Vorstellungen, alle fühlten sich wohl, die Gäste speisten mit

Behagen. So eine exzellente Gastlichkeit hatte keiner erwartet. Einer der Gäste aber betrachtete Lene mit besonderer Aufmerksamkeit. Es war der fünfundsechzigjährige Onkel des Geburtstagskindes, der Schlachtermeister Wilhelm Jensen aus Flensburg.

Er war Witwer, um seine Gesundheit stand es nicht zum Besten. Er konnte sein gut gehendes Geschäft nicht mehr allein bewältigen. Er stand vor der Entscheidung, es eventuell zu verkaufen und selbst später in ein Altenheim zu gehen, da er keine Kinder hatte.

Er hatte sein ganzes Leben lang schwer gearbeitet, wollte noch nicht zum alten Eisen gehören und meinte, daß er es mit einer tüchtigen Frau Meisterin wohl noch eine Weile schaffen könnte, das Geschäft weiterzuführen. Sie würde ihn dann pflegen, wenn es einmal soweit mit ihm war. So würde er in seinem Hause bis zu seinem seligen Ende bleiben können. Die Frau sollte natürlich finanziell sichergestellt werden. Bei einer eventuellen Heirat würde er ihr seinen gesamten Besitz überschreiben.

Am Abend besprach er diese Angelegenheit, gemütlich eine Zigarre rauchend, mit seinem Neffen. Störmer, unsicher wie immer, wenn er etwas entscheiden mußte, meinte zögerlich: »Eine Geliebte wird sie dir sicher nicht, aber als Hausfrau kann ich nichts gegen sie sagen, da klappt alles wie am Schnürchen.«

»Also fragen wir sie doch selbst. Ich werde ihr antragen, mich zu heiraten«, meinte der Onkel.

Lene wurde gerufen, Wilhelm Jensen erklärte sich ihr ohne große Umstände. Lene war wie vom Donner gerührt, wußte nicht, was sie sagen sollte zu diesem Heiratsantrag. Sie blickte nur sprachlos und nachdenklich auf den Schlachtermeister.

»Überlegen Sie es sich gut, liebe Frau Hank«, sagte dieser, »sollten Sie besondere Wünsche haben oder Bedingungen stellen wollen, wir können darüber reden. Meine einzige Bedingung ist, daß sie mich im Hause bis zu meinem Tode versorgen und pflegen. Alles was ich besitze, fällt Ihnen zu. Ich schlage vor, daß wir beide morgen nach Flensburg fahren und daß Sie sich an Ort und Stelle ein Bild machen.«

So geschah es. In Flensburg war Lene sehr beeindruckt von dem großen, neuen Mietshaus, das direkt am Hafen lag und neuzeitlich mit Licht und Gas ausgerüstet war. Es hatte drei Stockwerke, man konnte in den Bodenkammern junge Leute – etwa von den Inseln, die in der Stadt lernen wollten – in Pension nehmen.

Lene ertappte sich beim Rundgang dabei, wie sie Pläne schmiedete. Auf dem Hof war das Schlachthaus, alles blitzte vor Sauberkeit. Im Parterre befand sich der große Laden. Am Gestänge hingen Rinder- und Schweinehälften. Der große Haublock aus massivem Holz und die vielen scharfen, langen Messer beeindruckten sie sehr.

Sie sah sich schon als Meisterin hinter dem Ladentisch. Niemand hätte ihr mehr etwas vorzuschreiben. Sie hätte ausgesorgt und könnte endlich die Mutter aus Kotzenbüll holen, wie sie es schon vor Jahren versprochen hatte. Und Mimi würde eine gute Ausbildung bekommen. Nur eines mußte sie noch mit ihm klären: Als Frau würde sie ihm nie zu Willen sein.

Herr Jensen führte sie in seine gutbürglich eingerichtete Wohnung über dem Laden. Bei einem Gläschen Wein wollte er die Sache mit Lene bereden: »Nun, Frau Hank, was meinen Sie? Könnten Sie sich entschließen, meine Frau zu werden? Ich wäre Ihnen mein Leben lang dankbar. Immer werde ich Sie achten.«

Er schaute Lene mit ehrlichen blauen Augen an. Er hoffte sehr, diese tüchtige und ansehnliche Frau würde sich an ihn binden.

Lene schluckte, atmete tief, dann erklärte sie sich einverstanden unter der Bedingung, ihre Mutter und ihre Tochter bei sich aufnehmen zu dürfen und getrennte Schlafzimmer zu haben.

Jensen willigte sofort ein. Was sollte er auch anderes tun? Seine Kräfte hatten ohnehin stark nachgelassen. Die Hochzeit wurde für den kommenden Monat festgesetzt. Er hatte keine Zeit zu verlieren.

Die alte Mutter Tine erlebte die große glückliche Wende ihrer jüngsten Tochter nicht mehr. So bescheiden, wie sie ein Leben lang gelebt hatte, so starb sie auch, mit vierundsiebzig Jahren in der Kate in Kotzenbüll, einsam und allein. Ihre noch lebenden Kinder waren seit Jahren nicht mehr bei ihr gewesen.

Der Tod war leise und als Freund gekommen, sie hatte ihm keinerlei Widerstand entgegengesetzt. Sie lag auf ihrem schmalen Bett auf dem Strohsack, die Hände gefaltet, den Kopf zur Seite gesunken, die Augen geschlossen, als hätte sie ein sehr helles Licht gesehen, ein leichtes Lächeln auf ihren Lippen. Sie sah glücklich aus; glücklich, da sie ja nun bald wieder mit ihrem geliebten Sievert vereint sein würde in Gottes Ewigkeit.

So hatte die Nachbarin sie gefunden und Lene benachrichtigt. Schlachtermeister Jensen fuhr mit Lene und Mimi nach Kotzenbüll und kam für alle Beerdigungskosten auf. Es war das erste, was er für seine junge Frau tun konnte, er tat es gern, und es wurde eine große Beerdigung. Nun, im Tode, bekam Tine all das, was ihr zu Lebzeiten an Aufmerksamkeit und Zuwendung häufig gefehlt hatte.

Auch Walter war mit seiner Familie gekommen, ebenso Mide mit ihren zahlreichen Kindern. Die Geschwister hatten sich nichts mehr zu sagen, sie hatten sich auseinandergelebt. Bei der Kaffeetafel im Krug flüsterte Mide neidisch: »Na, du hest dat wedder schafft, Gräfin. Sitzt nu in't warme Nest. Vergitt nich, dat ick för di in dien Noottied door weer, un up dien Kind paßt heff. Hüüt kunnst du för unseen maal wat Godes doon.«

Lene sah im Geiste die heruntergekommene Tochter vor sich, wie sie sie damals aus Eggebek zurückholen mußte, und wandte sich angewidert ab. Jensen nahm tröstend ihre Hände in die seinen und streichelte sie sanft. Etwas später meinte er: »Lene, wollen wir nicht deinen Vater ins Grab zu seiner Frau umbetten lassen? Sie wären dann zusammen.«

Er hatte Lene kurz an dem verwilderten Grab ohne Stein verweilen sehen. Doch da straffte sich Lenes Gestalt. Hart und abweisend kam es aus ihrem Munde: »Nein, das hat er nicht verdient, der Lump.«

Mit der Heirat war Lene am Ziel ihrer Wünsche angelangt: Sie stand dem großen Hauswesen als Herrin vor; in die Rolle der Geschäftsfrau hatte sie sich sehr schnell hineingefunden. Sie stand hinter dem Ladentisch, beriet die Kunden sachkundig, als hätte sie nie etwas anderes getan.

Als Zugabe bekamen ihre Kundinnen so manches gute Rezept mit, und der Laden war jetzt voller Hausfrauen, die auch einen weiteren Weg in Kauf nahmen, weil sie gut bedient wurden und weil der Schlachtermeister Jensen solide Preise hatte.

Der Geselle und die Lehrlinge allerdings fürchteten Lenes

scharfen Blick, dem nichts entging. Sauberkeit war oberstes Gebot. »Füße abtreten« rief sie ins Treppenhaus, wenn sie beim Hereinkommen der Pensionsburschen nicht das deutliche Geräusch vom Schuheabtreten auf der Fußmatte gehört hatte.

Morgens kontrollierte sie bei den Kommis und den Lehrburschen, ob sie saubere Ohren und Fingernägel hatten, schickte sie zurück, wenn sie nicht zufrieden war. Abends um acht Uhr schaute die Meisterin nach, ob alle in ihren Kammern waren.

Einmal hatte ein Lehrjunge, der aus ganz ärmlichen Verhältnissen stammte, eine Wurst mitgehen lassen, um sie seiner Mutter mitzunehmen. Lene hatte es beobachtet. Vor aller Augen entließ Lene ihn fristlos mit Schimpf und Schande. Jensen, der den Jungen verwarnen wollte und zu vermitteln suchte, wurde von ihr überstimmt: »Schlechtes Beispiel macht Schule«, meinte Lene nur mit zusammengepreßten Lippen.

Die Eltern der Lehrlinge konnten zufrieden sein, denn im Hause Jensen herrschten Zucht und Ordnung. Was konnte unerfahrenen jungen Männern in der Stadt nicht alles passieren!

Die Meisterin Lene Jensen fühlte sich wohl wie nie zuvor in ihrem Leben. Ihrem Mann nahm sie nach und nach immer mehr Arbeit ab. Er war zufrieden, sah ja selbst, welchen Aufschwung sein Geschäft genommen hatte, seit Lene Regie führte, wie er es nannte.

Gern wäre er seiner Frau auch sonst etwas näher gekommen, aber nachdem er erlebt hatte, wie sich Lene gegen kleinste Berührungen wehrte, unterließ er weitere Annäherungsversuche und dachte nur traurig: »Wer hat dich bloß so zerstört, meine arme Lene?«

Um so mehr Freude hatte er an Mimi, die bis zum Jahresanfang bei ihnen im Hause lebte. Danach sollte sie als Vorschülerin in die Diakonissenanstalt gehen, um erste Kenntnisse in Haus-, Alten- und Krankenarbeit zu erwerben. Jensen mochte die fröhliche, immer muntere und springlebendige Mimi von Anfang an. Er hatte sich immer Kinder gewünscht, die ihm in der ersten Ehe versagt geblieben waren. Jetzt hatte er eine Tochter, die er nach Herzenslust verwöhnen konnte.

Mimi, deren Herz sich ein Leben lang nach Liebe gesehnt hatte, flog ihm geradezu entgegen. Gegen Lenes Willen nannte sie ihn »Papa«, was ihn sehr freute. Doch je mehr sich die beiden zusammenschlossen, um so schlechter kam Lene mit ihrer Tochter zurecht, und Mimi litt darunter.

Sie gab der Tochter viel Arbeit, aber wenn Mimi in ihrer Unerfahrenheit nicht schnell genug war, nahm sie sie ihr wieder aus der Hand und fuhr sie an, Mimi stünde nur im Wege.

Beklagte Lene sich bei ihrem Mann, versuchte der ihr behutsam klarzumachen, mit dem Kind etwas freundlicher, verständnisvoller umzugehen: »Versteh doch, Lene, sie hat Angst, es dir nicht recht zu machen, so kann das doch nicht klappen. Aber es wird schon noch werden«, tröstete er sie dann.

Den größten Spaß hatte Schlachtermeister Jensen, wenn er mit seiner Tochter »konditern« ging. Es verwunderte ihn immer wieder von neuem, daß eine so kleine Person Unmengen von Sahnestücken verzehren konnte. Mimi schauspielerte und kokettierte dann mit ihm, daß ihnen beiden vor Lachen die Tränen kullerten.

»Ich bin Aurora vom Königsmarkt, und du bist mein Hofmarschall«, flötete sie mit kessem Augenaufschlag und kramte im Gedächtnis nach Geschichten, die ihr bei ihrer mangelhaften, von Herrn Störmer nur wenig aufpolierten Bildung selten vollständig einfielen.

Bei einem dieser Besuche in der Konditorei rollte sie mit den Augen, wiegte ihre Hüften und sprach unheilverkündend: »Ich bin Zarathustra, das Negerweib, ohne Kopf und Unterleib!«

Herr Jensen zollte immer Beifall, und Mimi wurde bestätigt, was sie längst ahnte: Mit Männern kam sie viel besser zurecht als mit den Frauen. Daß die Männer nichts taugten, wie die Mutter immer behauptete, das stimmte überhaupt nicht. Da brauchte sie ja nur an ihren lieben Papa Jensen zu denken.

Auf Lenes Anordnung hin waren die Café-Besuche kurze Zeit später gestrichen worden, denn Lene hatte herausgefunden, daß Mimi an einem Streich der Lehrbuben beteiligt gewesen war. Sie hatte den falschen Zopf der Mutter, den sogenannten »Kaiser Wilhelm«, heimlich während der Mittagszeit aus deren Schlafzimmer geholt, wo er an einem Nagel hing, und hatte ihn den Lehrburschen ausgehändigt.

Nach langem, verzweifelten Suchen hatte Lene ihn schließlich vom Fenster aus gesehen, am Schornstein festgebunden, im Winde flatternd. Da Lene sich ohne den Zopf nicht vor der Kundschaft sehen lassen wollte und die Lehrlinge sich wohlweislich verzogen hatten, mußte sie eine halsbrecherische Klettertour übers Dach machen.

Daß die Konditoreinachmittage deshalb erst einmal ausfielen, störte Mimi nicht so sehr. Schlimmer schmerzte die Bemerkung ihrer Mutter, sie wäre froh, wenn Mimi erst bei den Diakonissen wäre, die ihr schon bessere Manieren beibringen würden.

Bevor Mimi ihre Lehrzeit antrat, kam es zur ersten und einzigen heftigen Auseinandersetzung Lenes mit ihrem Mann. Es ging um die Tochter. Papa Jensen hatte vorgeschlagen, Mimi auf die neugegründete Haushaltsschule für höhere Töchter zu geben, für das Schulgeld wollte er aufkommen.

Doch Lene war für strenge Zucht. Sie hoffte, daß Mimi sich unter dem Einfluß der Diakonissen dazu entschließen würde, dem Orden beizutreten, um ebenfalls Gemeindeschwester zu werden. Dann wäre die Tochter gut untergebracht, und Lene wäre die Sorge los, daß ihre Tochter leichtfertigen Umgang mit Männern haben würde.

Jensen war entsetzt über diese Argumente: »Aber Lene, Mimi ist als Ordensschwester doch überhaupt nicht geeignet. Sie ist völlig anders geartet als du. Mach doch das Kind nicht unglücklich! Sie geht schon ihren Weg«, versuchte er Lene umzustimmen.

Doch Lene erboste seine so andere Sichtweise. Wenn sie sich ärgerte, fiel sie automatisch ins Plattdeutsche zurück, das sie sich ansonsten ganz abgewöhnt hatte: »Kumm mi nich an mien gestärkte Sabbeljet«, fauchte sie ihn an. Ihr Mann nahm seine Hand gehorsam von der Serviette, die in der Tischmitte, blütenweiß, gestärkt und ohne Falte auf der roten Samttischdecke lag.

Insgeheim lächelte er und wagte einen neuen Vorstoß: »Du bist doch gerecht, mein Lenchen, und siehst ein, daß deine Tochter wie jeder Mensch das Recht hat, den Lebensweg selbst zu bestimmen.«

Lene und ihr Mann einigten sich schließlich, Mimi selbst entscheiden zu lassen, ob sie nun zu den Diakonissen gehen oder lieber die Haushaltsschule besuchen wollte.

Wie es Lene vorausgesehen hatte, war es Mimi ganz egal. Zu Lenes Genugtuung fing ihre Tochter zum neuen Schuljahr als Schülerin in der Diakonissenanstalt an und merkte recht bald, daß hier ein strenges Reglement herrschte.

Sie bewohnte ein Zimmer mit einer gleichaltrigen Bauerstochter, die schon verlobt war und die sich hier Kenntnisse in der Haushalts- und Krankenpflege aneignen sollte. Die beiden Mädchen verstanden sich auf Anhieb.

Gretchen, so hieß das Mädchen, schützte und deckte die gewitzte Mimi, wann immer sie konnte, und beide lachten sich halbtot, wenn ihre Streiche gelangen. Und davon gab es reichlich.

Als der große Frühjahrsputz anstand, bei dem die Mädchen tagelang auf den Knien liegen und das Parkett mit einem Stahlschwamm abspänen mußten, wozu Mimi überhaupt keine Lust verspürte, ließ sie sich von Gretchen das Gesicht mit Mehl einreiben und lag »krank« im Bett. Unter der Bettdecke las sie Geschichten aus der geliebten »Gartenlaube«.

Wirklich übel wurde ihr regelmäßig, wenn sie ins Feierabendhaus zur Arbeit bei den alten und kranken Diakonissen geschickt wurde, die sie versorgen sollte. Mimi konnte den Geruch von Urin und verbrauchter Luft nicht vertragen. Es ekelte sie vor den alten Händen, die sie berühren und streicheln wollten.

Sie konnte auch kein Mitleid aufbringen für die Frauen, die abwesend aus dem Fenster starrten und schon »wie gestorben« wirkten. Während ihrer Dienstzeit im Feierabendhaus verbrachte sie manche Stunde würgend auf der Toilette, bis sie endlich von dieser lästigen Pflicht befreit wurde.

Da sie klein und zierlich war, nahmen die gutmütigen Diakonissen ohnehin viel Rücksicht auf sie. Sie brauchte keine schwere Gartenarbeit zu leisten und wurde auch nicht mehr zum Dienst im Altenheim eingesetzt. So mogelte sich Mimi durch ihre Lehrzeit.

Anfangs hatte es ihr in der Anstalt sogar gefallen. Sie war staunend durch die Räume gegangen, hatte die vielen Sprüche an den Wänden gelesen und darüber nachgedacht, was sie wohl bedeuteten: »Der Herr ist mein Hirte, mir wird nichts mangeln!« oder: »Sei getreu bis in den Tod, so will ich dir die Krone des Lebens geben!« sowie: »Du bist meine Zuflucht, Herr Gott, für und für!«

Die morgendlichen Andachten vor dem gemeinschaftlichen Frühstück mochte sie besonders gern. Sie hing an den Lippen der Frau Oberin, die wie eine gute Mutter wirkte, und wünschte sich insgeheim, von so einer Mutter erzogen worden zu sein. Mimi sang voll Inbrunst: »Morgenglanz der Ewigkeit, Licht vom unerschöpften Lichte« und fühlte sich geborgen.

Ein andermal erkannte sie während der Andacht voll Scham, daß sie keine gute und liebevolle Diakonisse werden würde, weil sie sich nicht im Dienst an Alten und Schwachen aufopfern wollte. Sie kam aber zu der Erkenntnis, daß der liebe Gott sie schließlich so geschaffen hatte, daß er das verantworten mußte. Sich zu ändern war also nicht nötig. Und wieder konnte sie die Kapelle getröstet und mit gutem Gewissen verlassen.

Mimi legte es darauf an, die Aufmerksamkeit der Frau Oberin zu erringen. Die Anstalt lag inmitten blühender, feuchter Wiesen. Mimi stand frühmorgens auf, als noch alle schliefen, pflückte Hahnenklee und Wiesenschaumkraut und stellte den Strauß vor die Tür der Frau Oberin.

Zuerst tat sie dies ganz heimlich, dann aber immer kecker, damit die Beschenkte auch merken sollte, wer ihr die Blumen brachte. Eines Tages öffnete sich die Tür, die Oberin sah sie nachdenklich an und sagte: »Maria, du solltest deine Blumen lieber unserem lieben Herrn Jesus unter das Kreuz stellen, der so für uns Menschen gelitten hat. Wir Menschen sollten Gott in erster Linie danken und ihm und unseren armen Mitmenschen dienen. Du willst doch eine gute Diakonisse werden, nicht wahr?«

Das wollte Mimi gewiß, aber es war so mühselig, stets an andere zu denken. Mimi schlich mit ihrem Strauß in die Kapelle, um ihre Blumen dem Herrn Jesus unters Kreuz zu stellen. Sie bemitleidete sich, als sie da so allein in der hübschen Halle stand. Das Sonnenlicht fiel durch das bunte Rosettenfenster.

Sie war unglücklich und enttäuscht, wieder einmal abgewiesen worden zu sein. Der Gedanke, morgens jetzt ein wenig länger schlafen zu können, wenn sie nun keine Blumen mehr zu pflücken brauchte, konnte sie auch nicht aufrichten. Eigentlich war alles voller Frieden, nur nicht in ihr. Sie fühlte sich so allein, hatte keinen Vater, ihre Mutter liebte sie nicht, und auch der Frau Oberin war sie gleichgültig. Gretchen hatte wenigstens ihren Bräutigam, Mimi aber hatte niemanden auf der ganzen Welt. Sie schluchzte, und ihre Tränen rannen reichlich.

»Maria«, sprach plötzlich eine leise, freundliche Stimme hinter ihr. Es war der junge Vikar, der die Schülerinnen im Fach Religion unterrichtete: »Kann ich Ihnen helfen?«

Er war zum Beten in die Kapelle gekommen und stand nun völlig ratlos vor der weinenden Mimi. Ehe er es sich versah, warf sich Mimi ihm schluchzend in die Arme und vergrub ihr Gesicht an seiner Brust. Gutmütig streichelte er ihr übers Haar und versuchte sie zu trösten.

So trafen zwei entgeisterte Gemeindeschwestern die beiden jungen Menschen an, ausgerechnet vor dem Kreuz. Sie waren empört. Mimi wurde noch am selben Tag aus dem Internat und der Diakonissenanstalt gewiesen, der Vikar versetzt.

Lene war außer sich vor Zorn: »Du hast ein Verhältnis mit dem Vikar gehabt, du liederliches Ding. Schämst du dich nicht, so das Vertrauen der Oberin und deiner Mutter zu mißbrauchen?«

Mimi beteuerte vergeblich ihre Unschuld. Lene hörte gar nicht hin. Sie hatte so etwas immer befürchtet und ließ ihre ganze Enttäuschung an Mimi aus: »Mi kannst nix vörmaken, ick heff dat jümmers wußt, du bist verantwortungslos und leichtsinnig, as dien Vadder dat weer»

Jetzt war der Zeitpunkt gekommen, fand Lene, die Tochter über ihren gewissenlosen Vater aufzuklären, was sie bis jetzt – trotz Mimis Nachfragen – immer vermieden hatte. Nun wollte sie der Tochter klarmachen, wohin ein unsolider Lebenswandel führte.

In bösen Worten sprach sie von Bonnier, sie ließ kein gutes Haar an ihm. Es tat ihr richtig gut, der verschreckten Tochter alle Schandtaten Bonniers – an ihr und ihrem Vater begangen – vor Augen zu führen. In ihrer Erregung hatte sie nicht bemerkt, daß ihr Mann ins Zimmer getreten war und sich leise auf einen Stuhl gesetzt hatte. Jetzt brach alles aus ihr hervor. Viel zu lange hatte sie es mit sich allein abgemacht. Die Worte kamen wie ein Sturzbach, streng und hart.

Ihr Mann ließ sie ausreden. Und als sie erschöpft innehielt, stand er auf, nahm sie in seine Arme und sagte ruhig: »Glaubst du wirklich, Lenchen, daß Gott im Himmel auch nur einen einzigen Menschen dem anderen gleich erschaffen hat? So einfach hat er sich das nicht gemacht. Mimi hat nicht nur die schlechten Anlagen vom Vater, sondern auch die guten einer langen Reihe deiner und seiner Vorfahren.

Jeder wird zu einem eigenen, neuen Teil einer langen Kette, deren Glieder ganz unterschiedlich geformt, aber fest ineinander verschlungen sind. Diese Vielfalt, mit allen ihren Möglichkeiten läßt es kaum zu, daß wir alle Menschen in einen Topf stecken können. Wir müssen damit leben, auch wenn es manchmal schwerfällt.«

Zu Mimi sagte er: »Komm, Deern, wir beide gehen ein bißchen spazieren. Frische Luft tut immer gut.« Mimi war dankbar, daß Jensen eingegriffen und das Gespräch in eine andere Richtung gelenkt hatte. Sie bewunderte ihren Papa Jensen noch mehr. Wie einfach und klar er alles sah.

Mimi brauchte geraume Zeit, das Gehörte zu verarbeiten. Mutter ist doch so stark, so tüchtig, alles kann sie. Warum hatte sie sich damals nicht bemüht, mit dem Vater auszukommen? Vielleicht hätte er sich geändert? Er mußte ihre Mutter doch geliebt haben.

So dachte sie und nahm innerlich Partei für den Vater: Die Schwachen müssen immer leiden, weil sie zu schwach sind, sich zu wehren. Mimi war sich ganz sicher, daß auch sie zu den Schwachen gehörte.

Laut sagte sie plötzlich zu Jensen: »Hilf mir bitte, ich kann nicht länger bei euch leben! Ich komme mit Mutter nicht zurecht. Wenn ich doch nur wie Gretchen einen Mann fände, der mich heiraten würde, wie froh wäre ich dann.«

Wieder war Papa Jensen ihr Helfer in der Not. Er setzte

sich dafür ein, daß Mimi in den Wintermonaten Tanzstunden nehmen durfte, um auf andere Gedanken zu kommen. Das war etwas für Mimi, sie blühte förmlich auf. Die schwierigeren Tanzschritte konnte sie stundenlang im Wohnzimmer üben, bewundert von Papa Jensen, der auch hin und wieder als Tanzpartner herhalten mußte. In ihren hübschen, von der Hausschneiderin gefertigten Kleidern sah sie bezaubernd aus.

Zierlich und anmutig, wie sie war, fehlte es ihr auch nicht an Verehrern. Die ganze Woche über lebte sie nur für diese Stunden und nahm dafür unnahbares und frostiges Verhalten der Mutter in Kauf. Sie übersah es einfach.

9

Auf dem Stiftungsfest der Handwerkerinnung, zu dem Mimi mitgehen durfte, um ihre frisch erworbenen Tanzkenntnisse zu erproben, lernte sie ihren zukünftigen Mann kennen.

Ludwig Koch war Malergeselle, stammte aus einem kleinen Ort bei Süderbrarup in Angeln. Er war der einzige Sohn einer Witwe, die noch vier Töchter hatte. Sie hatten einst eine kleine Landstelle besessen, die aber verkauft werden mußte, da sie eine Familie nicht ernähren konnte.

So wohnte die Mutter reihum bei ihren vier Töchtern, wo sie sich stets nützlich machte, alle groben Arbeiten verrichtete und doch immer zu spüren bekam, daß sie nicht gern geduldet war. Ihr Sohn Ludwig war nach Flensburg gezogen und hatte dort nach der Schule eine Malerlehre begonnen.

Wenn es seine karge Freizeit gestattete, zog er in der Gegend umher, suchte nach schönen Motiven, malte sie und konnte die Bilder auch ab und an verkaufen. Er hatte Talent, doch sein Traum, die schönsten Plätze der Welt zu sehen und in Bildern festzuhalten, blieb unerfüllt. Statt dessen plagte er sich, für wenig Lohn verschmutzte Kammern auszuweißen oder Zimmer anzustreichen.

Ludwig Koch war ein gut aussehender Mann mit ernsthaftem Charakter. Er hatte eine tiefe Stimme, die aber selten zu hören war. Er war in sich gekehrt, ein Einzelgänger, der das Leben nicht von der leichten Seite nahm.

Mit Frauen hatte er – außer mit seiner Mutter und den zänkischen Schwestern – bislang keinerlei Erfahrung, und er vermißte auch nichts. Sein Meister hatte Ludwig aufs Stiftungsfest mitgenommen, um ihn für seine saubere und akkurate Arbeitsweise zu belohnen.

Da stand Ludwig nun an der Tür des Saales, sah sich ratlos und verloren das muntere Treiben an. Die laute Musik dröhnte ihm in den Ohren, am liebsten wäre er gleich wieder gegangen.

Er beobachtete die Tanzpaare, und ihm fiel sofort das bezaubernd lachende Mädchen auf, das leichtfüßig zwischen den Tänzern herumwirbelte. Er konnte seinen Blick nicht von ihr wenden, auch nicht, als der Tanz zu Ende war und sie sich wieder an den Tisch zu ihren Eltern gesetzt hatte.

Als sich ihre Blicke begegneten, lächelte Mimi ihn an. Ludwig nahm seinen ganzen Mut zusammen, und sobald die Musik wieder einsetzte, bat er um den nächsten Tanz. Sie tanzten wunderbar, nicht nur diesen, sondern jeden Tanz, der an diesem Abend gespielt wurde. Er wußte sofort: Dies war die Frau seiner Träume.

Am nächsten Tag machte Ludwig Koch im Hause Jensen seinen Antrittsbesuch, hielt für die Frau Mama verlegen einen großen Blumenstrauß in den Händen und bat höflich, mit dem Fräulein Tochter einen Spaziergang machen zu dürfen.

Lene war von dem Bewerber nicht begeistert und verhielt sich eisig. Sie hatte sich einen wohlhabenden, welterfahrenen Schwiegersohn vorgestellt. Jensen aber gefiel der ehrliche junge Mann, über den er bislang nur Gutes gehört hatte. Er bedauerte nur, daß Ludwig nicht Schlachter gelernt hatte.

Bei seinem vorsichtigen Versuch herauszubekommen, ob Ludwig wohl umsatteln würde, war dieser geradezu verschreckt zusammengezuckt. Mit dem Schlachterberuf verband er einzig Gewalt und Rohheit. Jensen mußte einsehen, daß dieser Junge zu zart besaitet war, um sein Geschäft weiterzuführen.

Mimi benahm sich Ludwig gegenüber nicht wie ein frischverliebtes Mädchen. Sie genoß wohl sein stilles, behutsames Werben, aber sie liebte ihn nicht. Das würde sicherlich noch kommen. Und in ihrer blühenden Phantasie stattete sie ihn mit allen Eigenschaften aus, die sie sich von einem Mann erträumte: Er war für sie mutig, kämpferisch, leidenschaftlich, erfolgreich, mit einer glänzenden Laufbahn in Aussicht. Ihr Wunschdenken war unerschöpflich.

Ihr Jawort gab sie ihm sofort, mußte sie doch nun nicht mehr länger mit der Mutter unter einem Dach leben und war endlich frei von jeder Bevormundung.

Die Hochzeit wurde im städtischen Handwerkerhaus in großem Stil gefeiert. Papa Jensen kam für alles auf. Mimi erhielt eine ansehnliche Aussteuer, zusätzlich richtete er den Brautleuten eine kleine behagliche Wohnung ein. Und was das Wichtigste war: Er griff Ludwig finanziell unter die Arme und schoß ihm Mittel vor, so daß dieser eine eigene Malerfirma eröffnen konnte. Ludwig war rundherum glücklich und stürzte sich mit all seiner Schaffenskraft in die Arbeit.

Mimi saß in ihrem behaglich eingerichteten Wohnzimmer und schaute seit einer halben Stunde aus dem Fenster, dabei trommelte sie ungeduldig mit der rechten Hand auf das Fensterbrett. Auf der gegenüberliegenden Straßenseite stieg sanft ein Hügel an, auf dessen Höhe sich das unlängst erbaute Museum befand. Von dort hatte man einen herrlichen Blick auf das Stadtpanorama von Flensburg.

Mimi nahm die »Gartenlaube« zur Hand, die sie schon

zweimal von vorn bis hinten durchgesehen hatte. Sie preßte mißmutig ihre Lippen zusammen, legte die Zeitschrift wieder unzufrieden aus der Hand: Sie langweilte sich gründlich. Sie lauschte auf die Geräusche, die aus der Küche an ihr Ohr drangen. Die Schwiegermutter bereitete das Mittagessen vor. Alles machte diese zur größten Zufriedenheit: Einkaufen, Kochen und das Haus instand halten. Auch heute würde Ludwig die Mutter loben: »Mutter, wenn wir dich nicht hätten!« Die Alte hörte den Satz nur zu gern.

Mimi fehlte jegliche Lust und Begabung zur Haushaltsführung. Und sie überließ der Schwiegermutter gern das Feld. Sollte doch derjenige den Haushalt übernehmen, der davon mehr verstand.

Es war eine glückliche Lösung gewesen, die Schwiegermutter mit in den jungen Ehestand zu übernehmen. Die alte Frau war froh, zu ihrem Sohn ziehen zu können, mußte sie doch nun nicht mehr abwechselnd bei ihren vier Töchtern herumgereicht werden.

In seinem jungen Hausstand war sie zu etwas nutze, und die junge Schwiegertochter redete ihr nicht dazwischen. Sie hatte ihr vom ersten Augenblick an den Haushalt überlassen, und auch ihr Sohn war dankbar dafür, daß die Mutter alles besorgte. Wohin hätte es wohl auch sonst mit dem jungen Paar geführt?

Was machte die junge Frau nur, wenn sie tagsüber die Wohnung oft für viele Stunden verließ?

Die alte Frau wollte es gar nicht wissen: Was man ihr nicht erzählte, ging sie nichts an. Da hielt sie sich aus allem heraus. Schweigsam und in sich gekehrt tat sie, was ihr das Leben abverlangte. Manchmal sprach sie den ganzen Tag kaum ein Wort.

Kam der Sohn heim, stand sie sofort auf, raffte den schwarzen Wollstrumpf an sich, an dem sie stets emsig strickte und verschwand in ihr Zimmer, denn sie wollte dem jungen Paar beileibe nicht im Wege sein.

Mimi hatte ein gutes Verhältnis zu ihrer Schwiegermutter. Diese hatte ein schweres Leben führen müssen und war dankbar, wenn Mimi ihr nur ab und an ein liebes Wort gab und über ihre runzelige, verarbeitete Hand strich.

Wie anders verhielt sich doch ihre eigene Mutter. Immerfort hatte sie an ihr etwas auszusetzen. Selbst jetzt noch, da Mimi eine verheiratete Frau war, versuchte sie, ihre Tochter zu bevormunden und ihr überall hineinzureden. Das konnte Mimi kaum ertragen, am liebsten ging sie ihr aus dem Weg, um sich Vorhaltungen zu ersparen.

Jeden zweiten Sonntag jedoch wurde erwartet, daß sie mit ihrem Mann Ludwig pünktlich um vier Uhr bei der Mutter zum Sonntagskaffee erschien. Dann saß man – verkrampft und unbehaglich – in der besten Stube an der Kaffeetafel, jeder in Sorge, daß die gestärkte weiße Tischdecke auch ja nicht den kleinsten Fleck bekam.

Immer fürchtend, von der Mutter belehrt und ermahnt zu werden, stopfte Mimi den Topfkuchen in sich hinein. Sie und Ludwig waren froh, wenn sie mit Anstand den Heimweg antreten konnten.

Da war es etwas anderes, mit Papa Jensen konditern zu gehen. Der alte Brauch zwischen den beiden war seit Mimis Jungmädchenzeit nicht aufgegeben worden. Aber Papa Jensen wurde alt, er hörte nicht mehr gut. Und konnte man jemandem etwas Vertrauliches in der Öffentlichkeit mitteilen, wenn alle Welt zuhörte? Nein, das ging nicht. Und so schwiegen auch sie sich oft an.

Dabei hätte sich Mimi gern mit ihm ausgesprochen. Sie hatte sich ihre Ehe mit Ludwig anders vorgestellt. Langsam begriff sie, daß ihr Mann nicht mit jenen Vorzügen ausgestattet war, die sie in schwärmerischer, mädchenhafter Vorstellung gesehen hatte.

Er hatte keine Phantasie, war auch nicht mutig. Er brachte nicht das Abenteuer in ihr Leben, wie sie es erhofft hatte. Nein, er war ein Langweiler, und vor allem: Er war ein Arbeitstier, nie hatte er Zeit für sie. Er arbeitete vom frühen Morgen bis zum späten Abend, kam müde, blaß und erschöpft nach Hause, aß kaum noch einen Bissen, ging sofort ins Bett und schlief auf der Stelle ein.

Auf ihre Vorhaltungen hörte sie immer nur: »Ich muß Rücklagen schaffen, denn die Zeiten für so kleine Firmen wie die unserige sind denkbar schlecht.«

Mimi war enttäuscht, und sie bekam Angst, als sie erkannte, daß sie und Ludwig dabei waren, sich voneinander zu entfernen, ja, sich auseinanderzuleben. So konnte ihr auch sein Plan, sein Geschäft durch Firmenschildermalerei zu vergrößern, nicht gefallen.

»Aber Werbung ist groß in Mode, Mimi«, begeisterte sich Ludwig. »Man muß mit der Zeit gehen. Die Firmen verlangen große, kunstvoll gestaltete Firmenschilder. Die alten Zunftzeichen der Handwerksbetriebe werden nach und nach aus dem Straßenbild verschwinden. In den großen Städten werden die Straßen geradezu überschwemmt werden von Reklame.«

Mimi zeigte kein Interesse an Ludwigs Ideen. Männer waren dazu da, ihre Familie zu ernähren. Mochten sie doch sehen, wie sie es fertigbrachten. Mimis Sache war es jedenfalls nicht. Sie biß sich auf ihre Unterlippe und runzelte nachdenklich die Stirn. Ludwig war in jeder Beziehung eine Enttäuschung.

Wenn sie nur an ihre Hochzeitsnacht dachte, stieg Bitterkeit in ihr auf. Eine Katastrophe war das gewesen. Zitternd und voller Erwartung hatte sie da gelegen, bereit, sich ihrem Manne zum ersten Mal hinzugeben. Und dann hatte es grauenvoll weh getan. Sie schauderte, wenn sie nur daran zurückdachte. Wieder und wieder hatte er versucht, in sie einzudringen, bis sie ihn unter Tränen bat, damit aufzuhören.

Seitdem hatte er sie nicht mehr angerührt. Manchmal sah er sie nachdenklich von der Seite an, wenn er glaubte, sie bemerke es nicht. Aber darin hatte er sich getäuscht. Ihr konnte man doch keinen Vorwurf machen, es war allein seine Schuld. Er war einfach zu groß gebaut. Oder nicht? Man müßte Vergleiche mit anderen Männern anstellen können. Bestimmt wäre mit einem anderen Mann alles anders.

»Ich könnte soviel geben, was in mir brachliegt«, dachte sie verzweifelt. Ludwig nahm sie ja kaum noch wahr.

Sollte sie sich nicht ihr neues, schickes Frühjahrskostüm anziehen und sich bei der Putzmacherin nach einem passenden Hütchen dazu umsehen? Dann könnte sie einen Schaufensterbummel vom Südermarkt über den Holm zum Nordermarkt und zurück machen. Bestimmt träfe sie Bekannte zu einem Schwätzchen. Ach nein, sie würde bis zum Nachmittag warten müssen, denn in den Morgenstunden hatten alle guten Hausfrauen im Hause zu tun, und die Männer waren bei der Arbeit.

»Ich werde Marie Sörensen besuchen«, dachte sie, »vielleicht können wir eine Runde Skat mit Maries alter Mutter spielen.« Gut, daß sie Marie kennengelernt hatte, ihre Nachbarin und Vertraute.

Marie war zwar älter als Mimi, aber voller Lebenslust und Unternehmungsgeist. Wer sonst würde wohl in den Vormittagsstunden mit ihr Karten spielen? Ihr Mann, Karl, war zwar ein Ekel und versuchte bei jeder Gelegenheit, Mimi an sich zu drücken. Zum Glück hielt er sich die meisten Stunden in seinem geliebten Garten auf.

Von Marie hatte Mimi das Skatspielen gelernt, fast augenblicklich war sie der Spielleidenschaft verfallen. Nur verlieren konnte Mimi schlecht. Wütend warf sie dann die Karten auf den Tisch, und Marie mußte ihr gut zureden, damit sie nicht eingeschnappt nach Hause lief.

Als Mimi bei Marie ankam, saß ein hochgeschossener semmelblonder Jüngling am Tisch, mit unreiner Haut und wäßrig blauen Augen, mit denen er Mimi neugierig musterte. Es war Maries zukünftiger Untermieter, der gerade in die Hausordnung eingewiesen wurde.

»Ich möchte nicht stören.« Mimi drehte sich um und wollte gehen, aber Marie hielt sie am Ärmel fest: »Bleib nur, wir sind sofort fertig, haben alles besprochen.«

»Spielen Sie zufällig auch Skat?«, fragte Mimi hoffnungsvoll, denn auf Dode – Maries Mutter – war nicht immer Verlaß. Sie vergaß leicht, welche Farbe Trumpf war, und ebenso, wer das Spiel machte. Ein neuer Spielpartner könnte doch ein Gewinn sein.

Der junge Mann hob entsetzt beide Arme hoch: »Nein, nein, Kartenspiel ist Blendwerk und Versuchung des Teufels!«

»Herr Naumann ist Zeuge Jehovas, Mimi, er führt ein gottgefälliges Leben«, klärte Marie sie auf. Mimi hatte noch niemals von dieser Glaubensrichtung gehört.

»Kommen Sie doch einmal mit zu unserer Versammlung in den Königreichsaal, unser Bruder im Glauben kann Ihnen viel besser als ich erklären, warum unser Glaube der einzig wahre ist, gnädiges Fräulein!«

Jetzt wurde Herr Naumann richtig eifrig: »Wir dürfen jederzeit unsere Freunde mitbringen. Gottes Wunsch ist es, daß sich unsere Gemeinde vergrößert, damit sie am Jüngsten Tag mit all ihren Anhängern ewiges Glück in paradiesischen Gefilden finden kann.«

Er umfaßte Mimi mit liebevollem Blick. Mimi wurde es warm. Ihre lebhafte Phantasie begann bereits zu spielen. Neues, Unbekanntes reizte sie immer, es auszuprobieren. Sie sah sich schon im Königreichsaal, im Vorhof »paradiesischer Gefilde«.

Sie sagte sofort zu und verabredete sich mit Herrn Naumann noch für denselben Abend.

»Wir leben in den letzten Tagen. Um errettet zu werden, folgen wir in blindem Gehorsam und voller Vertrauen Jehova nach«, hörte sie den Prediger. »Die ganze Welt ist vom Satan durchdrungen. Wir aber erkennen sein Blendwerk.«

Mimi erzitterte in Angst und Schrecken. Wie nun, wenn die Welt unterginge, was würde dann aus ihr mit ihren Sünden werden? Wie gern würde sie zu den wiedererweckten Auserwählten zählen, die in die Neue Welt einziehen durften!

Mimis Eifer, sich zu verändern, zu bessern, war erweckt. Fast jeden Tag besuchte sie ein anderes Mitglied der Zeugen Jehovas. Nun hatte Mimi ein Ziel. Von Tag zu Tag geriet sie mehr in den Sog dieser Leute. Leicht beeinflußbar, wie sie war, hegte sie keinerlei Zweifel an der Wahrheit ihrer Lehre, und sehr rasch wurde aus ihr eine überzeugte Glaubensschwester. Aus ihrer mit leichtem Schauder gemischten anfänglichen Begeisterung für die Glaubensgemeinschaft wurden jedoch unversehens echte Seelenqualen: Mimi hatte nämlich wirkliche Schuld auf sich geladen, die weit über ihre sonstigen Schwächen hinausging.

Mimi veränderte sich zusehends. Nervös und unruhig hetzte sie durch den Tag. Nachts schreckte sie schweißgebadet aus dem Schlaf hoch. Ihr Gewissen ließ sie nicht zur Ruhe kommen. Sie trug eine böse Schuld mit sich herum, und die Last drückte sie fast zu Boden. Sie war ihrem Ehemann, der sie liebte und für sie sorgte, untreu geworden.

Ohne nachzudenken, von ihrer Neugier getrieben, war Mimi in eine mißliche Lage hineingeraten. Und dabei verabscheute sie doch den Untermieter Maries. Er hatte einen unangenehmen Körpergeruch und feuchte Hände. Es war einfach eklig gewesen. Ohne Bedenken war sie dem »Bruder« auf sein Zimmer gefolgt, um sich den »Wachturm« und andere Schriften zu holen, die sie an ihre Mitmenschen zu verteilen hatte.

Plötzlich hatte er sie in seine Arme gerissen, seine blaßblauen Augen starr auf sie gerichtet, hatte von Liebe gestammelt. Mimis einziger Gedanke war: Nun kann ich Ludwig beweisen, daß ich eine normale Frau bin. An ihm allein liegt es, daß es in unserer Ehe nicht klappt!

Aber es ging auch diesmal nicht! Der junge Zeuge Jehovas, der sich immer so sanft gezeigt und sich ihr Bruder genannt hatte, wandte sich mit höllischem Fluch von ihr ab, nachdem er sein Ziel bei ihr nicht erreicht hatte. In ihrer Scham wagte sich Mimi nicht mehr zu Marie, und erst recht nicht mehr zu den Schulungsabenden der Zeugen Jehovas.

Ludwig machte sich Sorgen um seine Frau. Sie war schmal geworden und so ungewöhnlich still. In seiner Besorgnis wollte er sie zum Arzt schicken.

»Es ist nichts, wirklich, Ludwig«, beteuerte sie immer wieder. Ludwig war sicher, daß sie ebenso wie er darunter litt, daß ihre Ehe immer noch nicht vollzogen war. Auch ihm fiel es doch schwer, sich von ihr fernzuhalten. Ob sie wohl ermessen konnte, wie es ihm abends zumute wurde bei dem Gedanken, seine kleine Elfe nicht berühren zu dürfen?

Um es ihnen beiden nicht noch schwerer zu machen, hatte er vorsichtshalber sogar auf das Schmusen und Kuscheln verzichtet. Er drehte sich abends um und gab vor zu schlafen. Aber so konnte es nicht weitergehen! Irgendetwas mußte geschehen.

Er beschloß, seiner Frau eine Freude zu bereiten. Er kaufte ihr einen niedlichen, kleinen Kurzhaar-Dackel und legte der überraschten Mimi den Welpen in die Arme. Mit einem Freudenschrei drückte sie den kleinen Kerl an sich. »Wie niedlich, Ludwig, wem gehört er denn?«

»Der Seppi gehört jetzt dir, jeder Mensch muß etwas zum Liebhaben besitzen.«

»Aber ich habe doch dich, Ludwig«, meinte Mimi erschreckt.

Ludwig nahm ihre beiden Hände in die seinen: »Haben wir uns wirklich noch, Mimi? Du hast dich so verändert in der letzten Zeit.«

»Es wird wieder alles gut«, versprach Mimi unter Tränen und beschloß, ihr böses Geheimnis für immer bei sich zu bewahren. Der gute Ludwig durfte davon nicht einmal etwas ahnen.

Ludwig überlegte hin und her, bei wem er sich in seiner Lage Rat holen könnte. Seine alte Mutter erschien ihm zu weltfremd. Nach kurzem Überlegen schob er auch den Gedanken beiseite, sich mit seiner Schwiegermutter zu beraten. Lene war eine vielbeschäftigte, überaus tüchtige Geschäftsfrau, viel zu hart in ihren Ansichten und Grundsätzen. Sie wußte immer alles besser, ihre Ratschläge paßten nicht in sein Leben, vor allem fühlte er sich in ihrer Gegenwart immer unvollkommen. Wie gut, daß seine Mimi so wenig von den Anlagen ihrer Mutter geerbt hatte. Der gute Papa Jensen schied auch aus, er wurde langsam zu alt.

»Am besten«, dachte er, »bespreche ich die Angelegenheit mit einem Doktor, schließlich hat er studiert.« Mutig suchte er den freundlichen Hausarzt auf, der ihn schon einige Male mit Malerarbeiten beschäftigt hatte. Stammelnd und umständlich brachte er sein Problem vor. Der Arzt empfahl Ludwig, seine Frau von Dr. Mensinga untersuchen zu lassen, dieser habe sich auf Frauenheilkunde spezialisiert und sei wegen seiner fortschrittlichen Behandlungsmethoden schon weit über die Stadtgrenzen hinaus anerkannt. Er würde sicher weiterhelfen können.

Nun war die Sache an Mimi. Die Untersuchung war ein Alptraum für sie. Sie fühlte sich schrecklich ausgeliefert, als sie auf dem Stuhl des Gynäkologen lag. Wie schämte sie sich! Noch nie hatte sie ein Mann so gesehen.

Doch der Doktor machte ihr Mut. Nur ein harmloser Eingriff wäre nötig, zwei Tage Krankenhausaufenthalt, und alles würde in Ordnung sein. Mimi sei eine gesunde Frau, die viele Kinder gebären könne.

Nach der Behandlung nahm das junge Paar voller Glück sein Liebesleben auf, und schon im Jahr darauf kam eine kleine Tochter zur Welt, die sie Elisa nannten.

Ludwigs Glück war vollkommen, wenn er sich auch insgeheim einen Stammhalter für seine aufstrebende Firma gewünscht hatte. Mimi war eine bezaubernde Mutter, die sich den ganzen Tag mit dem Baby beschäftigen konnte. Die Schwiegermutter sorgte für die Windelwäsche und machte die Flaschen mit der Nahrung zurecht.

Bei Sonnenschein sah man die Frau des Malermeisters Koch mit dem hochrädrigen, hübsch ausstaffierten Kinderwagen spazierengehen.

Es war eine glückliche Zeit. Die Großeltern Jensen waren ebenfalls hocherfreut über den Familienzuwachs. Lene hoffte, daß ihre Tochter durch die Mutterschaft endlich erwachsen werden, zur Ruhe kommen und ein ehrsames Leben führen würde.

Papa Jensen war geradezu vernarrt in die Kleine. Fast täglich brachte er Fleisch und Wurstkörbe in das Haus am Nordergraben. Und heimlich steckte er seiner Mimi auch manchen Schein zu, wovon seine Frau nichts erfahren durfte.

Die kleine Elisa erwies sich bald als ein unruhiges, quengeliges Baby, welches den Eltern die Nachtruhe stahl und nur schwer an Gewicht zunahm. Daraufhin hatte Mimi genug. Sie stellte der Schwiegermutter die Kinderwiege ins Zimmer: »Liebe Mama, du hast fünf Kinder großgezogen. Du verstehst mehr davon als ich. Könntest du nicht Elisa übernehmen?« Die alte Frau tat es.

Ganz allmählich fiel Mimi wieder in ihre alte Spielleidenschaft zurück. Der immer kürzer werdende Spaziergang mit Elisa im Kinderwagen endete bald bei Nachbarin Marie, wo das Kind abgestellt wurde und wo es sich im sommerlichen Garten so schön Skat spielen ließ.

Herr Naumann, der Zeuge Jehovas, wohnte nicht mehr bei Marie, und in seinem Zimmer lebte jetzt eine junge Telefonistin. Die neue Technik hatte sich auch in Flensburg stark verbreitet, und sogar Frauen konnten einen Beruf ausüben.

Marie und Mimi fanden diesen Gedanken abwegig. Sie bedauerten die junge Frau von ganzem Herzen. Sie hätte sich lieber einen gut verdienenden Ehemann aussuchen sollen, war ihre Meinung. Ob sie keinen bekommen konnte?

Um die Jahrhundertwende tat sich viel im Deutschen Reich. Es war die Zeit der großen industriellen und technischen Entwicklungen, der rasanten Erweiterung und Modernisierung der Städte. Namen wie Wilhelm Röntgen, Gottfried Daimler und Graf Zeppelin waren in aller Munde. Nicht so bei Marie und Mimi. Diese Forscher mit ihren Entdeckungen und Erfindungen waren ihnen kein Begriff. Auch in der Politik geschah so manches. Die beiden Frauen nahmen an den brisanten Entwicklungen jedoch keinen Anteil. Was in der großen weiten Welt geschah, darüber mochten die Männer sich ihre Köpfe zerbrechen. Sie wollten schließlich nicht zu den »Blaustrümpfen« gehören.

Ihr einziges Interesse galt dem Kaiserhaus. Die deutsche Herrscherfamilie genoß Maries und Mimis größte Verehrung, und sie widmeten sich dem Schicksal der einzelnen Familienmitglieder mit großer Hingabe.

So saßen die beiden Frauen mit der Greisin Dode bei Kaffee, Kuchen und Kartenspiel beisammen, und jede von ihnen war mit sich und ihrem Leben zufrieden.

Marie war so klug gewesen, niemals danach zu fragen, warum Mimi damals plötzlich ausgeblieben war. Sie wußte ohnehin Bescheid, und Mimi war eine amüsante Gesellschafterin, der man manches nachsah.

Elf Monate später brachte Mimi nach stundenlangen Wehen und schwerer Geburt ihre zweite Tochter zur Welt. Sie wurde Theresa genannt. Ludwig war enttäuscht, daß es wieder eine Tochter war. Mimi lag blaß in ihren Kissen und schwor sich, nie wieder ein Kind haben zu wollen.

Die kleine Theresa hatte keine Ähnlichkeit mit ihrer Schwester, die bereits quicklebendig auf ihrem Hosenboden durchs Zimmer rutschte und, wenn man nicht aufpaßte, die Schubladen ausräumte, die Tischdecke herabzog und lautstark ihre Rechte als das ältere Kind behauptete.

Mimi verlor schnell die Nerven, schrie Elisa an, bis die Schwiegermutter dazu kam und das Kind wortlos mit in ihr Zimmer nahm. Theresa dagegen war geradezu vorbildlich. Still und zufrieden lag sie in ihrem Körbchen, wartete geduldig, bis sie hochgenommen wurde, nahm rasch an Gewicht zu und entwickelte sich zu einem »Möpschen mit Kuhaugen«, wie die Mutter ihr duldsames Kind bezeichnete, welches ruhig aus großen Augen seine Umwelt bestaunte.

Durch ihre Kinder war Mimi sehr an das Haus gebunden, und sie beklagte sich bei ihrem Mann bitter darüber, daß sie sich kein Kindermädchen halten konnten. Ludwig reagierte verstimmt, er arbeitete doch schon bis an die Grenzen seiner Kräfte. Warum sah Mimi dies nicht ein?

Zu Hause war es jetzt ungemütlich geworden, überall hing der Geruch von Kinderwäsche in der Luft, und Elisas zorniges Wutgebrüll konnte ihn, den sensiblen Mann, bis ins Mark erschrecken. Da besann sich Ludwig wieder auf seine alte Liebhaberei: er klemmte sich seine Staffelei unter den Arm und ging in die freie Natur, um zu malen.

Daheim fühlte er sich unbehaglich, in der Stille des Waldes dagegen erfrischt und voll innerer Freude. Das Malen in der friedlichen Natur wurde ihm mehr und mehr zum Ausgleich. »Ach, wenn ich doch meine Familie mit meinen Bildern ernähren könnte«, dachte er manches Mal, zweifelte jedoch an seiner Begabung, wenngleich hin und wieder ein Bild verkauft wurde.

Zwei Jahre später mußte Mimi zu ihrem großen Schrekken feststellen, daß sie erneut schwanger war. Sie machte Ludwig erbitterte Vorwürfe: »Fünfundzwanzig Jahre bin ich alt, und was habe ich von meinem Leben bisher gehabt? Nichts, nichts und noch mal nichts! Wie gern wäre ich im Winter mit dir auf die Bälle gegangen! Nun sitze ich mit meinem dicken Bauch zu Hause mit Kindergeschrei und Windeln herum «, hielt sie ihm vor.

Elisa, die immer mitbekam, was nicht für ihre Ohren bestimmt war, fragte neugierig: « Kriegen wir ein neues Baby?«

Mimi schob sie ärgerlich zur Tür hinaus. »Neugier und Stolz wachsen auf faulem Holz«, rief sie ihr hinterher.

Ludwig zog Mimi in seine Arme: »Diesmal wird es aber ganz bestimmt ein Sohn, Elfchen«, tröstete er sie voller Freude, denn Kinder waren doch der Segen einer Ehe.

Mimi erzog ihre Kinder ohne Sinn und Verstand, wie Lene ihr stirnrunzelnd bei jeder Gelegenheit vorhielt. Mal wurden den Kleinen keine Schranken gesetzt, sie tollten herum und lärmten. Mimi lachte über ihre Streiche und verwöhnte sie maßlos. Dann wieder ärgerte Mimi alles, sie schrie die Kinder an und drohte ihnen mit dem Teppichklopfer.

Meistens mußte die vorlaute Elisa herhalten. Wenn sie die Tochter bestraft hatte, weinte Mimi, drückte die Kleine an sich und tröstete sie: »Ach, Lisilein, das wollte ich doch gar nicht.«

Verschreckt stand Theresa daneben, wie immer der treue Schatten ihrer großen Schwester, trottete ihr in die Ecke hinterher, in der sich Elisa grollend zusammengekauert hatte, um sie zu trösten. Doch das Unrecht, welches Elisa gerade hatte über sich ergehen lassen müssen, gab sie nun umgehend an die kleine Schwester weiter.

Deren Geschrei brachte die kaum besänftigte Mutter erneut in Rage: »Himmeldonnerwetter noch mal! Könnt ihr euch denn niemals vertragen«, schrie sie und steckte die beiden kurzerhand in ihre Betten. Gemeinsame Strafe ersparte ihr weiteres Suchen nach der Ursache von Theresas Gebrüll.

Theresa – von Natur aus friedlich – hatte häufig unter der älteren Schwester zu leiden. Spielten beide mit ihren Puppen unter dem Tisch, wo sie sich vor der Mama sicher fühlen konnten, so kam es vor, daß Elisa ihrer Schwester kräftig in den Finger biß, nur um sie zum Heulen zu bringen. Sie konnte sicher sein, daß Theresa den ganzen Unmut der Mutter zu spüren bekam, wenn sie dann behauptete, Theresa hätte sie zuerst gekniffen. Elisa sah dann voller Schadenfreude zu. Theresa aber nahm alles gottgegeben hin. Sie bewunderte die große Schwester, weit entfernt davon, sich zu wehren. Das entsprach nicht ihrem sanften Wesen.

Zwei Wochen zu früh, ganz schnell und leicht, wurde Mimi und Ludwig Koch eine dritte Tochter geboren. Ludwig, wiederum enttäuscht, fand sich bald mit dem neuen Töchterchen ab. Er, der sich gern mit guter Literatur beschäftigte und gerade Ibsens »Nora« gelesen hatte, wünschte sich, daß das Mädchen Nora heißen sollte. Mimi war einverstanden, weil sie keinen anderen – oder besseren – Vornamen für ihr Kind wußte.

Mimi und Ludwig überlegten, ob sie Elisa, die sich zunehmend schwieriger leiten ließ, zu den Großeltern in den Hafendamm geben sollten. Den Vorschlag hatte bei einem Sonntagskaffee Papa Jensen gemacht, der an der ältesten Enkelin einen Narren gefressen hatte. Er wollte die Kosten für die gesamte Erziehung übernehmen. Elisa sollte in die private Elementarschule zu Fräulein Winter gehen und später Klavierstunden erhalten.

Die junge Familie nahm die Hilfe gern an, mußte sie doch mit jedem Pfennig rechnen, und außerdem erhoffte man sich ein friedlicheres Familienleben. Nora wurde bald der Liebling des Vaters. Sie war die hübscheste der drei Töchter und lächelte alle Menschen an, war ein fügsames, anpassungsfähiges kleines Ding, das stets mit allem, was es vorfand, zufrieden war.

Kam der Vater heim, setzte er sich die Tochter auf den Schoß, wiegte und liebkoste sie, flüsterte ihr zärtliche Worte ins Ohr. Theresa stand daneben und sah zu. Wie gern wäre sie auch einmal auf Papas oder Mamas Schoß geliebkost worden, doch keiner bemerkte dies.

Wenn sie sich vor den Spiegel stellte und sich aufmerksam musterte, fühlte sie sich häßlich und dick, mit einer viel zu breiten Nase und »Kuhaugen«, wie die Mutter immer sagte.

Als Theresa einmal – unter Aufbietung all ihres Mutes – die Mutter fragte, ob sie wohl immer so häßlich bleiben würde, wurde sie mit einer nichtssagenden Antwort abgefertigt: »Es wird schon nicht so bleiben, hier unter dem wechselnden Mond.«

Die Jahre vergingen, und die drei Kinder von Mimi und Ludwig Koch entwickelten sich sehr unterschiedlich: Elisa, bereits in der dritten Elementarklasse, wurde auf die höhere Töchterschule vorbereitet. Sie hatte eine flinke Auffassungsgabe, war jedoch am Lernen wenig interessiert. Verwöhnt vom Großvater, ordnete sie sich schlecht in die Klassengemeinschaft ein, wollte überall die Erste sein und legte großen Wert darauf, sich herauszuputzen. War sie im Elternhaus, benahm sie sich besonders unbescheiden, was Mimi und Ludwig mit Sorge erfüllte.

Als auch Opa Jensen nicht mehr recht mit ihr fertig wurde, holten sie Elisa nach drei Jahren in die Familie zurück. Dauernd gab es jetzt Streit unter den Geschwistern, denn sie hatte große Schwierigkeiten, sich wieder einzugewöhnen. Sie versuchte, sich zwischen Theresa und Nora zu drängen, die bisher ein Herz und eine Seele gewesen waren, sich sonst nie stritten.

Bald war Theresa wieder ihr folgsamer Schatten, und die beiden Älteren schlossen nun Nora völlig aus ihrer Gemeinschaft aus. Nora half sich, indem sie sich noch mehr als sonst an ihren geliebten Papa anschloß. Er nahm sie mit in seine Werkstatt, wo sie ihm bei der Arbeit zusah.

Ludwig Koch malte jetzt hauptsächlich Firmenschilder, mit denen die Kaufleute Hausfassaden und Schaufenster neu gestalteten. Nora bewunderte ihn grenzenlos und durfte, da sie einigermaßen talentiert war, aus Holz- und Blechresten ebenfalls kleine Schilder anfertigen.

Ludwig Koch hatte mit seinen Plänen goldrichtig gelegen. Sein Geschäft bekam Aufwind. Die neuen Schilder lockten Kunden an, Aufträge nahmen mehr und mehr zu. Zwar stand man kurz vor einem Krieg, doch keiner glaubte so recht daran, daß es wirklich dazu kommen würde.

Allen, die Arbeit hatten, ging es wirtschaftlich verhältnismäßig gut. Überall in der Stadt wurden Zeichen des Wohlstandes und Fortschrittes sichtbar. Es wurde viel gegründet und gebaut.

Voller Stolz blickten die Flensburger auf die neue Marineschule, die der Kaiser eingeweiht hatte. Es war ein Prachtbau, dem äußeren Bild der Marienburg nachempfunden. Die Anstalt repräsentierte den Stil und die Stärke der Wilhelminischen Ära.

Die Stadt weitete sich allmählich nach allen Seiten aus. Die Bismarckstraße wurde als fester Fahrweg bis zur Marineschule ausgebaut. Der Bau des Lyzeums mit seinen Kupfertürmchen und das eindrucksvolle Alte Gymnasium an der Selckstraße bildeten zusammen mit dem Museum ein wunderschönes Panorama, wenn man von Westen her kam.

Es lebte sich gut in der Fördestadt, und man war stolz auf seine Heimat. Die Schaufenster wurden verbreitert, und viele von Ludwig Koch kunstvoll hergestellte Reklameschilder aus Glas und Holz schmückten die Eingänge und Hauswände.

Dies war eine Arbeit, die ihn mehr befriedigte als das Anstreichen von Wohnungen. Für das Malergeschäft tat er sich mit einem Kompagnon zusammen, denn Aufträge gab es genug.

Da nun die drei Koch-Töchter aus dem Gröbsten heraus waren, konnte man sich Zeit nehmen, am Sonntagnachmittag mit der festlich herausgeputzten Familie zum Kaffee in die Marienhölzung zu spazieren.

Mimi trug einen riesigen Hut – Wagenrad genannt –, der über und über mit Blumen dekoriert war. Sie schritt an Ludwigs Arm voran, dahinter sittsam die Töchter. Aus dem Musikpavillon dröhnte zackige Marschmusik, die einem patriotisch gesinnten Mann ordentlich in die Beine fahren konnte, Ludwig aber immer etwas verschreckte.

Dann saß man unter Bäumen in der schönen Waldwirtschaft. Die Mädchen teilten sich zu dritt eine grüne Brause. Auch wenn man sich heutzutage mehr erlauben konnte, gespart werden mußte immer. Man nickte und grüßte nach allen Seiten. Sehen und gesehen werden war wichtig.

War das Wetter sommerlich warm, unternahm man auch mal eine Lustfahrt auf der Flensburger Förde mit einem Salondampfer der neuen Dampfschiffahrtsgesellschaft.

Die Kinder mußten beim Einstieg vorauseilen, um die besten Plätze zu ergattern, wollte man sich während der Fahrt nicht die Rauchfahne des Schornsteins ins Gesicht wehen lassen. Der Ausflug ging nach Gravenstein, Kollund oder Glücksburg. Langballigau war ein begehrtes Ziel, denn dort gab es Kaffeeschenken, wo man den von Schwiegermutter selbstgebackenen Kuchen verzehren durfte. Am liebsten aber suchten sie Gastwirtschaften auf, die mit dem Schild warben: »Hier können Familien Kaffee kochen.« Das war noch billiger, und dafür war Ludwig stets zu haben.

Die Schwiegermutter hütete derweil das Haus, denn wegen ihrer geschwollenen Beine konnte sie sowieso nicht mitkommen.

Im Sommer wanderte man ins Strandbad Solitüde. Mimi saß dann vollständig bekleidet im Sand, mit einem Sonnenschirm in der Hand. Wenn keiner schaute, zog sie schon einmal die hohen schwarzen Knopfstiefel aus, aber mit schlechtem Gewissen, denn das schickte sich nicht. Am liebsten hätte sie mit den Kindern herumgeplanscht, aber auch das war nicht schicklich und daher unmöglich.

Die Kinder dagegen hatten zu jeder Jahreszeit – auch im Winter – ihr Vergnügen. Beim Schlittschuhlaufen auf dem Mühlenteich mußten sich die drei ein Paar Schlittschuhe teilen. Sie hatten sie zum Weihnachtsfest geschenkt bekommen. Nachdem Elisa lange versucht hatte, kunstvolle Pirouetten zu drehen, meldete sich endlich die schüchterne Theresa, sie wollte auch einmal an die Reihe kommen. Die Große entschied für alle: »Wir beide laufen jetzt jeder auf einem Schlittschuh, Nora mit ihren Streichholzbeinen braucht nicht zu laufen, die bricht sich sonst nur was.«

Die arme Nora mußte dann zusehen.

Viel Zeit verbrachten die Kinder auch am Rand des Exerzierplatzes. Dort schauten sie zu, wie die Soldaten gedrillt wurden und Gewehrgriffe und Marschordnung übten. Es war besonders lustig anzusehen, wenn sich alle Soldaten hinwarfen und auf Kommando wieder aufsprangen.

Das größte Vergnügen für die Kinder war der Jahrmarkt im Frühjahr und im Herbst, der auch auf der »Exe« stattfand, wie der Exerzierplatz kurz genannt wurde. Jedes Kind erhielt für den Besuch von Papa Jensen etwas Taschengeld. Das Geld fest in der Faust, zogen die drei Schwestern los.

Nora, ein kleines Schleckermaul, wurde gleich am ersten Stand ihr Geld für Zuckerwatte und einen großen rosa »Schlickepinn« los, während Elisa auf das große Glück setzte und loste. Die drei Lose waren meistens Nieten, und sie ärgerte sich maßlos darüber.

Theresa hatte sich vorgenommen, für die Mutter ein Topfpflänzchen vom Jahrmarkt mitzubringen, das sie ihr stolz überreichte. Mimi nahm es verwundert an: »Was soll ich damit, Kind, wir haben doch wirklich schon genug Blumen stehen«, und stellte den Blumentopf achtlos zur Seite.

So bestand das Leben für die Männer aus Arbeit, für die Frauen aus Haushalt und Kindererziehung, für die Kinder aus Spiel und Schule, für die Familien aus gelegentlichen kleineren Vergnügungen an den Sonn- und Feiertagen. Wichtig war allein, was in der Familie, im Betrieb und in der Stadt geschah. Die Vorzeichen eines bevorstehenden Krieges wurden kaum bemerkt und beachtet.

Die Familie Koch pflegte wenig Freundschaften. Der Vater war ausgefüllt mit seiner Arbeit, die ihm alle Kraft abverlangte. Er wollte vorankommen, zusätzlich angestachelt von Mimis Ansprüchen. Der Umgang mit Kollegenfrauen war ihr nicht gut genug, sie wollte zu den höheren Kreisen zählen, in denen sie natürlich keine Aufnahme fand. In diese Kreise mußte man hineingeboren sein, es herrschte großer Klassendünkel. Da nützte schicke Kleidung überhaupt nichts; allein Kleider machten eben doch keine Leute.

Ludwig hatte einen starken Familiensinn und fuhr ab und an mit seinen drei Töchtern in sein Heimatdorf nach Satrup, um seine Schwestern zu besuchen.

Mimi blieb dann zu Hause. Was sollte sie auch in dem stinkigen Dorf, bei den Kätnern und Kleinbauern? Ihr lief noch immer ein Schauder über den Rücken, wenn sie an ihre Kinderjahre zurückdachte, die sie bei der Schwester ihrer Mutter – Tante Mide in Eggebek – zubringen mußte, oder wenn sie sich an ihr Elend als Kostkind erinnerte.

Eines Sonntags besuchte Ludwig mit den drei Töchtern seine Schwester Dora in Rundhof. Zum großen Jubel der Kinder durften sie mit der neuen Kleinbahn von Satrup nach Rundhof fahren, welch ein Erlebnis!

Die Familie wurde von der gutherzigen Tante reichlich mit Kaffee und Torte bewirtet. Danach spazierte man, wie es auf dem Lande üblich war, einmal die Dorfstraße auf und ab, hielt hier und da für ein Schwätzchen. Man mußte den

Nachbarn doch seine feine Verwandtschaft aus der Stadt präsentieren.

Mimi hatte die Mädchen hübsch herausgeputzt, alle drei trugen gleiche rote Wollkleider mit verlängerter Taille und angesetztem Plisseerock. Geschmückt waren die Kleider mit Spitzenkragen und Spitzenmanschetten. Die mit der Brennschere gewellten Haare zierte als Kontrast zu dem Rot eine schwarze Haarschleife, die mitten auf dem Kopfe prangte. Alle drei trugen lange schwarze Wollstrümpfe. Das Bild rundete sich mit schwarzen Stiefeletten passend ab.

Tante Dora konnte sich an den hübschen Mädchen nicht satt sehen. Wie gern hätte sie selbst ein Töchterchen gehabt. Am Abend, kurz bevor Ludwig sich auf die Heimfahrt begeben wollte, nahm sie ihn beiseite und kam unter Stocken und Schlukken mit ihrem Herzensanliegen heraus: »Ludwig, ihr könntet uns doch eines von euren Mädchen überlassen. Es soll es auch von Herzen gut bei uns haben und später alles erben, was wir besitzen. Sprich mit Mimi darüber, Ludwig, bitte! Wir würden euer Kind wie ein eigenes hegen und pflegen.«

Ludwig schüttelte den Kopf: »Man kann doch nicht so einfach sein Kind weggeben, Dora!«

»Ihr seid jung und könnt noch Kinder haben, bedenke das, Ludwig.«

Ludwig überlegte: Gegen ein viertes Kind, wenn es ein Sohn wäre, hätte er nichts einzuwenden. Aber vier Kinder großzuziehen, kostete eine Menge Geld. Schon diese drei fraßen ihm beinahe die Haare vom Kopf. Und dazu noch Mimi mit ihren hohen Ansprüchen.

Doch, eigentlich wäre die Sache zu überlegen. In Frage käme natürlich nur Theresa. Elisa wäre viel zu verwöhnt und dazu immer aufsässig, damit wäre Dora schlecht gedient. Nora – sein Lieblingskind und Sonnenschein – würde er nicht entbehren können.

Er müßte mit Mimi darüber reden, schließlich könnte man das Kind ja auch zurückholen, wenn es sich dort nicht eingewöhnte.

Mimi war sofort mit dem Vorschlag der Schwägerin einverstanden: »Dort hat Theresa es bestimmt besser als bei uns. Hier steht sie ja immer hinter ihren Schwestern zurück.«

Beim Abschied weinte Theresa bitterlich: »Bitte, bitte, liebe Mama, kann ich nicht bei euch bleiben? Ich will auch bestimmt immer artig sein, keine Arbeit machen. Ich will dir den ganzen Tag helfen. Ach, liebe Mama, laß mich bei euch bleiben!«

»Schau dir erst einmal dein neues Leben bei Tante Dora an, Dummerchen«, war Mimis Antwort.

Elisa raunte ihr ins Ohr: »Wie gut, daß ich nicht zu der langweiligen Tante Dora muß. Hier bei den Eltern ist es viel schöner.«

Nora hängte sich unter Tränen an Theresa: »Bitte, Theresa, bleib doch hier!« Ob der Vater überhaupt von ihr Abschied genommen hatte, daran konnte sich Theresa später nicht mehr erinnern. Er hatte sich umgedreht und war rasch weggegangen, als er der Tante das tränenüberströmte Kind in Satrup in die Arme gegeben hatte.

Das hübsch eingerichtete Zimmer mit der geblümten Gardine und der neuen Puppe auf dem Bett nahm sie gar nicht wahr. Sie war blaß und verstört. In ihr war nur ein einziger Gedanke: Sie war mutterseelenallein auf der Welt. Niemand brauchte sie, und keiner hatte sie lieb. Wie ein Stein lag es ihr auf der Brust. Sie vermißte Mama, Papa und ihre Schwestern so sehr, daß es ihr die Kehle zuschnürte.

Theresa war für keinen Trost zugänglich und rührte auch nicht die Leckerbissen an, mit denen sie die ratlose Tante Dora abzulenken versuchte.

»Ich möchte wieder nach Hause. Bitte, liebe Tante Dora, bring mich zurück.«

Aber die Tante wollte die Hoffnung nicht aufgeben. Das Kind würde sich mit der Zeit und mit viel Geduld schon eingewöhnen.

In ihrer Not faßte Theresa einen Entschluß, den ihr niemand zugetraut hätte: Am nächsten Morgen verließ sie heimlich, bei starkem Wind und heftigem Regen, das Haus und machte sich zu Fuß auf den Heimweg.

Sie hatte keine Ahnung, wo Flensburg lag und wie weit es bis dahin wohl sei. Ihr einziger Gedanke war: Heim zu Mama und Papa. So marschierte sie die wenig befahrene Landstraße entlang und hoffte, einen Wegweiser nach Flensburg zu entdecken.

Gegen Mittag hatte sie sich völlig erschöpft, naß, durchgefroren und verzweifelt an den Straßengraben gesetzt und besah sich die schmerzenden Füße mit den Blasen. Zufällig kam der Dorfgendarm auf seinem Velociped vorbei. Als er auf sie zukam, rannte sie weg, denn die Mutter hatte immer gedroht, unartige Kinder würden vom »Sipo« mitgenommen und ins Martinstift gebracht werden, wo alle bösen Kinder eingesperrt wären.

Der Gendarm hatte sie schnell eingeholt und beruhigte sie. Er brachte das verstörte Kind zunächst zu seiner Frau. Versorgt mit trockener Kleidung seiner zahlreichen Kinderschar und einem Teller warmer Suppe im Bauch, ging es Theresa sogleich besser, zumal ihr versichert wurde, daß sie am Abend mit der Kleinbahn nach Hause zurückgebracht würde.

Wie tat den Eltern das arme Kind leid, als es da so verloren und schüchtern an der Hand des Gendarmen vor der Tür stand. Die arme Theresa! Das Kind hatte durch diese Erfahrung nachhaltig Schaden genommen. Theresas ohnehin geringes Selbstwertgefühl wurde durch dieses Erlebnis völlig untergraben. Ihr Leben lang blieb sie ängstlich, unsicher und wagte nichts aus eigenem Antrieb. Ihre Familie jedoch vergaß sehr schnell diese unliebsame Begebenheit und ging zur Tagesordnung über.

Eine erzieherische Maßnahme sah Mimi jedoch darin, Theresa fortan zum Einkaufen zu schicken. So würde sie sich daran gewöhnen können, vor Fremden zu bestehen. Das klappte nicht sofort. Als Theresa von einer Verkäuferin freundlich gefragt wurde: »Was möchtest du, Kleine«, hatte sie vor Schreck ihren Auftrag vergessen. Nach langem Nachdenken kam die Bestellung gehaucht.

»Rollmops?«, fragte die Verkäuferin zurück, nicht ganz sicher, ob sie das Kind richtig verstanden hatte. Doch ehe sich die Verkäuferin besann, war das Kind aus dem Laden gerannt. Schluchzend kam es dann zu Hause an: »Die Verkäuferin hat mich Rollmops genannt, weil ich so dick bin.«

Der Lebensrhythmus fast aller Deutschen wurde durch den Ausbruch des Weltkriegs jäh unterbrochen. Was waren nun all die großen und kleinen Sorgen des Alltags gegen die Gefahr für Leib und Leben auf den Schlachtfeldern Europas!

Dabei wurde der Einschnitt zunächst nicht einmal als lebensbedrohlich empfunden. Mit dem »Erbfeind« würde man schnell fertig werden: »Wir werden es den Rotröcken, den Franzmännern, schon zeigen. Weihnachten sind wir wieder zu Hause«, war die einhellige Meinung der eilig einberufenen Rekruten.

Unter den Feldsoldaten auf dem Bahnhof befand sich bald auch Ludwig Koch. Der schmale Mann wirkte in der viel zu großen Uniform im allgemeinen Abschiedsgetümmel fremd und verloren. Im Unterschied zu vielen anderen Männern sah er es nicht als Ehre an, für den Kaiser ins Feld zu ziehen. Mit ernstem Gesichtsausdruck blickte er aus dem Waggonfenster auf Mimi und die drei Töchter herab, während ringsum gesungen und gescherzt wurde. Er machte sich Sorgen um seine junge Frau, allein mit den drei Kindern.

Nur gut, daß ihr die beiden Mütter zur Seite standen. In der Firma mußte der ältere Kompagnon, so gut es eben ging, allein zurechtkommen. Das Geschäft würde ohnehin stark zurückgehen. Wer renovierte schon in Kriegszeiten seine Wohnung oder brauchte neue Ladenschilder?

Ludwig fühlte sich nicht als Kriegsheld, wie Mimi ihn scherzhaft genannt hatte. Ein Foto, das ein Fotograf von der gesamten Familie vor dem Museum aufgenommen hatte, steckte nun in seiner Brusttasche und sollte ihn in den Krieg begleiten, »damit unsere tapferen Krieger ein Stückchen Heimat mit ins Feld nehmen können«, hatte der Fotograf geworben.

Mimi schaute vom Bahnsteig zu ihm hinauf. Sie schien sich keine Sorgen zu machen, wie so manche der Frauen und Mütter, die um sie herum standen und denen die Tränen übers Gesicht liefen. »Gut so«, dachte Ludwig, »sie ist tapfer.«

Elisa trat von einem Fuß auf den anderen, sie hatte nur Blicke für das Gewimmel um sie herum. Theresa, die neben ihr stand, blaß und mit weit aufgerissenen Augen, blickte unverwandt zum Vater empor. Und dann war da noch sein Sonnenschein. Nora strahlte ihn wie immer an. Dieses Bild würde er mit ins Feld nehmen.

Theresa wurde von der Mutter unsanft angestoßen: »Nun schau doch nicht wie ein waidwundes Reh, Theresa. Vater kommt bald wieder.«

Theresa zuckte zusammen. Ludwig schwieg. Was sollte man noch sagen? Alles, was er hätte sagen mögen, wollte nicht heraus. Die Zeit lief unaufhaltsam ab. In den meisten Waggons sangen die Rekruten und waren in guter Stimmung, als der Zug langsam in Richtung Westen anrollte. Viele von ihnen sollten ihre Heimat niemals wiedersehen.

»Paßt gut auf euch auf, ihr alle«, rief Ludwig und beugte sich weit aus dem Fenster.

Dann war der Zug aus dem Bahnhof. Ludwig grübelte: Wann würde er seine Lieben wiedersehen? Hatte er sich genug um sie gekümmert? Wie lange war es her, daß er seiner jungen Frau, seiner Elfe, ein zärtliches Wort ins Ohr geflüstert hatte? Der graue Alltag hatte alle Liebesworte zerschlissen. Warum hatte er auf dem Bahnsteig nicht etwas Liebes gesagt, sie nicht vor allen Leuten in den Arm genommen? Er schluckte den dicken Kloß, den er im Hals verspürte, hinunter und wandte sich der herbstlichen Landschaft zu.

Niemals hätte Mimi gedacht, daß ihr der Mann so fehlen würde. Die Feldpostbriefe kamen spärlich und berichteten von schweren Artilleriegefechten an der Somme. Ein erstes Weihnachtsfest ohne den Vater, der die Festtage im Schützengraben, bis zu den Knien im Schlamm steckend, verbrachte.

Von einem Blitzsieg war keine Rede mehr. Der Winter hatte dem Vormarsch ein Ende gesetzt, man verharrte im Stellungskrieg. Die schlecht versorgten, mangelhaft bekleideten Soldaten froren und hungerten, sie nannten sich selbst arme »Frontschweine«.

Ludwig schrieb, er hoffe aufs Frühjahr, dann würde es bestimmt wieder besser werden, wohl auch mit dem Nachschub.

Auch in der Heimat machte sich zusehends die schlechtere Versorgung mit Lebensmitteln bemerkbar. Für Mimi und die Kinder gab es hin und wieder zusätzliche Fleischrationen aus dem Schlachterladen am Hafendamm.

Elisa, die es von jeher verstand, den besseren Teil des Lebens zu genießen, war wieder zu den Großeltern übergesiedelt. Theresa erwies sich zunehmend anstelliger und ging ihrer Mutter fleißig zur Hand. Die alte Mutter Koch besuchte trotz ihrer schlechten Gesundheit in Abständen ihre Töchter auf dem Land, brachte frisches Gemüse, Eier und Grütze mit, hochwillkommen auf dem bescheiden gewordenen Speiseplan.

Tauschgeschäfte und Schiebereien blühten überall. Ludwigs Kompagnon malte die Stuben der Bauern nicht mehr für Geld, sondern für Kartoffeln und für Speckseiten aus. In den Zeitungen wurden die Spalten mit Todesanzeigen gefallener Soldaten immer länger.

Wenigstens in dieser Hinsicht machte der Krieg alle Menschen gleich. Es fielen auf dem »Feld der Ehre, für Kaiser, Volk und Vaterland« die Söhne der Reichen wie die der Armen. In den Näh- und Strickstuben saßen Seite an Seite die Frau Ministerialrat und die Arbeiterfrau, strickten fleißig graue Wollsocken und Pulswärmer für die Feldsoldaten. Auch Mimi mühte sich zwei Nachmittage redlich damit ab. Sie wollte dazu gehören, aber dann gab sie es auf. Sie hatte überhaupt kein Geschick. Danach wickelte sie gewaschenes Verbandsmaterial fürs Feldlazarett.

An allem mußte gespart werden. Die Kinder sammelten

Rohstoffe in den Haushalten. Es wurde beinahe alles gebraucht, von der Konservendose über die leere Zahnpastatube, sogar Gold sollte man spenden. »Gold für Eisen« hieß es, und so mancher Trauring wurde vom Finger gezogen.

Nach einem Jahr durfte Ludwig für fünf Tage auf Urlaub kommen. Hohlwangig und mit leerem Blick, die Gasmaske am Riemen, lehnte er in der Tür. Mimi hatte zwar keinen strahlenden Helden erwartet, war aber doch entsetzt, als sie den erschöpften, mutlosen Mann sah.

Ludwig sprach nur wenig über die grausamen Bilder, die ihn auch daheim nicht in Ruhe ließen. An der Front, im Argonner Wald, war zum ersten Mal Giftgas verwendet worden, es war grauenvoll. Ludwigs kurzer Urlaub wurde von den schlimmen Erlebnissen überschattet, er konnte sich auch nachts nicht davon befreien.

Für die Kinder war die Gasmaske ein Spielzeug, sie hätten sie sich gern einmal aufgesetzt. Doch Ludwig konnte den Anblick nicht ertragen und versteckte sie.

Im letzten Kriegswinter wurde Ludwig verwundet und bekam sieben Tage Heimaturlaub. Ein Granatsplitter hatte seinen linken Lungenflügel verletzt. Weder an der Front noch in der Heimat glaubte man jetzt noch an einen deutschen Sieg. Alle Fronten wurden nur mühsam gegen die Übermacht gehalten, seit Amerika in den Krieg eingetreten war.

In der Heimat konnte man kaum von den mageren Rationen leben, die auf den Bezugskarten zugeteilt wurden. Es gab nun sogar eine Kohlrübenkarte, auf der man zwei Pfund Steckrüben pro Woche beziehen konnte.

Unaufhörlich hustete Ludwig. Die wenigen Tage daheim, die ihm wegen »leichter Verwundung« genehmigt worden waren, gingen schnell vorüber. Den Kindern war der Vater ganz fremd geworden. Scheu wichen sie ihm aus, wenn er ihnen über die Köpfe streichen wollte. Dabei dürstete Ludwig selber nach Zärtlichkeit, er schien schier unersättlich. Nachts ließ er Mimi kaum Ruhe. In ihren Armen versuchte er, das grauenvolle Kriegsgeschehen zu vergessen.

Mimi hatte ihr schlechtes Gewissen vor Ludwig verbergen können. Sie hatte sich im Lazarett mit einem jungen Leutnant angefreundet. Schnell war mehr daraus geworden. Sie konnte seinem drängenden Werben nicht standhalten und gab sich ihm mehrmals hin. Sie hatte Ludwig so lange entbehren müssen, war jung und liebebedürftig.

Davon durfte Ludwig niemals erfahren. Es war auch nichts Ernstes gewesen, und der junge Leutnant war längst wieder im Feld.

Doch kurze Zeit später stellte Mimi erschrocken fest, daß sie schwanger war. Wer war der Vater des zu erwartenden Kindes? »Vater im Himmel, oh Gott«, betete sie kindlich, »bitte, laß es Ludwig sein.«

Im Herbst 1918 brachte Mimi abermals eine Tochter zur Welt. Das kleine Mädchen war bildschön, aber es hatte ein Zeichen. Ein brennend rotes Feuermal zog sich vom Hals über den gesamten rechten Arm bis über den Handrücken hinab.

Entsetzt glaubte Mimi, darin die Strafe für ihre Sünde zu entdecken. Vom ersten Augenblick an war sie deshalb diesem Kind mit fanatischer Mutterliebe zugetan. Mimi und Ludwig einigten sich auf den Namen Viktoria. Gerufen wurde sie aber Vicky.

Der erste Weltkrieg ging zu Ende. Er hatte unendlich viel

Leid gebracht und große Opfer an Menschenleben gefordert. Der Alltag nach dem Krieg sah grau und trostlos aus. Am Straßenrand hockten Kriegsinvaliden, die auf ihre Beinstümpfe wiesen, Erblindete streckten den Passanten bittend ihre Hände entgegen. An den Anblick dieser armen Gestalten mußte man sich erst gewöhnen.

Ludwig konnte sich vom erlebten Grauen im Schützengraben nicht befreien. Der früher schon schweigsame Einzelgänger zog sich mehr und mehr von seiner Familie zurück. Seine Gesundheit hatte schwer gelitten, er hüstelte unentwegt. Nachts lag er mit kaltem Schweiß bedeckt neben Mimi im Ehebett und starrte in die Dunkelheit.

Zwei unerwartete Todesfälle schreckten die Familie in den nächsten Monaten auf: Oma Koch und Opa Jensen starben kurz nacheinander. Die liebe, gute Oma Koch ging so unauffällig davon, wie sie gelebt hatte. Sie war immer der gute Geist des Hauses gewesen, hatte nie geklagt, manches stillschweigend ausgebügelt, was die Kinder angestellt hatten. Sie war für viele Trösterin und Zuflucht gewesen. Alle trauerten und erkannten erst jetzt, was sie für die Familie bedeutet hatte. Wie oft hatte sie den Kindern mit ihrer schwieligen Hand über die Köpfe gestrichen und ihnen heimlich Äpfel zugesteckt. Am meisten klagte Mimi. »Wie soll ich jetzt den Hausstand schaffen«, jammerte sie Ludwig vor.

»Zupacken, wie es andere Frauen auch müssen«, war seine kurze, harte Antwort.

»Aber ich schaffe es nicht, es wird mir alles zuviel«, klagte sie.

Ludwig reagierte erbost: »Was kannst du denn überhaupt, Mimi?«

Das waren neue Töne, die Mimi bisher nicht kannte. Der

sonst immer geduldige Ludwig brachte sie aus der Fassung. Verwirrt schaute sie ihren Mann an und dachte nach. Ehrlich, wie sie sich gegenüber war, mußte sie ihm recht geben. Sie war eigentlich in allem unfähig, aber sie war immerhin Mutter: »Schließlich habe ich dir vier Kinder geboren.«

Ludwig betrachtete sie nachdenklich. »Vier?«, fragte er schmerzlich.

Mimi erschrak zutiefst und errötete. Sie wandte sich um und verließ eilig das Zimmer. Was wußte, was ahnte er? Hatte er etwas erfahren? Schon lange hatte sie mit wachsender Besorgnis beobachtet, daß Ludwig das jüngste Kind kaum zur Kenntnis nahm. Für ihn schien Viktoria nicht vorhanden zu sein. Hing es mit seiner Krankheit zusammen, oder hegte er einen Verdacht?

Mimi war sich in der Tat nicht sicher, wer denn nun Vickys Vater war, betete aber zu Gott, daß Ludwig von ihrem Abenteuer niemals erfahren würde.

Ludwig ahnte, daß mit dem Kind und seiner Mutter etwas nicht stimmte. Mimi war verändert, irgend etwas mußte vorgefallen sein, er spürte es. Etwas, das niemals hätte geschehen dürfen. Im Grunde wollte er es gar nicht wissen, denn er fürchtete, daß er die Wahrheit nicht ertragen könnte. Trotzdem mußte er ständig darüber nachdenken.

Darüber hinaus quälten ihn weitere Sorgen. Die Firma lag danieder, niemand brauchte Schilder, ganz andere Dinge waren in der Nachkriegszeit nötig. Es wurde nicht renoviert; Nahrung und Kleidung waren vorrangig. Ludwig dachte über eine berufliche Veränderung nach, aber es fehlten ihm die Kraft und der Mut für einen Neubeginn.

Dagegen ging es Schwiegermutter Lene mit ihrem Schlachterladen viel besser. Sie stellten jetzt – angepaßt an die wirtschaftliche Lage – eine billige, mit Gemüse und Innereien gestreckte Wurstsorte nach eigenem Rezept her, die ihr förmlich aus den Händen gerissen wurde.

Lene hatte viel zu tun und hätte Hilfe gut gebrauchen können. Elisa wurde angelernt, aber schon nach kurzer Zeit weigerte sie sich, im Laden zu bedienen. Sie ekelte sich vor dem Blutgeruch und den herumhängenden Rinder- und Schweinehälften.

»Jeder muß sich in seinem Leben nach der Decke strekken«, wurde ihr gesagt. Doch Elisa hatte ihre eigenen Vorstellungen: Sie wollte lieber das Schneidern erlernen. Sie war jetzt im Backfischalter und – eitel, wie sie war – stand sie oft vorm Spiegel. Wie gern wäre sie hübsch gewesen und hätte schöne Kleider gehabt. Sie würde bestimmt nicht in ihren ausgewachsenen Kleidern zur Tanzstunde gehen. Außerdem war sie nicht Großmutter Lenes Meinung, daß Jugend sich von allein schmücke.

Seit dem Tod von Opa Jensen, der im Winter nach einer Lungenentzündung im hohen Alter von über achtzig Jahren gestorben war, gefiel es Elisa bei ihrer strengen Großmutter immer weniger. Sie mußte fort, das nahm sie sich fest vor. Und was sie sich in den Kopf setzte, würde sie auch früher oder später erreichen.

Auch Theresa begann, sich über ihr Verhältnis zur Mutter eigene Gedanken zu machen. Aufzumucken wagte sie zwar nicht, doch es rumorte in ihr. Nach Oma Kochs Tod erwartete man von ihr, daß sie neben Schule und Schularbeiten fast die gesamten Haushaltspflichten übernahm.

Obgleich sie fleißig war, bekam sie kaum ein gutes Wort oder Lob von der Mutter, worauf sie so hoffte. Die Mutter hatte nur Augen für Vicky, die sie von morgens bis abends umsorgte, was die drei großen Schwestern eifersüchtig mit ansahen. Theresa wurde nur kritisiert: »Einen Gang hast du, Theresa, as en Peerd! Als ich in deinem Alter war, ging ich leichtfüßig wie ein junges Reh.«

»Was hilft mir das, ich bin nun mal dick und häßlich«, murrte Theresa voller Ärger leise vor sich hin.

»Was murmeln die Wellen da, Theresa«, wurde sie zurückgerufen.

»Ach Mutter, immer hast du solche Sprüche parat.«

»Du kommst mit deiner Figur ganz nach der dicken Tante Emma«, wurde ein letzter Pfeil auf das verstörte Mädchen abgeschossen.

Nora hatte die geringste Bindung an ihre Mutter und ging ihr nach Möglichkeit aus dem Wege. Sie führte ihr eigenes Leben und ließ wenig in sich hineinsehen. Sie fürchtete Mimis schnelle Zunge. Nie wußte man, woran man bei ihr war.

Gern saß Nora mit einem Buch in einem Winkel versteckt. Wenn die Mutter sie aufstöberte, rief sie: »Na, Aurora vom Königsmarkt, sieht man dich auch mal wieder?« oder aber: »Aha, da haben wir Madame Sanschene.«

Nora, Schülerin des Lyzeums, schüttelte den Kopf über die Halbbildung ihrer Mutter, die sie so ungeniert an den Mann brachte.

Viktoria wuchs langsam heran. Sie war ein bezauberndes Kind von außergewöhnlicher Schönheit, grazilem Wuchs und munterem Temperament. Mimi, die sich aus ihren älteren Töchtern wenig gemacht hatte, konnte diesem Kind keinen Wunsch abschlagen.

Waren es Schuldgefühle, die Mimi nicht ablegen konnte,

oder eine Art Seelenverwandtschaft zwischen Mutter und Kind, die die beiden so aneinander band? Das Mädchen sonnte sich in dieser grenzenlosen Bewunderung, und es wuchs mit der Zeit zu einer Tyrannin heran.

Mimi hatte mit ihrem jüngsten Kind viel vor. Zunächst sollte Vicky Ballettstunden bekommen. Das war der Einstieg in höhere Kreise. Es saßen dort die Mütter aus gutbürgerlichen Familien, nahmen als stolze Beobachterinnen am Unterricht ihrer Sprößlinge teil, und Mimi saß mitten unter ihnen.

Es stellte sich heraus, daß Vicky das begabteste Kind der Ballettgruppe war. Sie erhielt die Hauptrolle in einer Inszenierung für die Eltern und tanzte bezaubernd als Page der Rokokozeit. Sie wurde von allen bewundert, und Mimi war über die Maßen stolz auf ihre Tochter.

Das Kind hatte überhaupt die Gabe, im Mittelpunkt zu stehen und sich überall beliebt zu machen. Es hatte stets eine Mädchenschar um sich versammelt, die um seine Freundschaft warb. Vicky gab jeweils derjenigen den Vorzug, in deren Gesellschaft sie sich gerade befand, und vermittelte diesem Mädchen das Gefühl, ihre einzig wirkliche Freundin zu sein.

Aber aus den Augen, aus dem Sinn! Alle waren vergessen, wenn Vicky sich der nächsten, für sie nützlicheren Bekanntschaft zuwandte. Dies tat sie jedoch mit solchem Charme, daß ihr kaum jemand böse sein konnte.

Welch ein Jammer, daß das rote Feuermal diesen sonst makellosen Mädchenkörper so verunzierte! Mimi glaubte nach wie vor, daß Gott das Kind für ihren eigenen Fehltritt bestraft hatte, und fühlte sich ihrer Tochter dadurch um so inniger verbunden.

Großmutter Lene hatte nach dem Tod ihres Mannes das Schlachtergeschäft allein weitergeführt. Allmählich aber fühlte sie sich müde, verbraucht und alt. Sie dachte daran, das Geschäft aufzugeben und zu ihrer Tochter Mimi zu ziehen. Jetzt, wo das Zimmer der alten Oma Koch leerstand, könnte sie dort einziehen, helfen und mit ihrem Geld der Familie ein bißchen unter die Arme greifen.

Mimi war und blieb unselbständig, und Ludwig war doch schwerer erkrankt, als man dachte. Vielleicht machte er es nicht mehr lange? Lene sah sich schon als Haushaltsvorstand. Schneller als erwartet, fand sich ein Käufer für Haus und Schlachterei.

Lene, die sich nie für Politik oder gar Wirtschaft interessierte, hatte sich – ihrer Art gemäß – mit niemandem beraten. So kam es, wie es kommen mußte: Ausgerechnet im Inflationsjahr, als die Kaufkraft des Geldes täglich sank und Sachobjekte und Immobilien hoch im Kurs standen, verkaufte sie den wertvollen Besitz und erhielt dafür Bargeld, das schon in der darauffolgenden Woche kaum noch etwas wert war.

Das gesamte Wirtschaftsgefüge war ins Wanken geraten. Die Menschen mußten mühsam lernen, mit Millionen, Milliarden und sogar mit Billionen zu rechnen. Hatten sie Lohn erhalten, so liefen sie los, um dafür noch ein Brot oder ein Klümpchen Butter zu erstehen. Sie reihten sich in die endlosen Schlangen vor den Geschäften ein, und wenn sie endlich an die Reihe kamen, war alles bereits wieder teurer geworden. Enttäuschte, verzweifelte Bürger versuchten, die Kaufhäuser zu stürmen, und wurden von der Polizei zurückgedrängt.

Einige Tage, nachdem Lene das Haus verkauft hatte, wurde das Inflationsgeld wertlos und durch amtliche Stellen vernichtet und eingestampft. Lene mußte sich eingestehen, daß sie alles verloren hatte, daß sie nun vor dem Nichts stand. Aus Gutmütigkeit, wie der Käufer Lene zu verstehen gab, stellte er ihr im Haus zwei schräge, unbeheizbare Bodenkammern zur Verfügung.

Lene bekam zwar eine kleine Rente, doch die reichte nicht zum Leben und nicht zum Sterben. Wie immer hart gegen sich selbst, bemitleidete sie sich nicht, sondern biß die Zähne zusammen, wenn sie sich vormittags auf den Weg machte, um bei ihrer Tochter zu essen und sich in deren Haushalt ein wenig nützlich zu machen.

Sie war dankbar, daß man ihr dort keine Vorwürfe machte, denn wie oft hatte sie sich in den letzten Wochen anhören müssen: »Aber Frau Jensen, wie konnten Sie nur so kurzsichtig handeln?« Sie ärgerte sich selber schon genug darüber.

In der folgenden Zeit verbesserte sich die Beziehung zwischen Mutter und Tochter Schritt für Schritt, und der bekannte Satz, daß Blut dicker als Wasser ist und daß Not zusammenschließt, bewahrheitete sich wieder. Darüber bemerkten sie nicht, daß sie Ludwig mehr und mehr aus ihrer Gemeinschaft ausschlossen.

Zunehmend gewann Lene wieder Einfluß auf ihre Tochter. Sie führten lange, vertrauliche Gespräche über die Zukunft: »Mach dir klar, Mimi«, sagte ihre Mutter, »Ludwig wird nicht alt. Willst du dann ganz allein leben? Sei froh, daß du deine Mutter hast. Ich werde dir beistehen. Zunächst müssen wir die drei großen Töchter möglichst gut verheiraten. Da sie keine Mitgift in die Ehe einbringen, wird das nicht leicht sein. Sie sind jetzt in dem Alter, in dem sie zu

Bällen ausgeführt werden müssen, auf denen sie anständige junge Männer kennenlernen können, zum Beispiel bei Innungsfesten oder beim Ball des Gesangvereins. Zum Glück habe ich dorthin meine Verbindungen.«

Mimi hörte interessiert zu. Ja, Bälle wären selbst noch nach ihrem Geschmack. War sie denn schon zu alt dafür? Sie würde auch gern tanzen gehen, unter Leuten sein.

Lene wäre am liebsten ganz zur Tochter in den Nordergraben gezogen, sie fühlte sich in ihren Bodenkammern nicht wohl. Aber irgendwie war Ludwig dagegen. Er saß meistens zu Hause herum, war den Frauen im Wege. Arbeiten würde er nie wieder können, da bei ihm Tuberkulose festgestellt worden war.

Wenn Ludwig sich doch endlich entschließen könnte, seine Firma zu verkaufen. Er war stets so zögerlich. Mit dem Geld könnte man ein Häuschen erwerben und hätte damit einen ansehnlichen Hintergrund, wenn man die Töchter verheiraten mußte.

Lenes Tatendrang dagegen kannte keine Grenzen. »Nur die Frauen lenken Familiengeschicke in die richtigen Bahnen«, dachte sie zufrieden, wenn sie sich wieder einmal durchgesetzt hatte.

Ludwig kam immer schlechter mit seiner Schwiegermutter aus. Er fühlte, daß sie ihn langsam bei Mimi verdrängte. Gereizt reagierte er, wenn die schwarzgekleidete Alte mit energischen Schritten nun schon in aller Frühe die Wohnung betrat. Er wollte sie an seinem Krankenbett, von dem er sich kaum noch erhob, nicht sehen.

Dann geschah etwas, das Ludwig Koch neue Kraft verlieh, und es war ausgerechnet die Politik, die ihn auf die Beine brachte.

Seit der Zugehörigkeit Schleswig-Holsteins zu Preußen und später zum Deutschen Reich hatte es im nördlichen Teil des Landes immer wieder Spannungen zwischen Deutsch- und Dänischgesinnten gegeben. Nach dem Krieg drängte die dänische Regierung wieder auf eine Volksabstimmung in der Hoffnung, auf diese Weise Schleswig oder zumindest einen Teil zurückzugewinnen. Es entbrannte ein leidenschaftlich geführter Plakat- und Propagandakrieg. Dänische Kreise kauften das »Flensburger Annoncenblatt«, um mit dieser deutschsprachigen Zeitung unentschlossene Deutsche zu beeinflussen. Geld- und Sachgeschenke von dänischen Privatleuten sollten die deutsche Bevölkerung von einem besseren Leben in einem dänischen Staat überzeugen. Viele waren beeindruckt.

Nicht so Ludwig Koch. Der rappelte sich vom Krankenlager hoch und schüttelte seine Lethargie ab. Er hatte seine Gesundheit nicht fürs Vaterland hergegeben, um jetzt des schnöden Vorteils wegen dänisch zu stimmen und zu werden.

Wie viele deutschgesinnte Bürger hängte er die blau-weiß-rote Landesfahne heraus und ging mit den Töchtern durch die fahnengeschmückten Straßen. Im Norden Flensburgs wehten besonders viele »Danebrogs«, wie die dänischen Fahnen genannt wurden. Immer lauter wurden in den überfüllten Straßen die Sprechchöre, Ludwig und seine Töchter stimmten begeistert mit ein: »Wir wollen keine Dänen sein, wir wollen Deutsche bleiben – ohne Speck Waldemar, ohne Speck Waldemar!»

Die Dänen versuchten, mit ihrer Nationalhymne dagegen anzusingen. Es siedete und brodelte in der ganzen Stadt, je näher der Tag der Abstimmung kam. Bei einer hohen Wahlbeteiligung stimmten drei Viertel der Flensburger für Deutschland. Kein Wahlbezirk in der Stadt erhielt eine dänische Mehrheit. Der Jubel war groß. Überall sangen und tanzten die Menschen.

Ludwig und seine Familie gingen zum Südermarkt, als um Mitternacht alle Kirchenglocken läuteten. Die Menschen nahmen ihre Kopfbedeckungen ab und sangen als tausendstimmiger Chor: »Nun danket alle Gott.«

Flensburg blieb deutsch, in Nordschleswig allerdings hatte man mehrheitlich für den Anschluß an Dänemark gestimmt. Für die Koch-Töchter blieben die Abstimmungstage ein unvergeßliches Erlebnis. Ebenso ein zweites Ereignis dieser Zeit, als Reichspräsident von Hindenburg ihr Lyzeum besuchte und von den weiß gekleideten Mädchen, die blau-weiß-rote Fähnchen schwenkten, begeistert begrüßt wurde.

Nach dem Abstimmungserfolg wurde als Dank für die Bevölkerung mit dem Bau des »Deutschen Hauses« begonnen, das sieben Jahre später fertiggestellt und in einem Festakt den Flensburger Bürgern übergeben wurde. Selbstverständlich nahm die Familie Koch auch daran teil.

Elisa hatte ihre Schneiderlehre erfolgreich beendet. Mit viel Geschick verstand sie es, aus billigen Stoffresten geschmackvolle Kleider herzustellen. Allerdings weigerte sie sich standhaft, für die Familienmitglieder etwas zu nähen, was Mutter und Großmutter eigentlich erwartet hatten. Ihr war vielmehr daran gelegen, gegen Bezahlung Kleidung für Freunde und

Bekannte anzufertigen. So konnte sie sich endlich kleine Wünsche – seidene Strümpfe, schöne Unterwäsche, einen Schal oder eine Handtasche – erfüllen. Ihre Schätze teilte sie nicht mit den Schwestern, sie schloß sie in ihre Kommode ein.

Theresa wurde auf Drängen der Großmutter als Haustochter aufs Land nach Fraulund gegeben, wo sie unter den strengen Augen der Hausfrau perfekt ausgebildet werden sollte. Die Hausfrau, eine Bäuerin, war von übertriebener Sparsamkeit: »Theresa, der Tee wächst nicht in unserem Garten«, wurde ihr vorgehalten. Oder: »Zucker erschuf der Herrgott nur für die Reichen.«

Diese und andere Sprüche sollte Theresa nie vergessen. Die erlernte Sparsamkeit und ihre Kochkünste waren ihr später von großem Nutzen.

Nora brachte in der Adventszeit ihren ersten Kavalier mit heim. Es war ein schlaksiger Bursche namens Jespersen, den sie bei einem Kirchenkonzert kennengelernt hatte. Er kam aus reichem Elternhaus, was nach Mutters Ansicht nicht zu verachten war. Zu Ludwigs ganzem Entsetzen hielt der junge Mann schon sehr bald um Noras Hand an. Ludwig fiel es schon schwer, sich Nora an der Seite eines fremden Mannes vorzustellen, aber mußte dieser nun auch ausgerechnet noch ein Reichsdäne sein?

Er versuchte mit allen Mitteln, der Tochter diesen Mann auszureden. Sofort machten Lene und Mimi Front gegen Ludwig und nannten ihn einen Rabenvater, der seinem Kind die gute Partie nicht gönnte. Nora wäre bei ihm auf Rosen gebettet.

Ludwig gab nach, auch wenn er die optimistische Einschätzung der Frauen nicht teilen konnte. Er schien als einziger die geringschätzigen Blicke bemerkt zu haben, mit denen Jespersen seine neue Familie und die schäbig gewordene Wohnungseinrichtung musterte. Nora, die anpassungsfähig war und wenig eigenen Willen besaß, wurde schnell dem Kreis der eigenen Familie entzogen. Schon vor der Hochzeit holte der Bräutigam sie in das Haus seiner Eltern, wo sie bei der Schwiegermutter den Haushalt und die dänische Sprache erlernen sollte.

Zuvor war es noch zu einem Zusammenstoß zwischen künftigem Schwiegervater und Schwiegersohn gekommen, als der junge Mann feststellte, daß seine Braut nicht einmal ein Paar eigene seidene Strümpfe besaß, sondern sie bei ihrer ältesten Schwester ausborgen mußte. Jespersen konnte nicht begreifen, daß Eltern nicht besser für ihr Kind sorgten, und machte darüber eine vorwurfsvolle Bemerkung. Ludwig wies den jungen Mann verärgert aus dem Zimmer und schloß laut die Tür hinter ihm. Die Frauen hatten es ohne Widerrede mit angesehen.

Zur Hochzeit, die bald darauf stattfand, wurde die Familie Koch zwar geladen, aber die Atmosphäre war frostig. Sie fühlten sich von Jespersen und seiner Familie geschnitten. Mimi explodierte vor Wut, sie war unfähig, sich eine Mitschuld an dieser Misere einzugestehen, da sie doch alles für dieses Kind getan hatte.

Nora war todunglücklich, vermochte aber nicht zwischen den beiden Familien zu vermitteln. Bei den wenigen Besuchen, die die jungverheiratete Frau danach im Elternhaus machte, hagelte es Vorwürfe und spitze Bemerkungen. Als Nora eines Tages wieder tränenüberströmt von einem solchen Besuch heimkehrte, verbot Jespersen ihr schließlich, die Eltern weiterhin zu besuchen.

Auf die bitterbösen Briefe, die Mimi noch eine Zeitlang absandte, kam keine Antwort. Alle weiteren Versuche von Großmutter Lene, zwischen den verhärteten Fronten zu vermitteln, schlugen fehl. Ludwig litt unsagbar unter dem Verlust seiner Lieblingstochter, der dadurch noch größer erschien, daß ausgerechnet ein Däne seine Nora entführt hatte.

Die wirtschaftlichen Verhältnisse stabilisierten sich langsam, und es waren vor allem die jungen Menschen, die die leidvollen Kriegserinnerungen abschüttelten: Sie wollten jetzt endlich leben. In den Goldenen Zwanzigern wurde viel und kühn geträumt. Lebenslust schwappte über und erfaßte die Jugend. Charleston faszinierte sie genauso wie der Jazz mit seinen Synkopen.

Jede neue Strömung wurde bejubelt. Der Kinematograph hatte ausgedient, Stummfilme waren das Neueste, in denen der meisterhafte Emil Jannings, die große Greta Garbo, Henny Porten oder Pola Negri zu bewundern waren. Alle Szenen wurden mit stakkatoähnlichen Akkorden auf dem Piano begleitet. Aus Amerika kamen Filme mit Charly Chaplin, über die sich alle köstlich amüsierten.

Und dann entwickelte sich der Tonfilm. Marlene Dietrich eroberte mit dem »Blauen Engel« die Leinwand, und als »Tolle Lola« begeisterte sie Millionen. Die Frauen stürmten die Hörsäle der Universitäten. Sie entdeckten das Recht auf den eigenen Körper. Zum ersten Mal zeigte man Bein in der Öffentlichkeit.

Viele Frauen versuchten, männlicher zu erscheinen, Busen und Hüften wurden kaschiert, die Haare als Bubikopf kurz geschnitten. Sie trugen Topfhüte und rauchten mit langen Zigarettenspitzen.

Die Alten schüttelten die Köpfe darüber, und auch Ludwig war fassungslos. Denn diese verrückte Mode machte auch vor seiner Haustür nicht halt. Sein Elfchen und Elisa schnitten sich die schönen langen Haare ab. Mimi trug einen ausrasierten Herrenschnitt, Elisa ihre Haare kurz und glatt mit einer Schmachtlocke, die fast bis in die Augen fiel.

Selbst die Jüngste, Vicky, bestand auf einer Ponyfrisur. Eine Weile hielt sich Theresa noch zurück, aber dann erlag auch sie dem Modewahn und ließ ihre kastanienbraunen langen Flechten abschneiden, die sie als große Schnecken über die Ohren gelegt hatte. Das größte Verbrechen war, so schien es, altmodisch zu erscheinen.

Wie schade, daß man nicht genug Geld hatte, um alles mitzumachen. Überall zeigte sich der Wandel der Zeit, und nicht nur die Töchter von Mimi und Ludwig Koch staunten, wie schnell sich die Welt um sie herum veränderte.

10

An einem Winterabend saß Mimi mit ihren Töchtern am großen Wohnzimmertisch und versuchte, ihnen das Skatspielen beizubringen. Während Elisa das Spiel aufmerksam verfolgte und die Spielregeln auch schon ganz gut beherrschte, zeigte Theresa wenig Interesse und hätte sich am liebsten mit einem Buch ins Bett verkrochen. Vicky schaute ihnen über die Schulter und hätte nur zu gerne mitgespielt.

»Paß doch auf, Theresa, du hast schon wieder nicht richtig die Farbe bedient«, sagte Mimi ärgerlich, »Du wirst es nie lernen.«

»Mir tut der Rücken weh vom langen Sitzen, ich habe wirklich keine Lust mehr.«

»Haben Mücken auch schon Rücken«, war Mimis gereizte Antwort, sie konnte vom Kartenspiel nie genug bekommen.

Elisa unterstützte unerwartet die Schwester: »Machen wir doch Schluß für heute, ich will noch ein bißchen an meinem Karnevalskostüm nähen.« Sie stand auf und nahm es in die Hand.

Mimi bewunderte es: »Wirklich entzückend, Lisi. Da müssen ja die Tänzer geradezu bei dir Schlange stehen.«

Elisa betrachtete das zarte, duftige Gärtnerinnenkostüm. Sie hatte es über und über mit Rosen bestickt, es war wirklich bezaubernd. »Hoffentlich«, dachte Elisa.

Sie gestand den anderen nicht ein, daß sie Angst hatte, eine alte Jungfer zu werden. Sie hatte es mit ihrer koketten, schnippischen Art schwer, einen Kavalier zu finden, aber sie war nun einmal kein Heimchen am Herd.

»Wie schade, daß ich nicht mitgehen kann«, seufzte Mimi, »aber ich kann Vater in seinem Zustand nicht allein lassen, dauernd muß er abhusten. Ach, was habe ich denn eigentlich von meiner Jugend gehabt«, jammerte sie.

Die Töchter sagten nichts dazu, über dieses leidige Thema klagte die Mutter des öfteren. »Eigentlich könntest du Theresa mitnehmen, es wird Zeit, daß sie auch einmal unter die Leute kommt, wie soll sie sonst einen Mann finden.«

Elisa war von diesem Vorschlag wenig begeistert: »Sie hat ja nicht einmal ein passendes Kostüm.«

»Du könntest deiner Schwester eins nähen, in vierzehn Tagen würdest du es wohl schaffen«, versuchte ihr Mimi gut zuzureden. Auch Theresa zeigte wenig Begeisterung: »Ich bin eine so schlechte Tänzerin, Mama.«

»Nichts da. Überlegt lieber, als was Theresa gehen könnte.«

Elisa wußte, sie würde nicht darum herumkommen, sie kannte ihre Mutter, die bereits laut nachdachte: »Als Zigeunerin? Nein, dazu fehlt ihr der Charme. Ungarin? Nein, viel zu wenig Temperament. Als Jagdgöttin Diana«, Mutter und Tochter betrachteten die errötende Theresa, »ach, zu drall und nicht leichtfüßig genug.«

»Ich möchte ja gar nicht hin«, versuchte Theresa, die quälende Prozedur abzukürzen. In ihrer Vorstellung sah sie sich allein und einsam an einem Tisch sitzen und auf all die fröhlichen Tanzpaare blicken.

»Ich hab es«, rief Elisa plötzlich erleichtert aus: »Sie geht als Köchin, das ist das einzige, was wirklich zu ihr paßt.«

So zogen am Rosenmontag die beiden Koch-Töchter zum großen Faschingsball in die Flensburger Harmonie. Beide Mädchen sahen reizend aus. Elisa als zierliche Gärtnerin hielt einen Rosenkorb in der Hand, und Theresa – die Köchin – umklammerte fest einen Kochlöffel.

Elisa wurde sofort aufgefordert und von der Schwester getrennt. Sie ließ keinen Tanz aus. Auch Theresa blieb nicht lange allein. Ein hochgewachsener junger Mann erkundigte sich lächelnd, ob sie denn wirklich gut kochen könne, und fragte zum Spaß nach dem Rezept des »Dithmarscher Mehlbüdels«.

Darüber wußte Theresa Bescheid, mit hochroten Wangen erklärte sie ihm die Zubereitung und verlor darüber ihre Scheu. Er forderte sie zum Tanz auf, und damit war Theresa unverhofft der ersten und einzigen Liebe ihres Lebens begegnet.

Das Schicksal hatte sie mit Wilhelm Hoffmann zusammengeführt. Wilhelm war Witwer. Vor zwei Jahren war seine junge Frau an Schwindsucht gestorben. Seine zwei Kinder – ein Mädchen von sechs Jahren und ein Junge von fünf Jahren – wurden von seiner Mutter betreut. Nach dem Trauerjahr mußte er sich Gedanken darüber machen, wie es weitergehen sollte. Seine Eltern waren mit den Kindern überfordert, und die Großeltern hatten die beiden hoffnungslos verzogen und verwöhnt.

Nun dachte er daran, den Kindern eine neue Mutter zu geben, damit sie in einer richtigen Familie aufwachsen konnten. Wilhelm war angetan von der scheuen, zurückhaltenden Theresa. Sie war genau die Frau seiner Wünsche, solide und hauswirtschaftlich erfahren. Bestimmt würde sie eine gute Mutter werden und seine Kinder ins Herz schließen.

Schon am nächsten Tag wurde für die überraschte Theresa ein großer Blumenstrauß abgegeben. Der beiliegenden Karte entnahm sie, daß der Rendant Wilhelm Hoffmann dem gnädigen Fräulein und ihren verehrten Eltern für den kommenden Sonntag seine Aufwartung ankündigte.

Großmutter Lene zog sofort Erkundigungen über den jungen Mann ein. Was sie erfuhr, war dazu angetan, Theresa zu beglückwünschen. Herr Hoffmann war ein ehrenhafter Bewerber, strebsam und aus ordentlichen Verhältnissen. Er war bei der städtischen Sparkasse angestellt und hatte es in kurzer Zeit zum Rechnungsführer gebracht, konnte also eine Familie ernähren. Außerdem mied er den Alkohol, denn er gehörte den Guttemplern an.

Daß er zwei Kinder mit in die Ehe brachte, war nicht schön, doch kein Hindernis. Er hatte einen vollständig eingerichteten Hausstand und würde keine Mitgift verlangen. Es waren ja schließlich noch zwei Töchter zu versorgen, das mußte bedacht werden. Großmutter und Mutter redeten auf Theresa ein, die vor allem fürchtete, mit den fremden Kindern nicht zurechtzukommen. Das wurde mit einer einzigen Handbewegung fortgewischt: »Kinder zu erziehen ist nicht schwer, das kann man lernen.«

Wilhelm begann behutsam und liebevoll um Theresa zu werben, und erschloß sich ihr Herz mehr und mehr. Theresa konnte noch immer nicht recht daran glauben, daß ausgerechnet sie von jemandem erwählt und geliebt wurde. Sie, aus der sich nie ein Mensch etwas gemacht hatte. Mit viel Zuwendung gelang es Wilhelm ganz allmählich, Theresas Selbstwertgefühl zu wecken und zu stärken.

In der Ehe, die nach kurzer Verlobungszeit geschlossen wurde, blieb Wilhelm immer Theresas Halt und Stütze und half ihr behutsam, ihre Unsicherheiten zu überwinden. Sie schenkte dafür ihrem Ehemann ihre ganze Zuneigung und Liebe.

Theresa hätte keine bessere Wahl treffen können. Wilhelm Hoffmann verstand sich gut mit seinen Eltern, die in herzlichem Verhältnis zueinander lebten und dieses auch auf ihre Kinder übertrugen. So hatte Wilhelm eine glückliche Kindheit verbracht, obgleich der Vater als Versicherungsangestellter seiner Familie nur ein schmales Einkommen bieten konnte.

Der Junge war jedoch schon früh von einem Onkel gefördert worden, einem Kapitän, dessen Ehe kinderlos geblieben war. Er hatte Gefallen gefunden an dem aufgeweckten, musisch begabten Knaben. Wilhelms Onkel war lange zur See über alle Meere gefahren und besaß eine umfassende Bildung, die er auch dem Jungen zukommen lassen wollte. Deshalb schickte er ihn auf seine Kosten zum humanistischen Gymnasium und förderte seine musikalische Begabung.

Wilhelm liebte den klugen und gütigen Mann und verbrachte mehr Stunden mit ihm als zu Hause. Durch ihn reifte sein Kunstverstand und sein Sinn für Literatur.

Schon als junger Mensch zeichnete sich Wilhelm durch unbedingte Zuverlässigkeit und Verantwortungsbewußtsein aus. Ehrlichkeit, Anständigkeit, gute Urteilsfähigkeit sowie Loyalität brachten ihn beruflich schnell voran. Wilhelm konnte sich auf andere Menschen einstellen, man faßte schnell Vertrauen zu ihm. Sein besonnener, überlegter Rat wurde von vielen geschätzt.

In seinen Jünglingsjahren war er zur Wandervogelbewegung gestoßen. Mit der Klampfe in der Hand war er mit Gleichgesinnten durch die Natur gewandert und hatte fröhliche Lieder aus dem »Zupfgeigenhansel« gesungen. Bei den Wandervögeln hatte er auch seine erste Frau gefunden. Ihr früher Tod ließ den jungen Mann mit den Kindern in tiefer Verzweiflung zurück.

Damals hatten ihn Freunde auf die Freimaurerbewegung aufmerksam gemacht. Sie hofften, daß er dort Ablenkung von seiner Trauer finden würde, und hatten als Bürgen seine Aufnahme ermöglicht. Es dauerte auch nicht lange, und Wilhelm öffnete sich für die Mystik der Bewegung. Er wurde gefangengenommen von den hohen Idealen, der Humanität und der Weltbürgerlichkeit, die die Freimaurer anstrebten.

Die Loge »Zur nordischen Treue« war fortan seine geistige Heimat. Alles schien ihm dort sinnvoll und klar zu sein. Die drei beweglichen Kleinodien der Loge aus der Maurerzunft standen auch für seine Lebensziele: Das Winkelmaß als Symbol der Gerechtigkeit im Verhalten der Menschen zueinander, das Senkblei für das unablässige Forschen nach Wahrheit und die Wasserwaage für die Gleichheit aller Menschen.

Wilhelm fand durch die Gemeinschaft der Logenbrüder aus der Trauer heraus und blieb ihnen bis zu seinem Tode treu. Er brach auch sein Gelübde nicht, als die Nationalsozialisten die Loge verboten und ihre Mitglieder verfolgten.

Die ersten Monate ihrer Ehe erschienen Theresa wie ein Traum; es war alles so schnell gegangen. An ihre Hochzeit konnte sie sich später nur unvollkommen erinnern. Die bewegenden Worte, die der Pastor gesprochen hatte und die ihre Schwiegermutter Lucie immer gern wiederholte, waren an ihr vorbeigerauscht. Nur vage konnte sie sich entsinnen, daß die beiden Kinder ihres Mannes vor ihren Füßen Blumen gestreut hatten. Uwe, der Junge, hatte seinen Blondschopf tief zur Erde gebeugt, fast wäre er gestolpert.

»Unser kleiner Engel« nannte ihn seine Großmutter zärtlich. Elsbeth setzte zierlich die Füße voreinander und bot ein anmutiges Bild, als sie dem Brautpaar durch den Mittelgang der Kirche voranschritt und sorgsam die Blumen verteilte.

Wilhelm ließ Theresa Zeit, sich einzuleben und sich mit der Haushaltsführung vertraut zu machen. Er ging verständnisvoll mit ihr um, half bei kleinen Pannen und trug seine junge Frau auf Händen, wie die Schwiegermutter Lucie allen, die es hören wollten, versicherte.

Aber es war ein falscher Klang in diesen Worten; Theresa, die sehr feinfühlig war, hörte ihn bald heraus. Soviel guten Willen Theresa ihr auch entgegenbrachte, die Schwiegermutter lehnte sie ab. Jeden Morgen nach dem Frühstück erschien sie, um ihre beiden Engel abzuholen: »Damit du es leichter hast, liebe Schwiegertochter.«

Erst allmählich kam Theresa dahinter, daß sie bewußt zu verhindern suchte, daß die Kinder sich an ihre neue Mutter gewöhnen konnten. Sie verhätschelte die Kinder und verwöhnte sie mit Süßigkeiten. Theresa versuchte, Wilhelm davon zu überzeugen, daß der Platz der Kinder nun im Elternhaus sein müsse.

Wilhelm aber konnte sich beim besten Willen nicht vorstellen, daß seine Mutter schlechten Einfluß auf seine Kinder haben könnte. »Du mußt verstehen, Schatz, sie war ihnen bis jetzt Muttterersatz, sie liebt ihre Enkelkinder.«

»Das ist richtig«, gab Theresa zur Antwort, »aber jetzt bin ich für deine Kinder die Mutter.« Es war eine klare Antwort, der sich Wilhelm nicht verschließen konnte.

Er versuchte seiner Mutter klar zu machen, wie notwendig es sei, daß die Kinder in Zukunft mehr Zeit mit ihrer neuen Mutter verbrächten. Sie reagierte zutiefst beleidigt. Das war nun der Dank für ihre aufopfernde Fürsorge und Liebe, die sie ihrem Sohn und den beiden Kindern erwiesen hatte. Sie ließ das junge Ehepaar ihren Unmut deutlich spüren.

Am ersten Tag, an dem Theresa die beiden Kinder allein versorgte, wollte sie mit ihnen Pfannkuchen backen und freute sich auf eine fröhliche Mahlzeit. Sie stand am Herd und hatte bereits einiges zubereitet, als die Schwiegermutter zur Tür hereinkam, um – wie sie sagte – nach dem Rechten zu schauen.

Sofort stürzten die Kinder in ihre ausgebreiteten Arme. »Wir wollten gerade essen«, erklärte Theresa. Uwe, eben noch artig, warf sich auf den Fußboden, trat um sich und spuckte Theresa an, die ihn zu beruhigen versuchte.

»Ich will nicht essen«, brüllte er, »ich will mit zur Oma!« Theresa war ratlos.

»Oma hat gesagt, ich vertrage keinen fetten Pfannkuchen«, nörgelte nun auch Elsbeth, »ich habe einen schwachen Magen.«

»Ich nehme Uwe mit. Wenn du darauf bestehst, daß er hier bleibt, schadet es ihm nur, die Aufregung ist nicht gut für Kinder«, triumphierte die Schwiegermutter, »Elsbethchen, unsere Große, ist schon vernünftig und bleibt heute mal hier, nicht wahr, mein Herzchen?«

Sie flüsterte dem Kind ins Ohr, ihm morgen etwas Schönes mitzubringen, wenn es jetzt artig da bliebe.

Mit dem Jungen an der Hand zog die Schwiegermutter befriedigt ab. Wilhelm könnte ihr keinen Vorwurf machen; sie hatte sich ja um einen Kompromiß bemüht und der Schwiegertochter ein Kind zurückgelassen.

Elsbeth saß unglücklich am Tisch und schob ein Stück Pfannkuchen von einer Backe zur anderen. Es schmeckte ihr nicht, und sie war ja auch, wie Oma immer sagte, eine schlechte Esserin. Elsbeth hatte begriffen, daß dies eine Waffe war, mit der sie sich gegen Erwachsene durchsetzen konnte.

Theresa war verzweifelt: Alles, was sie befürchtet hatte, war eingetreten, sie kam nicht mit den Kindern zurecht. Auf das Nächstliegende, diese liebebedürftigen Kinder einfach in ihre Arme zu nehmen, kam sie nicht. Sie hatte die wohltuende Wirkung elterlicher Zärtlichkeit selbst nie erfahren.

Im nächsten Frühjahr stellte Theresa fest, daß sie schwanger war. Wilhelm freute sich unbeschreiblich. Aber Theresa, gerade zweiundzwanzig Jahre alt, fühlte sich ihrer neuen Aufgabe, bald Mutter dreier Kinder zu sein, nicht gewachsen. Sie geriet völlig in Panik.

Wilhelm fand, Ablenkung sei das beste, um sie aus ihrer Niedergeschlagenheit herauszuholen. Er lud seine zahlreichen Freunde mit ihren Ehefrauen ein und bat sie, der werdenden Mutter gut zuzureden. Es half nichts, Theresa fühlte sich während der ganzen Schwangerschaft erbärmlich, und das fröhliche Treiben in ihrem Hause konnte sie erst recht nicht aufmuntern. Mit Schrecken dachte sie an die Geburt und die Zeit danach.

An einem stürmischen Novembertag legte man Theresa nach stundenlangen Wehen endlich ein wohlgerundetes

Mädchen an die Brust, das kräftig schrie. Theresa wünschte sich, das Kind nach ihrer Schwester Nora zu benennen, die sie sehr entbehrte, seit sie sich von der Familie getrennt hatte. Wilhelm stimmte sofort zu.

Nach der Geburt hatte Theresa ihre Rundlichkeit verloren. Sie wurde schlank und blieb es ein Leben lang. Allmählich fand sie sich in ihre Mutterrolle hinein. Sie gab sich Mühe, allem gerecht zu werden, und der Ernst, mit dem sie sich den Anforderungen stellte, prägte sie.

Wilhelm hatte zu Theresas Unterstützung ein Kindermädchen eingestellt, damit sie sich erholen konnte und ein wenig Zeit für sich fand. Theresa war eine sparsame Hausfrau und saß bis spät nachts an der Nähmaschine, um nach den Anleitungen aus dem »Goldenen Schnitt« Kleidung für die Kinder und für sich selbst zu nähen.

Mimi und Schwester Elisa sahen mit Verwunderung, wie sehr sich Theresa entwickelte. Sie hatte Chic und Charme und eine gar nicht altersgemäße Würde bekommen und war mitnichten mehr mit der Tante Emma vom Land zu vergleichen.

Flankiert von Uwe und Elsbeth machte sie sich nachmittags mit dem hochräderigen Kinderwagen auf den Weg zu Vater, Mutter und Schwestern. Die großen Kinder trugen Matrosenkleid und Matrosenanzug mit weißen Kragen. Es war ein hübsches Bild.

»Da kommt Theresa mit ihrer Eskorte«, lästerte Elisa. Sie beneidete ihre Schwester, die schon eine eigene Familie hatte, während sie, die Ältere, noch immer unverheiratet zu Hause saß.

Das Verhältnis zwischen Theresa und den beiden größeren Kindern verbesserte sich zusehends. Theresa herzte und liebkoste den Säugling nicht so, wie es vielleicht andere Mütter taten, dadurch entstand von vornherein zwischen den Geschwistern keine Eifersucht. Die älteren Geschwister liebten ihr Schwesterchen sehr. Der Vater machte nie Unterschiede zwischen den Kindern, er war die Gerechtigkeit in Person, und somit ließ sich alles gut an.

Zwischen Theresa und der Schwiegermutter war es zu einer Art Waffenstillstand gekommen. Man duldete sich gegenseitig und ließ Wilhelm die bestehenden Spannungen nach Möglichkeit nicht spüren. Der alte Zwist brach jedoch unvermutet wieder aus, als der Schwiegervater nach kurzem Krankenlager starb.

Zurück blieb eine untröstliche Witwe, die sich an ihren Sohn und die Enkelkinder klammerte. Wilhelm hatte nicht das Herz, sie in ihre leer gewordene Wohnung zurückzuschicken, und nahm sie bei sich auf. Die alte Frau verlangte viel Rücksichtnahme. Schließlich forderte sie sogar, im ehelichen Schlafzimmer neben dem Sohn zu schlafen, weil sie sonst von Alpträumen heimgesucht würde.

Die sonst so fügsame und sanfte Theresa begehrte auf und forderte ihr Recht als Ehefrau. Sie drohte Wilhelm, mit allen drei Kindern in ihr Elternhaus zurückzukehren. Zum ersten Mal in ihrem Leben kämpfte sie und hatte Erfolg damit.

Die Schwiegermutter versuchte ihrerseits, den Sohn unter Druck zu setzen, wenn sie jammerte: »August, mein lieber Mann, hole mich zu dir in den Himmel!« Doch es half nichts: Wilhelm hielt zu seiner Frau. Nach einer Woche mußte die Schwiegermutter das Feld räumen.

Ein Jahr später starb sie, tief betrauert von ihrem Sohn.

Mit Ludwigs Gesundheit stand es seit langem nicht zum besten. Er hatte sich nie geschont und bei Wind und Regen, Sommer wie Winter seine Arbeit getan. Jahrelang war er matt, verschleimt und mit leichter Temperatur umhergegangen. Sein altes Kriegsleiden war niemals völlig auskuriert worden. Schließlich stellten die Ärzte bei ihm eine offene Lungentuberkulose fest und schickten ihn zur Kur.

Mimi, die den Gesundheitszustand ihres Mannes stets auf die leichte Schulter genommen hatte, reagierte völlig kopflos, und es war ihre Mutter, zu der sie flüchtete und die das Familienunglück zu lindern suchte. Die beiden Frauen berieten sich. Lene kam wieder auf ihren Lieblingswunsch zurück.« Jetzt muß Ludwig aber wirklich sein Geschäft verkaufen. Am besten legt er das Geld für ein Häuschen an. Immobilien behalten ihren Wert.« Lene wußte, wovon sie sprach, denn sie hatte ihre eigene bittere Erfahrung.

»Ludwig lebt nicht mehr lange, Mimi, er muß jetzt für dich vorsorgen. Habt ihr Ersparnisse?« Davon war Mimi nichts bekannt, sie hatte sich nie für diese Dinge interessiert. Auf einmal spürte sie nie gekannte existentielle Ängste in sich aufsteigen, sie hörte kaum noch zu.

Lene stieß ihre Tochter in die Seite und holte sie in die Wirklichkeit zurück: »Es wird schon alles werden, nur keine Angst. Ich kann zu dir ziehen, und mit zwei – wenn auch sehr kleinen – Renten kommen wir schon zurecht. Kopf hoch, Kind!«

Wider Erwarten kehrte Ludwig braungebrannt und erholt vom Harz zurück. Schien sich das Schicksal doch noch einmal zum Guten zu wenden? Mimi glaubte fest daran. Ludwig berichtete von schönen Wanderungen, die er unternommen hatte, von Konzerten, die er gehört hatte, vom Krocketspielen. Die langen Liegekuren erwähnte er nicht.

Mimi erkannte wieder einmal schmerzlich, was ihr das Leben alles vorenthalten hatte. Zu ihrem Erstaunen war Ludwig diesmal sofort dazu bereit, sein Malergeschäft aufzugeben. Vielleicht hatten ihm die Ärzte dazu geraten? Darüber wurde nicht gesprochen.

Das Geschäft wurde mit Gewinn verkauft und das Geld gut angelegt. Schon bald erwarben sie ein heruntergekommenes Häuschen in der Friedrichstraße, direkt am Museumsplatz gelegen. Der Preis war erschwinglich, und Ludwig machte sich sofort daran, alles instand zu setzen. Mit seinem Können und Geschick hatte er bald ein Schmuckstück daraus gemacht, vor dem die Spaziergänger bewundernd stehenblieben. Ludwigs Kinder nannten es »das verträumte Großelternhaus«.

Es war ein schneeweißes Häuschen mit grünen Fensterläden, in den Blumenkästen rankten Geranien. Im Vorgarten leuchteten Sommerblumen in allen Farben, und an der Hauswand reckten sich die Sonnenblumen empor.

Ludwig arbeitete gern im Garten, auch wenn er sich dabei schnell verausgabte. Dann zog er sich in die Glasveranda zurück, die hinter dem Haus angebaut worden war. Dort ruhte er, in warme Decken gehüllt, auf einem Liegestuhl aus.

Er freute sich sonntags über den Besuch seines Schwiegersohnes Wilhelm. Mit ihm konnte er über seine Krankheit sprechen, die Mimi nicht zu sehen schien. Seine Sorgen, so schien es ihm, schrumpften in Wilhelms Gesellschaft.

»Siehst du, Wilhelm«, sagte der Kranke und ließ seinen Blick über den bunten Garten schweifen, »so hat meine Krankheit doch auch etwas Gutes. Würden wir sonst in diesem schönen Häuschen leben?«

Ludwigs Kraft nahm immer mehr ab. Er wußte, daß sich sein Lebenskreis rundete und bald schließen würde, aber er war zufrieden. Nachmittags kamen Elisa und Theresa mit ihren Kindern ins Großelternhaus. Elisa hatte einen Bahnbeamten geheiratet und innerhalb kurzer Zeit zwei Kinder zur Welt gebracht.

Die Enkelkinder zog es immer zur Großmutter Mimi. Sie, die nie eine besonders zärtliche Mutter gewesen war, hing an ihren Enkeln mit großer Liebe. Lärm und Geschrei machten ihr nichts aus, sie hatte stets Zeit und beteiligte sich bereitwillig an ihren Spielen. Sie konnte sich wie ein Kind darüber ärgern, wenn sie beim »Mensch ärgere dich nicht« hinausgeworfen wurde.

Mit roten Wangen wirtschaftete Mimi in der Küche und stellte mit den Kindern gemeinsam Sahnebonbons her. Es störte sie nicht, wenn die ganze Küche vom Zucker klebte.

Oft standen die Mädchen, mit Schürzen angetan und naß bis auf die Haut, beide Ellbogen tief im Waschzuber, und wuschen Puppenwäsche. Die Küche schwamm, doch auch das machte nichts. Bei Oma Mimi gab es keine Verbote.

Wie gern übernachteten alle Enkelkinder bei ihr. Die Puschen und das Bett wurden vorgewärmt, und man durfte alles machen, was zu Hause nicht erlaubt war: Im Bett lesen, aufstehen, wann es einem paßte.

Anders als die Mutter zu Haus, hatte die Oma es mit dem Haarekämmen und Bürsten niemals eilig, und es ziepte nicht, wenn die langen Zöpfe gekämmt und geflochten wurden. Für alle Enkelkinder war das Haus in der Friedrichstraße ein kleines Paradies.

Waren die Mütter mit ihren Kindern wieder heimgegangen, kamen die Schwiegersöhne, um mit den Alten noch ein paar Runden Skat zu spielen. Meistens wurde der Opa, der nicht so lange aufrecht sitzen konnte, von »Urmutter Lene« abgelöst, die schon lange kiebitzte. Die Bastrollos wurden herabgelassen, damit die schrägstehende Sonne die Spieler nicht störte. Viele gemütliche Abende wurden so gemeinsam verbracht.

Es war eine glückliche Zeit, die die Großfamilie Koch in der Friedrichstraße verlebte.

Mit der Machtübernahme Adolf Hitlers würde sich alles bessern, glaubten viele Bürger und setzten große Hoffnung auf den Führer. Er versprach Arbeit, Brot und Ansehen in der Welt. Aufmerksame Beobachter wie Wilhelm und seine Logenbrüder hingegen sahen die Entwicklung mit wachsender Besorgnis.

Daß sie dem neuen Regime ein Dorn im Auge waren, hatten sie bereits erfahren. Die Logenbruderschaft war aufgelöst und verboten worden. Nun drohte man mit noch schärferen Maßnahmen.

Wilhelm erhielt eines abends Besuch von einem SS-Mann, der ihn über seine Logenbrüder aushorchen wollte. Als er den ungebetenen Gast hinauskomplimentierte, drohte der: »Täuschen Sie sich nicht über Ihre Lage, Hoffmann! Wir haben einen langen Arm. Die Liste Ihrer Sekte, zu der – wie wir wohl wissen – auch Juden gehören, liegt uns vollständig vor. In Kürze werden wir eingreifen. Überlegen Sie nicht lange, treten Sie unserer Partei bei. Männer mit Ihren Fähigkeiten können wir in unseren Reihen gebrauchen. Die Zukunft liegt in den Händen unseres Führers Adolf Hitler!« Er knallte die Hacken zusammen: »Heil Hitler!«

Als er so das Haus verlassen hatte, blieb ein nachdenklicher Wilhelm zurück. Er machte sich nichts vor. Sein Direktor und auch viele seiner Kollegen waren bereits in die Partei eingetreten.

Gleich nach der Machtübernahme hatte im Frühjahr der erste Boykott gegen jüdische Geschäfte stattgefunden. Schaufenster waren zertrümmert, die Auslagen auf die Straße geworfen worden. Schmähplakate warnten die Bevölkerung, in jüdischen Läden zu kaufen, jüdische Ärzte und Rechtsanwälte in Anspruch zu nehmen.

Wilhelm beschäftigte sich viel mit der neuen Partei. Was er sah, las und hörte, empörte den loyalen, liberal denkenden Mann. Er hatte in der Bank mehr und mehr unter Schikanen der einst so umgänglichen Kollegen zu leiden, die zu fanatischen Parteigenossen geworden waren und ihn zu überzeugen suchten.

Schließlich drohte man ihm mit vorzeitiger Pensionierung, falls er sich nicht entschließen könnte, der Partei beizutreten. Dies konnte Wilhelm nicht mit seinem Gewissen vereinbaren, er kündigte. Und so stand der siebenunddreißigjährige dreifache Familienvater kurz vor Weihnachten – drei Jahre nach Hitlers Machtantritt – auf der Straße. Als Folge seiner Angst und Sorge um die Zukunft seiner Familie zog sich Wilhelm eine schwere Zuckerkrankheit zu.

Es begann eine harte Zeit für die Familie. Wilhelm selbst hätte jetzt gut eine Stütze brauchen können, aber von Theresa war keine Hilfe zu erwarten, da sie auf Belastungen stets unsicher und ängstlich reagierte. Wilhelm schlug sich mühsam durch. Er erhielt gelegentlich Schreibarbeiten von Freunden und Gleichgesinnten, die er zuhause erledigte.

11

Nach vielen Bewerbungen gelang es Wilhelm schließlich, in dem Dorf Mehlby die Leitung der kleinen Sparkassen-Zweigstelle zu übernehmen. Er wußte, daß er nicht wählerisch sein durfte, und zog mit seiner Familie nach Angeln um.

Natürlich konnte diese einfache Bürotätigkeit den ehrgeizigen, tüchtigen Wilhelm nicht ausfüllen, aber er war froh über diese Anstellung. Auf dem Lande waren die politischen Machenschaften der Nazis noch weitgehend ohne Wirkung geblieben. Hier lebten friedliche, freundliche Menschen, die den geselligen Wilhelm und seine Familie vorbehaltlos annahmen und mochten. Bald schon nahm er am Dorfleben teil, war Mitglied im Gesangverein und erwarb mit seiner beruflichen Integrität das Vertrauen der Dorfbewohner.

Die Kinder fanden, daß es nirgends auf der Welt schöner sein könnte als in Mehlby. Zu den Nachbarn sagten sie Onkel und Tante. Kam man um die Mittagszeit zu ihnen, wurde rasch ein Teller dazu gestellt, und man durfte mithalten.

Von den drückenden finanziellen Sorgen der Eltern merkten die Kinder nichts. Seit Wilhelm aus der Krankenkasse ausgesteuert worden war, mußte er das notwendige Insulin, das er sich regelmäßig spritzte, selbst bezahlen. Täglich hantierte er mit Spirituskocher und Glasröhrchen, um den Zukkergehalt im Urin überprüfen zu können. Nora verfolgte dies oft aufmerksam und ungeduldig. Sie wartete auf die Insulinschachteln, die so schöne Puppenbettchen abgaben.

Wilhelm mußte strenge Diät einhalten. Man glaubte, durch viel Fett und Eiweiß die fehlenden Kohlehydrate ersetzen zu können. Die dafür notwendigen Fisch- und Fleischmahlzeiten erhöhten die finanzielle Belastung des Haushaltes. Deshalb ernährte sich die übrige Familie vorwiegend von Gartenerzeugnissen. Für den Vater gab es abends ein Spiegelei, für alle war das nicht zu bezahlen.

Die Kinder störte es nicht, wenn es tagelang nur Bohnen gab; sie waren es nicht anders gewohnt. Nur Mimi, die einmal zu Besuch kam, streikte nach einigen Tagen. Bei diesem Speiseplan mußte sie jede Nacht von köstlichem, saftigen Fleisch träumen. Daraufhin schränkte sie ihre Besuche ein.

In finanzielle Bedrängnis kam die Familie, wenn für Wilhelm eine Kur bevorstand, die er aus eigener Tasche bezahlen mußte. Wie gut, daß Theresa in Fraulund so sparsam zu wirtschaften gelernt hatte, denn nun war Schmalhans wirklich Küchenmeister.

Die Kinder dagegen lebten sorglos und genossen die herrlich unbeschränkte Freiheit auf dem Lande. Sie strolchten durchs Dorf und hatten überall Freunde. Ihre kleine Welt war rundum in Ordnung.

Theresa staunte oft über ihre Tochter Nora, die so gar nichts von ihrer eigenen Art mitbekommen hatte. Das Kind war völlig unbekümmert und besaß großes Selbstvertrauen. Manchmal konnte Theresa kaum glauben, daß sie dieses Kind geboren hatte.

Nora erfand unglaubliche Geschichten, die nur so aus ihr heraussprudelten. Und wie sie sich – beinahe auf Kommando – freuen konnte!

»Nora, freu dich doch mal«, genügte als Aufforderung. Und

schon stellte sich das Kind etwas Schönes vor, preßte die kleinen Fäuste zusammen und vibrierte am ganzen Körper, bis sich die Spannung in kleinen Luftsprüngen entlud.

Ihre Phantasie schien auch beim Spieleerfinden niemals müde zu werden. Viele Spielsachen besaßen Theresas und Wilhelms Kinder ohnehin nicht. Puppenwagen und Dreirad wurden weitergereicht. Mit neuem Anstrich versehen und aufgemöbelt, wurde das nächste Kind zum Weihnachtsfest damit überrascht.

Nora brauchte stets Zuhörer. Es mußten nicht unbedingt Menschen sein, sie konnte sich auch mit Pflanzen und Tieren unterhalten. Schnecken erhielten Namen, und sie veranstaltete mit ihnen Wettrennen in extra angelegten Bahnen. Die Schnecken bekamen einen Stups auf die Fühler als Strafe, wenn sie sich seitlich davonmachen wollten.

Die Natur war überhaupt ein einziger großer Spielplatz für die Kinder. Hier konnten sie Bäume erklettern. Abhänge herunterrollen und Bäche überspringen. Spannend war es auch, auf den Bahnschienen zu balancieren oder das Ohr aufzulegen, um herannahende Züge auszumachen.

Am Bahndamm und auf den Wiesen pflückten die Mädchen Sträuße aus Wildblumen und Kräutern: Roten Klee, die kleinen wilden Stiefmütterchen, Sauerampfer und Immortellen.

Mit den Blumen in der Hand liefen sie zu Onkel Feddersen. Dem gehörte ein Betrieb mit landwirtschaftlichen Geräten, auf denen man herrlich herumturnen konnte. Onkel Feddersen scheuchte sie niemals davon, obwohl die Maschinen neu waren und verkauft werden sollten.

Ein klein wenig berechnend übergaben die Mädchen dem Onkel ihre Sträußchen und bekamen als Gegengabe – genau wie sie es einkalkuliert hatten – fünf Reichspfennige. Das war viel Geld für die Mädchen, die damit schleunigst und mit fliegenden Zöpfen zur Krämersfrau rannten. Dort gaben sie es sofort wieder aus für Salmiakpastillen oder Brausepulver, das man wunderbar in der hohlen Hand lutschen konnte.

Bei Onkel Feddersen durfte man auch an langweiligen Regentagen im Büro auf einem hohen Bock sitzen und ihm ein Bild malen, während er am Stehpult stand und rechnete. Die Bürowände waren mit Noras Bildern tapeziert, aber immer noch fand er einen Platz für die neuen Prachtwerke, nachdem er sie gebührend bewundert hatte.

Die Eltern durften nichts von diesen Besuchen erfahren. Den Kindern war eingebleut worden, daß sie weder irgendwo stören, geschweige denn Geld annehmen durften. Aber wie alle Kinder bewahrten sie ihre kleinen Geheimnisse für sich.

So lebte sich die Familie Hoffmann schnell in die Dorfgemeinschaft ein. Wilhelm war im ganzen Dorf bekannt und beliebt, und selbst Theresa knüpfte die erste freundschaftliche Beziehung ihres Lebens zu einer Nachbarin. Sie schrieb lange Briefe an ihre Schwester Elisa und berichtete ausführlich vom Dorfleben und den Kindern.

Hatte sie Schwierigkeiten mit der Erziehung, überließ sie das Strafgericht am Abend dem Vater. Uwe war mittlerweile zu einem großen, kräftigen Jungen herangewachsen und forderte sie häufig so sehr heraus, daß sie sich nur mit angedrohter Strafe zu wehren wußte. Bis zum Abend herrschte dann eine gedrückte Stimmung. Mit Schlägen mußte der Älteste nicht rechnen. Die strenge Ermahnung durch den Vater war für alle Kinder Strafe genug.

Dem Elternhaus gegenüber lag die Dorfschlachterei. Die Schlachterstochter war Noras beste Freundin. Oft saßen die beiden Mädchen, nur mit Höschen bekleidet, im warmen Sonnenschein auf dem mit Holzbrettern abgedeckten Brunnenschacht. Sie spielten mit ihren Puppen, deren schmutzige Gesichter mit Spucke und Taschentuch gesäubert, die unentwegt aus- und angezogen, gewiegt, getröstet oder ausgeschimpft wurden. Hatten sie ausgespielt, schlichen die beiden gern ins Schlachthaus, wo Geselle Hansen arbeitete. Kam man hinein, so hatte man sofort den süßlichen Blutgeruch in der Nase und sah, wie der alte Hansen mit seinen rohen Händen die geschlachteten Schweine abbrühte und die Borsten abschabte. Das Schlachthaus war nicht etwa ein Ort des Grauens, er gehörte zum Lebensbereich der Kinder. Tiere mußte man schlachten, so war es eben.

Stand Hansen an der Wurstmaschine, sahen sie zu, wie er aus dem langen Wurstband geschickt die Würstchen abdrehte und sie schnell in den Kochkessel warf.

»Hansen, hast du nicht eine Wurst für uns«, bettelte Nora.

Der Geselle angelte ohne Zange für jedes Kind ein Würstchen aus dem heißen Wasser. Köstlich, wie die schmeckten!

Wenn Hansen guter Laune war, nahm er die beiden Mädchen mit zur Futtergroßhandlung im Nachbardorf. Er setzte sie neben sich auf den Kutschbock des alten Kastenwagens, der von dem Pferd Liese gezogen wurde.

Jedesmal, wenn das Gefährt vor der Rampe der Großhandlung stand und Hansen ausstieg, ermahnte er sie mit erhobenem Zeigefinger: »Dat ji mi keen Unsinn maakt!«

Als die Wartezeit zu lang wurde, konnte Nora es nicht mehr aushalten, sie wollte unbedingt wissen, ob sie auch kutschieren konnte. Also machte sie die Zügel los, schnalzte genau wie Hansen mit der Zunge: »Hüh, Liese, hüh!« Die brave alte Liese setzte sich tatsächlich in gemächlichen Trab, kannte sie den Weg nach Hause doch ganz genau. Hansen, den schweren Futtersack auf dem Rücken, traute seinen Augen nicht, als er aus dem Lager kam und Pferd und Wagen verschwunden waren. Er warf den Sack ab und rannte schreiend hinterher: »Brrr! Brrr!«

So schnell hatten die Kinder den dicken Hansen noch nie laufen sehen. Seine kurzen Beine flogen wie Trommelstökke gegen sein fettes Hinterteil. Immer wieder, wenn die Mädchen sich später an dieses Bild erinnerten, konnten sie sich vor Lachen nicht mehr halten. Zornrot und völlig aus der Puste erreichte er das Gespann. »Tööv man af, Nora«, sagte er erbost, »ick krieg di noch faat.«

Auf die entsprechende Gelegenheit brauchte Hansen gar nicht lange zu warten. Die Mädchen waren mit ihm zur Kleinbahn gefahren, um Schlachtvieh abzuholen. Zuerst mußte es aus dem Waggon herunter zur Rampe gescheucht werden. Dort wurde das Vieh gewogen. Dann wurden Schweine, Kühe oder Kälber die Dorfstraße bis zur Schlachterei hinuntergetrieben. Ängstliche Kälber wurden mit Salz gelockt, das sie den Kindern von der Hand schleckten.

Diesmal waren Schweine abzuholen. Hansen schmunzelte vergnügt, er kannte Noras Abenteuerlust: »Hest Lust, Deern, en Swiensritt to maken?«

Nora nickte eifrig. Aber kaum hatte Hansen das Kind auf eine fette Sau gesetzt, rannte diese, in Panik laut quiekend, die Dorfstraße hinunter. Nora hielt sich an den Ohren fest und lag bäuchlings auf der Sau, bis sie schließlich unsanft im Graben landete.

Die Leute, die dieses Schauspiel mitbekommen hatten,

schütteten sich aus vor Lachen. Nora stand sofort wieder auf, vergoß keine Träne, rieb sich bloß ihr schmerzendes Hinterteil. Sie nahm es als wohlverdiente Strafe.

Das Landleben war geprägt durch die anfallenden Arbeiten der jeweiligen Jahreszeit. Im Sommer saßen die Kinder nach der Schule oft stundenlang in der Laube und halfen der Mutter, Stachelbeeren abzuknippen oder Bohnen abzufädeln. Dabei wurde viel erzählt und gesungen. War alles fertig, rollten sie mit dem Bollerwagen zum Kaufmann, wo die Dosen zugedeckelt wurden. Jedes Jahr mußte dafür ein Stückchen vom Rand abgeschnitten werden, so daß die Dosen immer kleiner wurden. Zu Theresas Leidwesen mußten schließlich neue Dosen angeschafft werden. Die Stachelbeeren wurden in Gläsern eingemacht und kochten derweil im großen Einwecktopf vor sich hin. Genau wie die Nachbarinnen zeigte Theresa im Herbst gerne ihren wohlgefüllten Keller. Da standen dann die Dosen, Gläser, Saftflaschen und Marmeladengläser, alle säuberlich beschriftet, in Reih und Glied.

Im Winter, wenn es morgens noch stockdunkel war, mußten sich Noras Geschwister schon mit dem Bus auf den Weg zur höheren Schule in der Kreisstadt machen. Vorher sollten sie sich mit einem Teller dicker Haferflockensuppe stärken. Jeden Morgen entbrannte ein neuer, heftiger Streit zwischen Elsbeth und Theresa. Elsbeth haßte diese Suppe und wollte sie partout nicht essen. In eine dicke Decke gewickelt, saß Nora vergnügt dabei und verfolgte gespannt, ob Elsbeth einmal als Siegerin aus dem morgendlichen Kampf hervorgehen würde.

Nora litt nie unter Langeweile, wenn die Geschwister aus

dem Haus waren. Es fiel ihr immer etwas ein, womit sie sich beschäftigen konnte. An einem Wintertag stand sie völlig blaugefroren mitten in der Dorfau, als Elsbeth und Uwe aus der Schule kamen. Sie bekamen einen gehörigen Schrecken und holten sie schnell aus dem Wasser. Heimlich brachten sie Nora ins Haus. Auf die Frage, ob es nicht kalt im Wasser gewesen sei, kam von Nora die fröhliche Antwort: »Nein, es hat vor Hitze sogar gebrannt und gestochen«, wobei sie sich die gefühllos gewordenen Beine rieb. Die Geschwister hielten es für besser, der Mutter davon nichts zu erzählen.

Wenn die Sonne höher stand und das erste Frühlingswetter einsetzte, schauten die Erwachsenen sorgenvoll auf den bereits stark geschrumpften Steinkohlehaufen im Keller, der doch noch einige Wochen bis zur wärmeren Jahreszeit ausreichen mußte.

Die Kinder fanden, nun sei es an der Zeit, endlich die verhaßten langen, kratzenden Wollstrümpfe loszuwerden, die mit einem dicken Gummiband links und rechts am Leibchen angeknüpft wurden. Die Mutter dachte darüber anders und ahnte nicht, daß ihre Kinder, kaum um die Hausecke entschwunden, die Wollstrümpfe abknöpften und – zu dikken Würsten gerollt – als Kniestrümpfe trugen, die ständig rutschten. Es war ausgesprochen lästig, denn nun mußte man alle paar Schritte stehenbleiben und sie wieder hochziehen.

Jedes Frühjahr aufs neue lagen die Kinder den Eltern in den Ohren, ihnen einen Hund oder wenigstens eine kleine Katze zu erlauben. Alle Freunde besaßen ein Tier, nur sie hatten keins! Aber die Eltern wollten davon absolut nichts hören. »Erst ist die Freude groß, aber bald wird euch die Versorgung zur Last, und Mutter hat bei ihrer vielen Arbeit in Haus und Garten auch noch das Tier am Hals«, entschied Wilhelm. Schließlich, da die Kinder nicht aufhörten zu betteln, erlaubte er ihnen doch, zwei junge Kaninchen zu halten. Sie mußten hoch und heilig versprechen, ganz allein für die Tiere zu sorgen. Die Mädchen sollten die Kaninchen mit frischen Küchenabfällen und Löwenzahn füttern, und der Bruder war für das Ausmisten des Stalles zuständig. Uwe erkannte zwar bald, daß die Reinhaltung des Stalles gar keine so erfreuliche Aufgabe war, aber er führte sie trotzdem getreulich aus. Da die Mädchen sie gut fütterten, wurden die Tiere über die Monate dick und fett. Eines Tages beschloß Wilhelm deshalb, daß sie nun einen guten Sonntagsbraten abgeben würden. Alles Weinen und Flehen der Kinder nützte nichts. Der Nachbar wurde bestellt und die Kaninchen geschlachtet. Als sich die Familie am festlich gedeckten Sonntagstisch versammelte, brachte es keines der Kinder fertig, einen Bissen von dem Fleisch anzurühren. Sogar die Mutter wollte nichts davon essen, und so freute sich der Nachbar über zwei schöne Sonntagsbraten. Die Kinder hatten nie wieder den Wunsch, ein Tier zu besitzen.

Ostern brachte für Nora den so lange ersehnten Schulanfang. Ausgestattet mit einem alten Schulranzen, der mit brauner Schuhcreme aufpoliert worden war, machte sie sich auf ihren ersten Schulweg. Sie hatte fest darauf bestanden, daß ihre Mutter sie nicht begleitete. Schließlich war sie jetzt ein großes Mädchen. Als sie sah, daß alle anderen ABC-Schützen mit Mutter und großer Zuckertüte erschienen waren, fühlte sie sich doch beklommen. Noch bevor die Kleinen das Schulhaus betraten, stellten sie sich für den Photographen vor eine Schiefertafel mit der Aufschrift: »Mein erster

Schultag 1936«. Dieser wichtige Tag mußte schließlich im Bild festgehalten werden. Da stand Nora nun. Ihre Verzweiflung, ohne elterliche Begleitung nun kein Bild zu bekommen, wich einer großen Erleichterung, als sie die Mutter in der Gruppe der Eltern entdeckte. Sie war ihr, eine große Schultüte im Arm haltend, nachgegangen.

Die Schulanfänger kamen in einen Klassenraum, in dem sie gemeinsam mit drei weiteren Jahrgängen unterrichtet wurden. Um den Erstklässlern den Einstieg zu erleichtern, legte die Lehrerin jeden Morgen ein mit Zuckerwasser gefülltes kleines Osterei auf das Pult. Sie fragte die Kleinen, ob schon jemand etwas vortragen könnte. Keiner traute sich so recht, aber Nora rief sofort: »Ich! Ich! Ich kann im Kanon singen, das tun wir oft mit unserem Vater. Am liebsten mag ich das Lied 'Jule mit de Muff na Quellental'! Kennst du das auch?« Das kannte die Lehrerin zwar nicht, aber sie konnten sich auf das Lied »Von Meer zu Meer, von Land zu Land ziehen Jungen von der Waterkant« einigen und sangen es einmal ganz durch. Theresa schüttelte nur mit dem Kopf und wunderte sich über die Unbefangenheit ihrer Tochter.

Nora lernte leicht und schnell. Es langweilte sie, wenn die Schulanfänger sich Seite für Seite durch die Lesefibel quälten, denn sie kannte alle Geschichten bald auswendig. Viel lieber hörte sie dann beim Unterricht der älteren Kinder zu. Trotzdem konnte sie den Text fehlerlos aufsagen, wenn sie mit dem Lesen an die Reihe kam – sie hatte ihn ja im Kopf. Erst als sie mit dem Zeugnis nach Hause kam, mußte der perplexe Vater feststellen, daß sie gar nicht fähig war, es ihm vorzulesen. Mit Nachhilfe bei ihrer Schwester Elsbeth mußte das Versäumte schnell nachgeholt werden.

Es wurde wieder Winter in dem kleinen Dorf in Angeln. Alles war tief verschneit, Hausdächer, Zäune und Bäume trugen eine Schneehaube. Sonntags, wenn die Sonne aus tiefblauem Himmel auf den Schnee schien und ihn wie Tausende von Diamanten funkeln ließ, holte Wilhelm den großen Familienschlitten aus dem Keller und zog mit der ganzen Familie zum »Rabenberg«. Nach wilden Rodelpartien und ausgelassenen Schneeballschlachten ging es in der Abenddämmerung erschöpft nach Hause. An den langen Winterabenden saß die Familie Hoffmann dann unter dem hellen Lichtkegel der großen Küchenlampe zusammen und genoß lange Vorlesestunden oder Spielrunden.

12

Das letzte Weihnachtsfest in Mehlby lag hinter ihnen. Das neue Jahr würde große Veränderungen für die Familie Hoffmann bringen. Elisas Mann, ein überzeugter Parteigenosse, war als Bahnbeamter schon einige Male befördert worden und wohnte mittlerweile mit Frau und Kindern in seinem neuen Dienstort Hamburg-Harburg. Ganz überraschend schrieb er Wilhelm von einem verlockenden Angebot. Er hatte zufällig davon erfahren, daß ein großes Baugeschäft in der Bremer Straße einen Prokuristen suchte.

Im neuen Jahr sollte er sich unbedingt dort vorstellen. Wilhelm reizten die berufliche Chance und das höhere Einkommen. Er hatte es satt, immer nur von der Hand in den Mund zu leben.

Was könnte er in einer Großstadt wie Hamburg seiner Familie alles bieten: Für die Kinder bessere Schulen, eine ordentliche Berufsausbildung, die Universität. Die Kinder müßten nicht mehr mit dem Bus zur Schule fahren, was besonders in den Wintermonaten beschwerlich war.

Und die herrlichen kulturellen Angebote der Stadt: Theater, Ausstellungen, Konzerte, Museen. Wie hatte er das alles entbehrt! Aber er durfte nicht nur an sich selbst denken. Konnte er seiner Frau, die hier förmlich aufgeblüht war, einen solchen Wechsel zumuten? Sie scheute meist vor allem Neuen zurück.

Wider Erwarten bestärkte Theresa Wilhelm in seiner Entscheidung, denn die Nachteile wogen gering gegen die Vorzüge der Hansestadt. Schneller als gedacht, kam der Umzug nach Harburg und damit ein neuer Abschnitt im Leben der Familie Hoffmann.

Als Wilhelm sich beim Inhaber der Baufirma vorgestellt hatte, schwang sogleich Sympathie auf beiden Seiten mit. Über die politische Lage brauchten sie nicht viele Worte zu wechseln, darüber war man sich einig. In seiner Geradlinigkeit hatte Wilhelm sich dem neuen Chef gegenüber als Freimaurer zu erkennen gegeben. Auch die Befürchtung, seine Zuckerkrankheit könnte die Einstellung verhindern, war unbegründet. Der Chef akzeptierte sie vorbehaltlos, denn auch sein eigener Sohn war Diabetiker.

Er sah in der Krankheit sogar einen Vorteil, weil Wilhelm dadurch kriegsuntauglich war. So würde er bei einem möglichen Kriegsausbruch der Baufirma erhalten bleiben.

Mit einem festen Händedruck besiegelten die beiden Männer das neue Arbeitsverhältnis.

Es blieb nur noch der Abschied von den Verwandten in der Friedrichstraße. Wilhelm mochte die Familie. Besonders achtete und bewunderte er, wie Urmutter Lene ihr schweres Leben gemeistert hatte. Trotz ihres Alters von zweiundsiebzig Jahren war sie immer noch die »Fru Gräfin«. Sie pflegte ihr untadeliges Äußeres: Kein Fleck oder Stäubchen auf dem langen schwarzen Kleid, ein sauberer Spitzenkragen, das schneeweiße Haar in der Mitte korrekt gescheitelt und mit dem falschen Zopf kunstvoll auf dem Kopf zusammengesteckt.

In den blankgeputzten Stiefeln traten ihre schmerzenden Ballen deutlich hervor, aber Puschen an den Füßen erlaubte sie sich nicht. Ihre Haltung war kerzengerade und deutliches Zeichen ihrer Selbstdisziplin und Kompromißlosigkeit.

Welch ein Gegensatz zu ihrer Tochter Mimi, die – zierlich und leichtlebig – die Unbekümmertheit nie ganz abgelegt hatte. Sie flatterte wie ein leichter Schmetterling durchs Leben, hatte Illusionen, die weit von der Wirklichkeit entfernt waren. Sie tändelte mit Vicky herum, beinahe so, als seien sie gleichaltrig.

Die Anpassung an die Tochter ging so weit, daß sie sich die gleichen jugendlichen Redensarten angewöhnt hatte, alles war entweder »Knorke« oder »Klasse« und sie schwärmte für dieselben Filmsternchen. Mimi war die Vertraute ihrer Tochter und hörte ihren Erzählungen, die sich hauptsächlich um ihre glänzenden Erfolge bei Männern drehten, bewundernd zu.

Vicky war eine Schönheit, um die sich die jungen Männer rissen. Aus dem umschwärmten Backfisch war eine hübsche junge Frau geworden, nach der sich die Fähnriche umdrehten. Sie teilte mit der Mutter die Sehnsucht, in den höheren Kreisen zu verkehren, und ihr größter Wunsch war es, einen Offizier zu heiraten.

Das würde allerdings schwierig werden, denn einem Offizier im Dritten Reich war es nicht erlaubt, eine Handwerkertochter zu ehelichen. Mimi wußte Rat. Vicky würde sich einfach als Tochter eines Schilderfabrikanten ausgeben. Der Plan ging auf. Der junge Leutnant Ulrich von Mansdorf, der sich sehr in Vicky verliebt hatte, nahm sie mit auf den Casinoball, stellte sie dem Kommandeur als Fabrikantentochter vor und hielt offiziell um ihre Hand an. Der Kommandeur bewunderte Vickys arisches Aussehen, ihre Schönheit und ihren bezaubernden Charme, den sie so bewußt einsetzen konnte. Er erteilte dem bis über beide Ohren verliebten Leutnant die Heiratserlaubnis.

Wilhelm hatte für die Familie eine schön gelegene Fünfzimmer-Wohnung in der Eißendorfer Straße ausfindig gemacht. Es war eine gepflegte Wohngegend, vom zweiten Stock aus sah man auf die Blätterkrone eines alten Kastanienbaumes. Die Wohnung war großzügig geschnitten. Allerdings mußte man sich mit drei Parteien ein Bad im Bodenraum teilen. Jeder Familie stand ein Badetag in der Woche zu. Eine große Tafel war dort angebracht, mit der genauen Anweisung, wie und was zu reinigen war.

Das ganze Haus strahlte Sauberkeit und Ordnung aus. Schon im Treppenhaus empfing die Besucher eine Warnung: »Vorsicht, frisch gebohnert!« Gleich daneben hing der Hinweis: »Betteln und Hausieren verboten!«

Durch einen Torweg gelangte man in einen Hof mit mehreren Handwerksbetrieben. Dort war auch die Malerwerkstatt des Hauswirtes untergebracht. Kindern war das Spielen hier strengstens verboten, worauf ein weiteres Schild hinwies.

Im ersten Stock wohnte der Musiklehrer Cripanska mit seiner Frau und zwei Kindern. Gleich am Tag des Einzuges zeigte die Nachbarin Theresa voller Stolz das Musikzimmer, in dem nur ein Bechsteinflügel, ein Drehsessel, ein Notenständer und ein Notenpult standen. Wenn Vater Cripanska nicht musizierte, mußten seine Kinder Etüden üben, oder er unterrichtete einen seiner Musikschüler. Es war eine rechte Qual für die Ohren, wenn die Schüler immer dieselben Läufe oder Akkorde übten.

Wenige Tage nach dem Einzug klingelte die Tochter des Hauswirts, eine überzeugte »Frauenschaftsführerin«, an der Wohnungstür. Sie versuchte, Theresa für die Frauenschaft zu gewinnen, auch Frau Cripanska gehöre bereits zu den aktiven Mitgliedern. Theresa redete sich heraus, sie müsse das erst mit ihrem Mann besprechen. Als sie merkte, daß beide Frauen mehr Interesse am Führer und seiner Partei als an ihren eigenen Familien zeigten, begann Theresa einen Bogen um die Nachbarinnen zu machen.

Ganz konnte man Begegnungen nicht vermeiden. Die beiden Frauen waren ständig mit Sammelbüchsen fürs »Winterhilfswerk«, »Eintopfessen« und anderes unterwegs und deckten Theresa mit Parolen der Nazis ein: »Der Führer kennt nur Kampf, Arbeit und Sorge. Wir Volksgenossen müssen ihm den Teil abnehmen, den wir leisten können. Das muß doch auch in Ihrem Sinne sein, liebe Frau Hoffmann.« Mit lautem »Heil Hitler!« verabschiedeten sie sich. Die Kinder mußten einen Groschen für das »Volkstum im Ausland« zur Schule mitbringen und erhielten dafür eine blaue Kerze.

Uwe und Elsbeth stritten sich zu Hause um Spinnstoffreste, die in der Schule gesammelt wurden, und auch Noras Schulausflüge dienten allein dem Zweck, Kräutersammlungen durchzuführen, die die Medikamentenherstellung unterstützen sollten. Sie war stolz darauf, Rainfarn, Kamille und Schafgarbe zu erkennen.

Wilhelm beobachtete mit Sorge den Einfluß, den die Lehrer auf seine Kinder nahmen. Eines Tages verkündete Uwe beim Mittagessen: »Ein deutscher Junge soll hart sein wie Krupp-Stahl, zäh wie Leder und flink wie ein Windhund. Das hat uns der Lehrer heute beigebracht, und auch, daß der Führer immer recht hat.«

Der Vater mußte einsehen, daß der nationalsozialistische Einfluß auch um sein Haus keinen Bogen machte. Er konnte kaum etwas dagegen tun. Er schwieg, machte sich eigene Gedanken zur Außenpolitik des sogenannten Führers. Er bezweifelte dessen oft beteuerte Friedenspolitik, die in krassem Gegensatz zur Aufrüstung stand. Als Italien 1936 Abessinien annektierte, wurde es von Deutschland gestärkt. Im spanischen Bürgerkrieg griffen deutsche und italienische Soldaten auf Seiten Francos ein und bombardierten spanische Städte.

Die Parteipropaganda mit ihren Lügen und Versprechungen setzte sich mehr und mehr in den Köpfen der eigenen Kinder fest. Uwe war von der Hitlerjugend begeistert, er versäumte keinen Heimabend und wurde, da er sportlich war, der Reiterhitlerjugend zugeteilt.

Es war nicht Wilhelms Art, direkt dagegen vorzugehen, das hätte auch wenig Sinn gehabt. Er erinnerte sich nur zu gut daran, wie begeistert er im gleichen Alter von der Wandervogelbewegung gewesen war. Es tat einem jungen Menschen gut, unter seinesgleichen Kameradschaft zu erfahren und gemeinsame Ziele anzustreben: Nur – was waren das diesmal für Ziele?

Nicht lange konnten sich die Schwestern am gemeinsamen Wohnort Hamburg-Harburg erfreuen, da wurde Elisas Mann wieder versetzt. Das Ehepaar würde in die Mark Brandenburg ziehen. Der letzte gemeinsame Ausflug beider Familien wurde mit dem vielbestaunten Dienstauto des Schwagers unternommen und führte über die neu erbaute Wilhelmsburger Reichsbrücke, die erst kürzlich eingeweiht worden war.

Von der Brücke aus hatte man einen weiten Blick über die Süderelbe und auf die hier entstandene »Hermann-Göring-Siedlung«. Diese war ausschließlich für kinderreiche Familien gebaut worden und sollte ein deutliches Zeichen sein für den Aufbau unter Adolf Hitler.

Für viele Menschen gab es am Aufschwung keinen Zweifel: Der Arbeitsdienst baute Autobahnen und neue Straßen. Es wurden großzügige Darlehen beim Eintritt in den Ehestand oder zum Bauen gewährt. Durch die »Kraft durch Freude»-Reisen war Urlaub für jedermann erschwinglich geworden.

Man hatte Arbeit und Brot. Bettler, Hausierer und Zigeuner waren verschwunden. Alles schien seine Ordnung zu haben. Die Nationalsozialisten hatten alles fest im Griff. Keiner wurde vergessen, jeder Volksgenosse mußte mit anpacken, wie der Führer es befahl.

Für alle Mädchen wurde nach der Schulentlassung das allgemeine Pflichtjahr in Krankenhäusern, Kantinen, kinderreichen Familien oder auf Bauernhöfen eingeführt. Elsbeth, die sich im Harburger Lyzeum nicht so recht eingelebt hatte, wollte mit der mittleren Reife die Schule verlassen und in Mehlby ihr Pflichtjahr ableisten.

Theresa fiel es ebenfalls schwer, sich mit der Großstadt anzufreunden. Sie sehnte sich nach dem einfachen, beschaulichen Landleben zurück. In langen Briefen klagte sie ihrer Schwester Elisa ihr Leid:

»Ohne Dich fällt mir das Leben hier in dieser schmutzigen Fabrikstadt doppelt schwer. Die hohen Schornsteine von Thörl, Phönix und Esso verpesten die Luft. Der Ruß liegt nicht nur als Schlacke in unserem Hof, sondern dick auf meiner Fensterbank. Wie hast Du es nur all die Jahre hier ausgehalten, liebe Elisa? Die Luft riecht ewig nach Gummi.

Meine beiden Hausgenossinnen bedrängen mich dauernd, der Frauenschaft beizutreten. Ich mag diese Leute nicht, kann mir nicht einmal ihre Namen merken und will es auch gar nicht.

Elsbeth ist groß und vernünftig, wie sie es ja schon immer

war. Wir beide gehen nachmittags oft zusammen in die Stadt und betrachten die Schaufenster.

Nora saugt alles Neue um sich herum gierig ein. Sie schließt genauso schnell Freundschaften wie ihr Vater. Vom ersten Tag an hatte sie in ihrer neuen Schule keine Schwierigkeiten. Allerdings hinkt sie nach dem Dorfschulunterricht mit dem Pensum hoffnungslos hinterher. Wilhelm glaubt, sie schafft Ostern doch den Übergang ins Lyzeum. Rechnen ist ihre Schwäche, dafür blüht ihre Phantasie um so mehr.

Übrigens hat Wilhelm jetzt in einer Gartenkolonie für uns einen Garten gepachtet. Nun können wir aus der Enge der Wohnung hinaus ins Grüne. Elsbeth und ich gehen nachmittags gerne dorthin, das Ackern besorgt Wilhelm an den Wochenenden.

Wir haben auch das Wandern beibehalten und kennen allmählich die ganze Umgebung von Harburg. Schon während der Woche brütet mein lieber Mann über der Landkarte, um für uns neue Wanderziele zu finden. Sonntags geht es dann in aller Frühe los. Wilhelm schreitet mit den Mädchen zügig voran und schmettert seine Wanderlieder. Ich liebe diese Gewaltmärsche nicht sehr und hinke meistens hinterher. Ich wäre dann lieber in unserem Gärtchen.

Uwe nimmt nicht mehr an unseren Ausflügen teil. Nach der Reiter-HJ ist er nun den Segelfliegern beigetreten und verbringt dort seine gesamte Freizeit. In den Sommerferien will er mit seinem Freund eine Fahrradtour nach Ostpreußen unternehmen. Wilhelms Erlaubnis hat er schon.«

Nora ging langsam ihre eigenen Wege. Kontaktfreudig, wie sie war, zog sie stets einen ganzen Schwarm von Freundinnen mit sich. Man konnte sich kaum die Namen all der Mädchen merken, die sie anschleppte.

Sie stand sich mit den Nachbarn gut, war in allen Neben- und Nachbarhöfen zu Hause, lieferte sich mit größeren Jungen regelrechte Straßenschlachten, weil sie – wie sie sagte – die jüngeren und schwächeren Kinder beschützen müßte. Verdreckt, aber zufrieden kam sie oft erst bei Einbruch der Dunkelheit heim und verkündete stolz, sie hätte mit ihrer Gruppe den Sieg über die Kinder aus der Karlstraße errungen.

Oft fragte sich Theresa: Was ist das nur für ein Mädchen? Sie war ihr einfach nicht mehr gewachsen. Die Mutter hielt ihr stets Elsbeth als leuchtendes Vorbild vor, aber geholfen hatte es nicht. Seit kurzem war sie – trotz Theresas Verbot – fast täglich bei einer alleinstehenden Frau, die mit vier kleinen Mädchen in schrecklichen Verhältnissen in der Nachbarschaft lebte. Nora badete die Kinder und ging mit ihnen spazieren, während deren Mutter auf dem Bett lag, rauchte und schmökerte.

Aufmerksame Beobachter wie Wilhelm konnten Hitlers nächstes Ziel, den Krieg gegen Polen, bereits vorausahnen. So geschah es denn auch. Die deutsche Armee brach in Polen ein. Am 1. September 1939 ertönte aus allen Volksempfängern Adolf Hitlers Kriegsrede: »Seit 5.45 Uhr wird zurückgeschossen.«

Während Wilhelm sich sehr darüber aufregte, blieb Theresa gelassen. Das wirklich Wichtige nahm seine Frau nie ernst, fand Wilhelm, genau wie seine Schwiegermutter, die auch alles herunterspielte.

Würde der Angriff auf Polen nicht nur der Anfang einer langen Kette von Eroberungen sein, mit denen das arische Großreich erweitert werden sollte? Schon bald wurden das friedliche Dänemark und Norwegen vereinnahmt. Holland, Belgien und Frankreich wurden angegriffen und besetzt.

Die Deutschen jubelten ihrem Führer bei jeder kriegerischen Eroberung zu. Goebbels' Propaganda trieb sie in eine wahre Massenhysterie, forderte sie zu bedingungsloser Ausführung der Hitler-Politik auf.

Sehr bald wurden Lebensmittelkarten verteilt. Es gab Zulagen für Kinder, werdende Mütter und Schwerarbeiter. Die übrigen Rationen waren gering, aber man konnte damit leben und half sich, indem getauscht und gehamstert wurde.

Da Theresa und Elsbeth sich nicht trauten, wurde Nora zu der Kolonialwarenhändlerin geschickt: Für ein Pfund Erdbeeren aus dem eigenen Garten bekam sie nach Ladenschluß unter dem Verkaufstresen ein Pfund Zucker. Wilhelm knüpfte Beziehungen zu einer Drogerie in der Wilstorfer Straße an, zu der Nora nun regelmäßig geschickt wurde. Sie war dann ausgestattet mit einem langen Wunschzettel. Es stand darauf: Zahnpasta, Zahnbürste, Waschpulver, Feudel, Seife, Camelia, Bubiklam-mern und Lockenwicklern darauf. Strahlend brachte Nora immer etwas von diesen begehrten Dingen nach Hause.

Im Frühling und im Herbst machte sich Wilhelm zu Hamsterfahrten nach Mehlby auf. Die alten Freunde ließen ihn nicht im Stich. Er brachte meist etwas Speck, Grütze und Eier mit nach Hause. Theresa legte die Eier in Garantol ein. Der Inhalt der braunen Steingutkruke half mit, daß man einigermaßen über den Winter kam.

Mit größter Vorsicht war beim Hamstern vorzugehen. Wurde man erwischt, so hatte man als »Volksschädling« mit einer empfindlichen Strafe zu rechnen.

Nicht nur im Bereich der Lebensmittelversorgung machte

sich der Krieg immer stärker im Alltag der zivilen Bevölkerung bemerkbar. Wegen möglicher Luftangriffe mußten abends die Fenster mit großer Sorgfalt verdunkelt werden. Alle Scheiben wurden mit schwarzem Papier abgedichtet, die Seiten mit Klemmen gesichert. Es gab Luftschutz- und Blockwarte, die bei Dunkelheit von der Straße aus jedes Fenster kontrollierten. Wenn der Ruf »Licht aus!« erscholl, schalteten vor Schreck viele Familien gleichzeitig ihre Lampen aus.

Auch Nora fielen die Veränderungen auf, wenn sie bei ihren Besorgungen durch die Straßen lief. Rund um die Stadt standen lautlos an langen Seilen große, graue Fesselballons im Wind. Sie glichen schwebenden Walen und sollten feindliche Tiefflieger behindern.

Männer waren dabei, schwarze Pfeile auf Hauswände zu malen. Sie wiesen den Weg zu den Luftschutzkellern. Zur Vorbereitung auf eventuelle Bombenabwürfe fanden Brandschutzübungen statt. Es war Vorschrift, auf jedem Dachboden einen Sandeimer mit Feudel und Feuerpatsche bereitzustellen, was vom Luftschutzwart kontrolliert wurde. In öffentlichen Gebäuden mußten nachts Brandwachen eingesetzt werden.

In jedem Haus wurde ein Keller freigeräumt und als Luftschutzraum eingerichtet. Die Kellerdecke wurde mit rohen Baumstämmen zusätzlich abgestützt, die Wand zum Nebenhaus als Fluchtweg durchbrochen.

So fühlten sich die Hamburger eigentlich sicher und geschützt. Bisher war noch kein Angriff auf die Stadt erfolgt, man verließ sich auf das Wort Hermann Görings, er wolle fortan »Hermann Meier« heißen, wenn je ein feindliches Flugzeug den deutschen Hoheitsraum verletzen sollte. Wozu dann aber so penibel verdunkelt werden mußte und Keller hergerichtet wurden, konnte einem keiner erklären. Und man fragte auch besser nicht nach.

Im Wohnhaus der Familie Hoffmann richtete man sich mit den Mitbewohnern den Luftschutzkeller sogar ein bißchen wohnlich her. Jede Familie brachte, was sie entbehren konnte. Zwei Doppelstockbetten wurden aufgestellt, Teppich, Kissen, Decken, sogar ein Bild mit einer friedlichen Berglandschaft wurden gespendet.

Man fand, dort unten sei es richtig gemütlich, und beschloß, während des nächsten Luftalarms ein Einweihungsfest zu feiern. Der Alarm ließ nicht lange auf sich warten.

Als die Sirenen aufheulten, packten die Frauen selbstgebackenen Kuchen und Saft für die Kinder ein, die Männer hatten eine Bowle angesetzt. Im Keller kam Fröhlichkeit auf, die Entwarnung wurde überhört, und man fand, man sei sich näher gekommen. Richtig nett sei es gewesen. Die Kinder genossen den Abend, würden doch am nächsten Tag wegen des Alarms zwei Schulstunden ausfallen.

Gegen ein Uhr stiegen schließlich alle, müde vom ungewohnten Alkohol, die Treppen hinauf und freuten sich auf ihr Bett. Theresa, die Alkohol schlecht vertrug, drehte sich der Kopf. Ihr war furchtbar elend. Ausgerechnet jetzt ertönten die Sirenen zum zweiten Mal. Keiner der Hausbewohner war begeistert, die anderen so bald wiederzusehen.

Es sollte noch einige Zeit dauern, bis tatsächlich die ersten Bomben auf Hamburg fielen.

Ab 1940 änderte sich die Kriegslage. Die Luftoffensive gegen England wurde zurückgeschlagen. Die Deutschen mußten arge Verluste einstecken.

Die Nachrichten im Radio verbreiteten geschönte Berichte über die Fronten. Wilhelm aber saß mit der Decke über dem Kopf und hörte die Nachrichten von BBC. Er war stets darum bemüht, daß die Kinder es nicht mitbekamen, denn es war strengstens verboten. Auf das Abhören von Feindsendern stand Gefängnis.

Nora wechselte auf die Oberschule für Mädchen und wurde in die »Jungmädel« aufgenommen. Beides fand sie herrlich, wie alles Neue, mit dem sie in Berührung kam.

Viele ihrer Lehrer waren Anhänger des Nationalsozialismus. Die wenigen, die politisch anders dachten, hielten mit ihrer Meinung vorsichtig hinter dem Berg. Die freie Meinungsäußerung war gefährlich geworden.

Noras Einschulung begann sehr eindrucksvoll: Eine Hakenkreuzfahne wurde gehißt. Dann hielt der Direktor eine lange, flammende Rede, in der er die neuen Schüler aufforderte, hohe Leistungen zu erbringen, um sich des Führers Adolf Hitler würdig zu erweisen: »Ihr Kinder werdet die Erben eines neuen Deutschen Reiches sein. Der Führer ist stolz auf euch, auf jedes deutsche Mädchen. Erweist euch seiner ebenbürtig durch Fleiß und Treue. Sieg Heil!«

Nora hatte nicht alles verstanden, aber sie berichtete zu Hause begeistert davon: »Wir haben alle Strophen des Deutschlandliedes gesungen. Zum Schluß mußten alle Kinder auf die Fahne sehen, und dann sangen wir: 'Ein junges Volk steht auf, zum Sturm bereit'. Das war vielleicht zackig!«

Nora hatte ihrem Vater das Lied noch einmal vorgeschmettert. »Es ist mein Lieblingslied, Vati. Magst du es auch?«

Der Vater nickte nur. Er kannte das Lied und seinen Text: »Reißt die Fahnen höher, Kameraden! Es ist gekommen unsere Zeit, die Zeit der jungen Soldaten. Vor uns marschieren mit sturmzerfetzten Fahnen die toten Helden der jungen Nation. Und über uns die Heldenahnen, Deutschland, Vaterland, wir kommen schon!«

»Ich kenne friedlichere Lieder, die besser zu meiner Tochter passen würden«, dachte Wilhelm müde und deprimiert. Bei Noras Temperament war es besser, nicht offen mit ihr darüber zu sprechen. Sie brächte es fertig, in der Schule Vaters Meinung zum besten zu geben.

Elsbeth leistete, wie sie es sich gewünscht hatte, ihr Pflichtjahr bei einer Bauernfamilie, die gerade ihr erstes Kind bekommen hatte. Sie brauchte keine schwere Feldarbeit zu verrichten, hatte bald Freundschaft mit der jungen Bäuerin geschlossen und fühlte sich dort sehr wohl.

Nach einem Jahr Jungmädelschaft wurde Nora bereits befördert und gehörte nun zum Führerinnen-Nachwuchs. Sie war ungeheuer stolz darauf. Zu dieser Gruppe gehörten nur die Klassenbesten, und es wurde den Mitgliedern viel Interessantes geboten.

Begeistert und hochbeglückt kehrte sie aus einem Schulungslager in Boostedt heim. Übersprudelnd berichtete sie von Sonnenaufgängen, die sie bei den Frühwanderungen erlebt hatte, vom Gesang am Lagerfeuer; von Mutproben, die sie bestanden hatte, und spannenden Geländespielen. Ihr dringlichster Wunsch war es, im nächsten Jahr, als Zwölfjährige, die rotweiße Schnur als »Jungmädelschaftführerin« zu erhalten.

Ihre Eltern brauchten viel Geduld, diese Begeisterung zu ertragen, und bemühten sich vorsichtig, sie wenigstens etwas zu dämpfen. Ihnen waren die Hände gebunden. Als Eltern hatten sie kaum noch Einfluß auf ihre Kinder, die nationalsozialistischen Jugendorganisationen drängten sich geschickt in die Erziehung.

Der Krieg begann jetzt auch, der Heimat sein grauenhaftes Gesicht zu zeigen. Die ersten Bomben fielen auf Hamburg. Wilhelm hatte durch einen Sachverständigen aus der Baufirma den hauseigenen Luftschutzkeller überprüfen lassen. Nach Einschätzung des Fachmannes bot der Raum nur unzureichend Sicherheit.

Von da an wählte Wilhelm bei Luftalarm den Keller des solider gebauten Finanzamtes. Es lag auf der gegenüberliegenden Seite, und sein Schutzraum hatte ausreichend Platz auch für die anderen Hausbewohner.

Eines Abends, als die Familie beim Voralarm gerade mit den Taschen in der Hand über die Straße lief, hörten sie ein merkwürdiges Rauschen, und die Luft erzitterte. Eine Druckwelle preßte sie gegen die Wand, und der Vater, der Nora schützend im Arm hielt, rief den anderen zu: »Das war nahe. Sicher sind Bomben im Freihafen niedergegangen!«

Die schreckensbleiche Familie glaubte ihm. Die Bomben waren aber in unmittelbarer Nähe eingeschlagen. Am nächsten Morgen konnten sie das ganze Ausmaß der Zerstörung sehen. Für Nora fiel die Schule aus.

Ganze Straßenzüge an ihrem Schulweg lagen in Schutt und Asche. Die ganze Nacht über hatte man versucht, Tote und Verletzte aus den Trümmern zu holen. Viele Verschüttete konnten überhaupt nicht geborgen werden.

Wilhelm beschloß, durch die Baufirma im Hof einen splittersicheren Unterstand ausheben zu lassen. Er konnte auch die anderen Hausbewohner überzeugen, daß man dort am besten geschützt wäre.

Keiner wollte verschüttet werden. Im schlimmsten Fall wäre man lieber gleich tot. Alle – außer dem alten Hauswirt Krupka, der sein Haus nicht verlassen wollte – nahmen bei den nun bereits täglich stattfindenden Alarmen im Splitterschutzgraben auf einer rundumgehenden Bank Platz.

Das Luftschutzgepäck mit dem Notwendigsten stand zwischen die Beine geklemmt unter der Bank, die wichtigsten Papiere blieben in der Jackentasche. Der Unterstand wurde nur schemenhaft von einer stinkenden Karbidlampe erhellt, daneben lag auf einem Holzbrett die Luftschutzapotheke.

Während der immer häufigeren Luftangriffe saßen die Menschen still im Splittergraben und horchten auf das Gebell der Flak-Geschütze an den Elbbrücken. Immer mehr und immer größere Bomben, ja, ganze Bombenteppiche wurden über Hamburg abgeworfen.

Ganze Wohnviertel lagen bereits in Schutt und Asche. Die Fesselballons hatten keinen Schutz gegen die Tiefflieger geboten. Die Bomber flogen inzwischen so hoch, daß auch die Suchscheinwerfer der Luftabwehr die angreifenden Flugzeuge nicht mehr ausmachen konnten, um sie abzuwehren.

Nora und ihre Freundinnen suchten in den Straßen nach Bombensplittern. Die größten und begehrtesten Stücke fanden sie bei den Elbbrücken. Sie wurden in Zigarrenkisten aufbewahrt und waren in der Schule begehrte Tauschobjekte.

Die Menschen waren nervös und verstört, sie konnten nichts planen, keine größeren Wege machen, ihnen fehlte der Nachtschlaf. Inzwischen heulten die Sirenen zu jeder Tages- und Nachtzeit. Wilhelm befahl seiner Familie, bei Voralarm schnellstens nach Hause zu kommen. Im Falle eines Falles wollten sie zusammen sterben.

Der Luftkrieg nahm von Monat zu Monat bedrohlichere Formen an. Hermann Göring hieß im Volksmund längst »Hermann Meier«, aber niemand aus der Bevölkerung mochte darüber noch lachen.

In Hamburg wurden alle Schulen geschlossen und die Kinder in weniger gefährdete Gebiete evakuiert. Noras Klasse fuhr geschlossen mit der Kinderlandverschickung in das kleine Dorf Schmelitz bei Bautzen, wo die Kinder bis zum »Endsieg« in einem leerstehenden katholischen Priesterseminar bleiben sollten.

Nora war unbeschwert und wohlgemut abgefahren. Sie freute sich auf die schöne Zeit mit den Kameradinnen. Theresa brach fast in Wilhelms Armen zusammen und weinte unaufhörlich, als der Transport mit den Kindern den Bahnhof verlassen hatte: »Das Kind sehen wir nie wieder, Wilhelm, ich habe solche Angst.«

Wilhelm tröstete sie, so gut er es vermochte. Auch er hatte Angst um seine Familie, die mittlerweile gänzlich auseinandergerissen war. Elsbeth war gleich nach dem Pflichtjahr zum »Reichsarbeitsdienst« nach Schönwalde in Holstein einberufen worden. Es war ein Glück, daß man sie nicht in eine Rüstungsfabrik gesteckt hatte.

Um Uwe sorgten sie sich am meisten. Er war nach kurzer Arbeitsdienstzeit als achtzehnjähriger Wehrpflichtiger irgendwo im Einsatz an der Westfront. Die Feldpost erreichte die Heimat nur spärlich.

Selbst über das Schicksal der Verwandten in der Heimat erfuhr man kaum etwas. Theresa machte sich Sorgen um Elisa und deren Familie. Sie waren nach Ansicht von Wilhelm gefährdet, da sie in der Einflugschneise der Bomberverbände nach Berlin lagen. Aber sollte man sie auffordern, nach Harburg zu kommen? Würden sie nicht vom Regen in die Traufe geraten?

Theresa schrieb an die Schwester und bat sie, doch mit den Kindern zu ihnen zu ziehen, wenigstens, solange ihr Mann an der Front war. »Zusammen könnten wir besser diesen grauenhaften Krieg überstehen. Platz haben wir genug, da unsere Kinder alle aus dem Hause sind, leider. Ich vermisse sie sehr.

Wir haben hier täglich Alarm, viele Häuser sind zerstört. Du glaubst es nicht, aber die Menschen hausen in den Ruinen, zum Teil schutzlos Wind und Wetter ausgesetzt, Fenster und Türen nur mit Pappe abgedichtet, Glas ist nicht mehr aufzutreiben. Wohin sollen sie auch? Wohnraum ist knapp. Alle Ausgebombten suchen verzweifelt nach einer Bleibe.

Wie schrecklich ist das alles. Halbverhungerte, zerlumpte Jüdinnen müssen Trümmer wegräumen, sie kochen sich in Blechtonnen Kartoffelschalen und verschlingen sie gierig.

Lisi, ich habe Angst, nachts kann ich kaum noch schlafen, selbst dann nicht, wenn die Tommys ausnahmsweise einmal ausbleiben. Ich bin nur noch ein Nervenbündel.«

Wilhelm wurde immer stiller. Er arbeitete viel zu viel, bis spät abends war er im Betrieb. Seine Baufirma konnte die vielen Zerstörungen nur notdürftig reparieren. Zweimal schon war Wilhelm auf der Straße besinnungslos im Zuckerschock aufgefunden worden. Viele Leute waren achtlos vorübergegangen.

Wenn er sich abends verspätete, ging ihn Theresa sofort suchen. Die Angst machte sie fast verrückt. Wie sollte sie ohne ihn weiterleben? Sie war froh, während des Tages eine Beschäftigung zu haben. Sie war mittlerweile auch kriegsdienstverpflichtet worden und mußte in Heimarbeit Teile von Gummigasmasken zusammensetzen.

Jedesmal, wenn sie bei der Gummifabrik Phönix einen Sack mit fertigen Masken abgab und neue Teile in Empfang nahm, fürchtete sie, man könnte sie dabehalten und zwischen die vielen Frauen ans Fließband setzen, die dort im Akkord arbeiten mußten.

13

Wilhelm hatte recht, als er seine Frau beruhigte, daß ihre Tochter in dem Lager der Kinderlandverschickung keinen existentiellen Gefahren und Nöten ausgesetzt war. Viele der Mädchen dort litten jedoch sehr unter der Trennung von den Eltern. Im Mädchen-Lager wehte ein scharfer Wind, den alle bald zu spüren bekamen.

Nicht nur die Lehrerinnen, auch BDM-Führerinnen hatten die Kinder aus Hamburg nach Sachsen begleitet. Wenn auch die Lagerleiterin eine besorgte Studienrätin war, bestimmten doch die BDM-Führerinnen mit ihren Pfeifen den gesamten Tagesablauf. Einmal Pfeifen bedeutete: Zum Appell antreten. Wer beim zweiten Pfiff nicht zur Stelle war, erhielt einen Verweis. Beim dritten Verweis erwartete die Mädchen eine empfindliche Strafe: Statt der Freistunde drohten dann Küchendienst oder Badeverbot.

Appelle waren über den ganzen Tag verteilt: Schuhputzappell, Fingernagelappell. Der Spindappell wurde während der Unterrichtsstunden vorgenommen. Jedes Mädchen mußte seinen Spind, der aus Wehrmachtsbeständen stammte, nach einem vorgegebenen Schema eingeräumt haben.

Wehe, wenn es etwas auszusetzen gab. Die Betroffenen wurden sofort aus dem Unterricht gerissen, auch ohne Rücksicht darauf, ob man vielleicht gerade an einer Klassenarbeit schrieb. Der Inhalt des Spinds lag am Boden verstreut, und es gab einen strengen Verweis. Selbst die Lehrkräfte waren machtlos gegen diese Schikanen.

Die Mädchen schliefen in Doppelstockbetten in einem ausgebauten Schlafraum über einem Kuhstall. Ein Kopfkissen gab es nicht. Jedes Bett hatte einen Strohsack, ein Laken und in einem blaukarierten Bezug eine Wolldecke. Es wurde ein militärisch genaues Bettenbauen erwartet, was im Hochbett äußerst schwierig war. Entsprach es nicht den Anforderungen, fand man nach dem Zimmerappell das gesamte Bettzeug mutwillig auf dem Boden zerstreut.

Der Tag begann mit einem Morgenlauf durch die Feldmark. Die Trillerpfeife gab den Takt vor: Eins – zwei, eins – zwei, eins – zwei. Anschließend standen die Mädchen in langer Reihe vor den Waschbecken und mußten sich nackt von Kopf bis Fuß waschen.

Ilse weigerte sich standhaft, auch nach strenger Aufforderung, das Hemd auszuziehen. Sie schämte sich wegen ihres schon großen Busens, vor den anderen nackt dazustehen. Die Führerin akzeptierte keine Ausnahme und zog dem unwilligen Mädchen das Hemd gewaltsam über den Kopf. Ilse fand es abends im Schlafsaal an der Lampe hängend wieder. Man hatte es mit einem Schild versehen, auf dem groß geschrieben stand: »Ilse ist eine Sau!« Mit scharfer Stimme wurde zudem allen verboten, am kommenden Tag mit ihr zu reden.

Nora empörte sich: »Diese alte Ziege. Keine Angst, ich rede trotzdem mit dir. Wir halten zusammen«, tröstete sie das weinende Mädchen.

Die Kinder waren solchen Schikanen hilflos ausgeliefert. Nach Hause konnten sie nichts davon berichten. Die Briefe mußten offen abgegeben werden und wurden gelesen. Da das Dörfchen fast am Ende der Welt lag und auch keinen Briefkasten besaß, wurde die Post ausschließlich von der Lagerleitung befördert.

So konnten die Mädchen den Eltern nichts von ihrem Heimweh mitteilen. Abends im Bett hörte man oft leises, unterdrücktes Weinen. Alle sehnten sich nach Hause.

Jedes Mädchen hatte eine Woche lang ein Amt zu übernehmen: Küchendienst, Säuberung des Schlafsaals, Toilettenreinigung, Tischdienst und anderes. Das Essen war gut und reichlich. Dennoch schickten besorgte Eltern ihren Kindern vom Munde abgesparte Zucker- und Brotmarken, damit es ihnen an nichts fehlte.

Nora bekam eines Tages von ihrer Mutter Brotmarken – sogar für weißes Brot. In der Freistunde rannte sie gemeinsam mit Ilse ins nächste Dorf, in der Hoffnung, dort vielleicht ein Stück Kuchen dafür zu bekommen. Kuchen gab es leider nicht, dafür wurde ihr ein warmes, duftendes Schwarzbrot eingewickelt.

Auf dem Rückweg wurden die beiden von einem starken Regenschauer überrascht. Die Kleidung der Mädchen wurde völlig durchnäßt, auch das an den Leib gepreßte Brot. Da es nun bis zum Abendessen knapp wurde, hatten sie gerade noch Zeit, sich abzutrocknen, und Nora stopfte das Brot unter ihre Wäsche in den Spind. Nach dem Abendbrot und während der kommenden Tage hatte sie das Brot völlig vergessen.

Alle Kinder waren im Eßsaal versammelt, als sich die Führerin zu einer Ansprache erhob: »In unserem Lager ist es zu einem unerhörten Vorfall gekommen, über den ich mit euch sprechen möchte. In dieser Notzeit, wo Nahrungsmittel höchstes Volksgut sind, wo viele unserer Volksgenossen sich einschränken, ja, hungern müssen, wo unsere Soldaten an der Front unter unaussprechlichen Entbehrungen leiden, wo jeder Volksgenosse Opfer bringt, gibt es in unserem Lager Verschwendung, Eigennutz und Betrug an den Kameradinnen. In unvorstellbarer Kameradschaftslosigkeit hat sich ein Jungmädel selbst aus unserer Gemeinschaft ausgeschlossen.«

Die Führerin sprach so empört, war so überzeugend, daß sie die Kinder tief beeindruckte. Alle waren still, man hätte eine Stecknadel zu Boden fallen hören können. Jeder beschäftigte sich mit dem Gedanken: Wer war die Schamlose? Mit solcher Kameradin wollten sie nichts zu tun haben.

Auch Nora stimmte mit den Mädchen im Saal völlig überein. Zu Tode erschrocken, fuhr sie hoch.

»Nora Hoffmann, aufstehen!« Schneidend traf die Stimme der Führerin ihr Ohr. Es hörte sich an wie ein Peitschenknall.

»In deinem Spind wurde ein ganzes verschimmeltes Brot gefunden. Was hast du dazu zu sagen?»

Entsetzt riß Nora die Augen auf, und zitternd erhob sie sich. Mühsam hielt sie sich an der Tischkante fest und mußte ihre Strafe anhören: Eine Woche lang wurde ihre Freistunde gestrichen, dafür Küchendienst, Badeverbot und – was Nora am härtesten traf – ihre Post von zu Hause würde während dieser Zeit zurückgehalten werden.

Dabei war die tägliche Postverteilung der schönste Augenblick des Tages für die Kinder. »Habe ich wohl heute Post?«, war die wichtigste Frage schon am Morgen. Bei den fortgesetzten Bombenangriffen auf ihre Heimatstadt Hamburg lebten die Kinder in ständiger Angst um ihre Eltern.

Laut weinend verließ Nora unter den verwirrten Blicken ihrer Mitschülerinnen den Speisesaal.

Im kleinen Dorf Schmelitz, an dessen Rand das Lager sich befand, schien die Zeit stehengeblieben zu sein. Man hatte zu essen, und das Leben ging trotz des Krieges beinahe in gewohnter Weise weiter. Natürlich fehlten die Männer auf den Bauernhöfen. Sie waren eingezogen worden, aber mit Hilfe der Erntehelfer, der HJ und mit den russischen Kriegsgefangenen konnten die Frauen die Arbeit bewältigen und die Ernte einbringen.

Obwohl sie als »Untermenschen« eigentlich streng bewacht werden und keine Vorteile genießen sollten, hatten es manche der russischen Gefangenen nicht schlecht. Man machte keinen Unterschied, sie durften mit am Familientisch essen. So mancher ersetzte im Bett der Bäuerin gar den Hausherrn. Die Bauernhöfe lagen weit verstreut, keiner kam dahinter.

So war ein junger deutscher Mann auf dem Lande eine große Seltenheit, und die Frauen, die ihre Männer entbehrten, warfen sehnsüchtige Blicke auf den Inspektor, der vom Kriegsdienst freigestellt war, um das große Gut zu verwalten.

Die junge Sportlehrerin aus dem Mädchenlager hatte sich in ihn verliebt. Die neugierigen Backfische hatten es bald herausgefunden. In ihrem Übermut machten sie sich in kleinen Briefchen darüber lustig. Zu allem Unglück wurden sie dabei von den BDM-Führerinnen ertappt.

Sofort wurden ihnen die Zettel mit den verräterischen Texten aus den Händen gerissen. Noch am gleichen Tag mußte ein Aufsatz von mindestens zehn Seiten geschrieben und abgegeben werden, der entscheidenden Einfluß auf die Deutsch-Zensur haben würde. Das Thema lautete: »Es können Frohsinn und Heiterkeit herrschen, ohne daß die Grenzen der Lagerordnung überschritten werden.«

Im Lager legte man großen Wert auf sportliche Ertüchtigung, die Besten wurden mit einer Siegernadel ausgezeichnet. Eifrig wurde dafür trainiert. Nora war eine gute Leichtathletin. Besonders im Hundert-Meter-Lauf war sie nicht zu schlagen.

An einem warmen Sommernachmittag war sie beim Training unkonzentriert, fühlte sich heiß und schlapp. Ihre Leistung fiel dementsprechend schlecht aus. »An den Start zurück, noch einmal, du lahme Ente«, schrie die Führerin sie an.

Noch einmal und noch einmal lief sie. Beim dritten Start brach Nora zusammen. Im Krankenrevier wurde hohes Fieber und ein rötlicher Ausschlag am ganzen Körper festgestellt. Der Dorfarzt diagnostizierte Hitzeausschlag, verordnete Wadenwickel gegen das Fieber und einige Tage Bettruhe.

Nach zwei Tagen waren der Ausschlag verschwunden und das Fieber gesunken. Drei Wochen später hatte jedoch nahezu die Hälfte der Mädchen Scharlach. Alle – auch die inzwischen gesunde Nora – wurden nach Bautzen ins Krankenhaus gebracht. Dort mußten sie vier Wochen lang das Bett hüten.

Die Mädchen nutzten die einmalige Gelegenheit, endlich unzensierte Briefe nach Hause zu schreiben. Wilhelm holte sofort nach Eintreffen der Post seine Tochter und drei weitere Mädchen nach Harburg zurück. Voraussetzung war allerdings eine Erklärung, die er abgegeben mußte, in der er sich verpflichtete, daß Nora künftig die Oberschule in Flensburg besuchen würde. Sie sollte bei Großmutter Mimi wohnen. Nora war unbeschreiblich froh darüber.

14

In Flensburg hatte sich seither einiges verändert. Kurz vor Kriegsbeginn war Ludwig an seinem Lungenleiden gestorben. Er hatte Mimi keine ausreichende Versorgung hinterlassen. Ihre gesamten Rücklagen waren schon für Vickys glanzvolle Hochzeit ausgegeben worden. Der junge Leutnant wurde in Uniform getraut, er und die bezaubernde Vicky gaben ein hübsches Brautpaar ab. Bald hatte Mimi auch ihr Haus in der Friedrichstraße verkaufen müssen. Freigebig, wie sie war, hatte sie von dem Erlös Vicky eine großzügige Aussteuer mitgegeben. Mimi war mit der Entwicklung durchaus zufrieden. Sie hatte erreicht, was sie sich immer gewünscht hatte: Ihre Tochter war in die höheren Kreise aufgestiegen.

Zunächst wohnte sie gemeinsam mit ihrer Mutter Lene in einer Dreizimmerwohnung im Südergraben. Das Zusammenleben gestaltete sich schwierig. Immer wieder gab es Streit zwischen den beiden Frauen. Sie konnten einfach nicht miteinander auskommen. Die Einladung Vickys, sie in Pillau zu besuchen, kam Mimi gerade recht. Ihr Schwiegersohn war dort als Marineoffizier stationiert. Vicky würde ihre Hilfe für die zwei schnell hintereinander geborenen Mädchen gut gebrauchen können. Vom Krieg war in Pillau wenig zu spüren, und die Offiziere mit ihren jungen Frauen führten ein angenehmes, geselliges Leben.

Nora, inzwischen nach Flensburg übergesiedelt, fand deshalb statt der geliebten Großmutter nur ihre Urgroßmutter vor. Sie brauchte eine ganze Weile, um sich an die alte Frau zu gewöhnen.

Lene hatte sehr altmodische Ansichten, war autoritär und praktizierte eine Erziehung, die Nora vom Elternhaus nicht gewohnt war und gegen die sie sich auflehnte. Ihre »Urmutter« war schon merkwürdig, fand Nora. Bei Dämmerung mußte sie ihre Schularbeiten unterbrechen und bis zur vollständigen Dunkelheit warten, erst dann wurde das Licht angeknipst. »Licht kostet Geld«, ermahnte Lene. Auch die Tatsache, daß am Abend regelmäßig mit Stromsperren zu rechnen war, hielt sie nicht von ihrem Vorsatz ab. Dann saßen die beiden viele Stunden bei Kerzenlicht, und Lene erzählte Geschichten aus der Vergangenheit und aus ihrem Leben. Nora konnte nicht genug davon bekommen. Lenes Kindheit und ihr Elternhaus, ihre Geschwister und das Leben in dem kleinen Dorf Kotzenbüll – alles erwachte wieder in Lenes Erinnerung. Nora lernte Urmutter Lene immer besser kennen und empfand große Hochachtung vor der alten Frau. Das Leben hatte ihr manches abverlangt, aber sie hatte niemals aufgegeben oder sich selbst bemitleidet. »Das Glück kann niemand pachten, Kind«, sagte sie versonnen.

Mimis Wohnung hielt Lene blitzblank, stärkte Tischwäsche und Servietten. Nora wurde immer wieder ermahnt, ja keinen Schmutz von draußen mit hereinzubringen oder gar Unordnung zu machen. Da war die Achtzigjährige unerbittlich. Nora verstand sie jetzt und liebte sie. Sie konnte sich gar nicht mehr vorstellen, daß sie Urmutters Erziehungsmethoden anfänglich mit denen der BDM-Führerinnen verglichen hatte. Die Erlebnisse des Lagers saßen so tief in ihr fest, daß sie sich in Flensburg gar nicht erst beim BDM anmeldete.

Auch Elsbeth war vom NS-Regime kuriert. Im Anschluß an ihre Arbeitsdienstzeit war sie zum Einsatz in eine Hamburger Großküche abkommandiert worden. Aus stinkenden Gemüseabfällen vom Großmarkt wurde hier Suppe für Juden und andere »Volksschädlinge« gekocht. Sie war empört über dieses unglaubliche Vorgehen. In langen Gesprächen mit dem Vater hatte sich ihr Blick für das politische Geschehen entscheidend geschärft.

Großmutter Mimi war immer für Überraschungen gut. Sie hatte bald gemerkt, daß ihr Besuch der Tochter Vicky lästig wurde. Ihre Dienste waren nicht mehr gefragt. Mimis finanzielle Reserven waren verbraucht und ihre Rente viel zu niedrig. Mimi schrieb kurzerhand an Gretchen, die ehemalige Freundin aus der Diakonissenschule, und bat um deren Hilfe.

Von den zwei Schwiegersöhnen wollte sie nicht abhängig sein. Deshalb suchte sie eine Stelle als Haushälterin.

Gretchen lebte in Keitum auf Sylt und war die richtige Adresse für Mimis Vorhaben. Sie kannte einen Jugendfreund, dessen Frau gerade gestorben war. Eigentlich war Karl Paulsen Maschinist gewesen und viele Jahre auf der Route Hoyer – Munkmarsch gefahren. Als Rentner hatte er jetzt eine Beschäftigung als Leuchtturmwärter beim Wasser- und Schifffahrtsamt in Tönning übernommen.

Er war augenblicklich von Mimi angetan. In ihrer Lebhaftigkeit war sie das genaue Gegenteil seiner verstorbenen Hanne, und er stellte sich vor, daß ein Leben an ihrer Seite nochmal abwechslungsreich und aufregend verlaufen müßte.

Mimi fühlte sich erst richtig zu ihm hingezogen, nachdem er sie zu sich eingeladen hatte. Voller Staunen betrat sie sein Haus in Hörnum. Sie war beeindruckt von der gepflegten Einrichtung. Besonders angetan war sie von dem wohlgefüllten Keller, in dem sie sogar Einweckgläser mit in Sauer eingelegten Gänsekeulen entdeckte. In den Schränken waren sorgfältig die größtenteils noch ungebrauchte Aussteuer, der Schmuck und die solide Kleidung der Vorgängerin bewahrt – allerdings würde sie wohl alles Elisa zum Umnähen geben müssen, denn Hanne war dick und behäbig gewesen.

Karl Paulsen und seine Frau waren kinderlos geblieben. So viele Schätze und kein Erbe! Sie könnte alles ihren Kindern zukommen lassen. Mimi willigte sofort in die Heirat ein. Leider zeigte sich ihr neuer Ehemann Karl bald als eigenwillig und geizig. Mimi gelang es zwar immer, ihn »bei Laune zu halten«, aber sie folgte jetzt mehr dem guten Rat ihrer Mutter, daß man sich von den Männern niemals unterkriegen lassen dürfte.

1944 wurden Theresa und Vicky ausgebombt, die eine in Hamburg, die andere in Kiel. Beide fuhren dankbar auf »Fischzug« zur Mutter in Hörnum. Kofferweise schleppten sie Bettwäsche, Handtücher und die so dringend benötigten Nahrungsmittel nach Hause.

Im Januar hatten die Sowjets die polnische Grenze überschritten. Die Bewohner der Ostgebiete, die sich auf Hitlers Propaganda verlassen hatten, mußten sich Hals über Kopf auf die Flucht begeben. Auf den Straßen herrschte heilloses Durcheinander. Überladene Pferdegespanne und zurückziehende Soldaten behinderten einander.

Trotz der deutschen Niederlagen nahm der Krieg noch kein Ende. Die Bombardierungen wurden mit immer größerer

Präzision ausgeführt und legten ganze Städte in Schutt und Asche. Hamburg war zu einer Ruinenstadt geworden. Bei einem Luftangriff in den Mittagsstunden wurde das Haus in der Eißendorfer Straße durch eine Sprengbombe getroffen. Sie schlug in das Treppenhaus ein und spaltete es in zwei Teile. Wie durch ein Wunder kamen die Hausbewohner, die sich im Splitterschutzgraben befanden, mit dem Leben davon. Die Räume, nun ohne Außenmauern, wirkten wie eine voll eingerichtete Puppenstube in Großformat. Noch während die Ausgebombten fassungslos im Hof standen und ihr zerstörtes Haus betrachteten, erfolgte der zweite Angriff: Diesmal waren es Brand- und Phosphorbomben, die dem Stadtteil die vollständige Zerstörung brachten. Es erhob sich ein Feuersturm ohnegleichen, entfacht vom entstehenden Wind. Menschen liefen als brennende Fackeln schreiend um ihr Leben. Die heiße Luft und der schwarze Qualm nahmen ihnen den Atem. Es war ein Inferno, in dem sich Wilhelm, Theresa und Elsbeth aus den Augen verloren.

Über unbekannte Hinterhöfe und brennende Straßen erreichten alle drei auf verschiedenen Wegen den angegebenen »Sicherheitspunkt«, den Hastedtplatz, wo sie sich weinend in die Arme fielen. Gemeinsam fanden sie zunächst in einem Büro des Baugeschäftes notdürftige Unterkunft.

Der immer positiv denkende Wilhelm tröstete Theresa damit, daß man nun immerhin eine reelle Überlebenschance hätte. Auf dem Bauplatz der Firma war ein betriebseigener Bunker gebaut worden. Mit seiner sechs Meter dicken Betondecke galt er als absolut bombensicher. Elsbeth, die als Lehrling in einer Sparkasse ganz in der Nähe untergekommen war, beeilte sich, bei jedem Alarm diesen sicheren Bunker zu erreichen.

Besonders bei Nacht häuften sich die Angriffe auf Hamburg. Niemand kam mehr zur Ruhe. Davon zermürbt, hatte Wilhelm ein Zimmer auf einem Bauernhof in Luhdorf bei Winsen angemietet. Besonders Theresa war mittlerweile völlig verstört. Jeden Abend fuhr die Familie mit dem Zug dorthin und morgens in die Stadt zurück. Bei nächtlichem Fliegeralarm brauchte man dort nicht aus dem Bett heraus, was konnte in dem kleinen Dorf schon passieren. Am Himmel über Hamburg sahen sie bei Dunkelheit die »Tannenbäume«, Leuchtzeichen für die nachfolgenden feindlichen Bombergeschwader.

Es nahte das Weihnachtsfest. Nora wollte unbedingt zu den Eltern nach Hause fahren und bat in ihren Briefen eindringlich darum. Wilhelm gab schließlich nach. Sie sehnten sich alle danach, wenigstens am Weihnachtsfest zusammen zu sein.

Auf Uwe mußte man verzichten, Fronturlaub gab es gar nicht mehr. Nora packte ihr Weihnachtsgeschenk, ein Stückchen fetten Speck, sorgfältig ein. Sie hatte Glück gehabt und ihn gegen ihr Konfirmationskleid vom vorigen Jahr eingetauscht. Ein Volkssturmmann, der in Dänemark Panzergräben ausheben mußte, konnte das Kleid für seine Tochter gut brauchen. Mit leichtem Gepäck stieg Nora in einen total überfüllten Zug. Viele Züge fielen jetzt aus, Fahrpläne gab es schon lange nicht mehr. Häufig mußte man auf einem Nebengleis warten, bis der Zug wieder anfuhr. Es bestand ständig die Gefahr, von Tieffliegern angegriffen zu werden.

Nora war nicht ängstlich. Hauptsache war, daß sie endlich wieder ein paar Tage zu Hause sein durfte. Kurz nach der

Fahrt durch den Bahnhof Neumünster verlangsamte der Zug plötzlich die Fahrt. Jagdbomber flogen zum Angriff. Man hörte das herannahende Tack, Tack, Tack ihrer Maschinengewehre. Die Reisenden stürzten voller Panik aus dem Zug und ließen sich den Schotterabhang hinunterrollen.

Nora hörte die Todesschreie der Getroffenen, als sie in ihrem gerade noch erwischten Einmann-Loch kauerte. Es überfiel sie Todesangst. Direkt über sich konnte sie die Besatzung des Jagdbombers sehen, sie meinte sogar, den Männern direkt in die Augen zu blicken. In letzter Minute sprang noch eine Rote-Kreuz-Schwester zu Nora in das Loch hinein.

Die zwei schlanken Mädchen preßten sich zitternd aneinander. »Nehmen Sie doch Ihre Haube ab«, flüsterte Nora bebend. »Man sieht uns ja!« So schnell, wie der Spuk gekommen war, verschwand er wieder. Die Menschen rappelten sich auf. Wer seine Habe wiederfand, ging an den Gleisen entlang zurück zum Bahnhof Neumünster. Die Lok brannte, um die Verletzten kümmerte sich kaum einer. Niemand sah sich nach den Toten um, die Hauptsache war, daß man selbst noch einmal Glück gehabt hatte und davongekommen war.

Es war stockfinstere Nacht, als Nora endlich nach vielen Unterbrechungen in Harburg ankam. Wie sollte sie sich orientieren, ganze Häuserzeilen und Straßenzüge gab es nicht mehr, dafür klafften mitten auf der Straße Bombentrichter, in die sie stürzen konnte. Nur jetzt keinen Fliegeralarm! Sie war froh, als sie sich einem älteren Ehepaar anschließen konnte, das fast den gleichen Weg hatte. Im Baugeschäft warteten die Eltern in höchster Sorge und schlossen Nora überglücklich und erleichtert in die Arme.

Noras Eltern hatten gerade eine leerstehende Wohnung übernehmen können, deren Besitzer evakuiert waren. Mit den zurückgelassenen Möbeln sah es dort einigermaßen wohnlich aus. Nora erschrak, als sie bemerkte, wie sehr die Eltern abgemagert waren. Das Wasser war abgestellt und wurde in Kanistern von einer weit entfernten Wasserstelle geholt. Bei hartem Frost mußte man sich dort in eine lange Warteschlange einreihen. »Ja, mühselig ernährt sich das Eichhörnchen«, versuchte Theresa ihre Tochter aufzuheitern. Der Strom funktionierte auch nur zu gewissen Zeiten. Aber es war warm, denn Brennholz für den Ofen konnte man zwischen den Ruinen reichlich finden. Am Weihnachtsabend saß die Familie um einen Tannenzweig herum, auf dem die drei Kerzen der letzten Zuteilung befestigt waren. Theresa hatte aus ihren bescheidenen Vorräten ein Weihnachtsessen gezaubert. Als Wilhelm mit seinem schönen Bariton das Weihnachtslied »Es ist ein Ros entsprungen« anstimmte, fühlten sie sich geborgen und vergaßen für einige Stunden an diesem Abend die Schrecken um sie herum. Daß sie alle noch am Leben waren und jetzt beieinander saßen, empfand die Familie als größtes Geschenk.

War Tagesalarm, bewegte sich eine wahre Flut Flüchtender in Richtung der »Schwarzen Berge«, einem großen Waldgebiet bei Harburg. Die Menschen glaubten sich unter freiem Himmel sicherer als in der Stadt. Kinder, Kranke und Gebrechliche wurden auf Wagen und Karren gesetzt. Vollbeladen zog man mit der letzten Habe in Richtung Appelbüttel. Diesmal hatte Wilhelm eine Schutzhütte für Waldarbeiter gefunden, in der Theresa, wie Espenlaub zitternd, zu seinen Füßen hockte und sich die Ohren zuhielt, um nicht das Dröhnen der Bomberverbände über sich zu hören.

Sie war stets völlig kopflos vor Angst, und Wilhelm strich ihr immer wieder beruhigend über den Kopf. Nora betete leise: »Lieber Gott, beschütze mich und meine Eltern gnädiglich. Meine Geschwister vor Gefahr mit deinem starken Arm bewahr.« Sie war sich sicher, es würde ihnen nichts geschehen. Der liebe Gott würde sie alle beschützen, auch wenn sich nach dem Fest die Familie wieder trennen müßte. Noras Zuversicht sollte schon zwei Monate später bitter enttäuscht werden.

Das neue Jahr wurde nicht fröhlich begrüßt. Die deutsche Bevölkerung war am Boden zerstört und hatte allen Mut verloren. Niemand hatte noch Vertrauen in die Zukunft, und immer wieder hörte man geflüsterte Parolen wie: »Genießt den Krieg, der Friede wird furchtbar sein.«

Am 24. Februar 1945 um 12.30 Uhr, bei einem schweren Luftangriff auf Harburg, hatte eine Luftmine den Bunker des Baugeschäftes seitlich getroffen und die sechs Meter dicke Betondecke wie von Geisterhand abgehoben und daneben gelegt. Ungehindert konnte man in sein Inneres blikken. Es gab keine Überlebenden, alle waren durch den Luftdruck sofort tot. Mit Theresa und Wilhelm, dem Firmenchef und seiner Familie waren über fünfzig weitere Firmenangestellte zu beklagen. Elsbeth war nicht unter den Toten. Anders als sonst hatte sie es diesmal nicht geschafft, die Sparkasse rechtzeitig zu verlassen, und hatte den Angriff dort verbracht. In der Mittagspause rannte sie eilig zum Firmengelände. Fassunglos stand sie vor dem Bunker und starrte in den Krater.

Die Eltern wurden zusammen mit den vielen anderen Toten dieses Angriffes auf einem riesigen, kahlen Feld beerdigt. Jedes Grab erhielt eine schlichte Steintafel mit dem Namen des Opfers, das Todesdatum war bei allen gleich.

Noch lange nach dem Verlust der Eltern suchte Nora Trost bei Urmutter Lene und bat immer wieder: »Erzähl mir von früher.« »Ach, Deern, mien Stimm is doch al lang inrost«, zierte sie sich oft, aber dann verloren sich beide in die Geschichten ihrer Vergangenheit.

Nachwort

Auf der Suche nach meinem eigenen »Ich« baute sich mir ein Erinnerungsbild auf. Aus Erzählungen meiner Urgroßmutter und eigenen Erinnerungen fügte sich Bild an Bild wie Puzzleteilchen aneinander. Fehlte mir ein Teilchen, mußte meine Phantasie herhalten.

Das Ergebnis war, daß ich erkannte, daß meine Familie, wie die Glieder einer Kette, ein Ganzes bildete.

Man möge mir verzeihen, wenn ich den geschilderten Personen nicht immer gerecht geworden bin.

Mein Dank gilt Dr.Tom Crepon, Inga Kühl, Oliver Fischer, Thomas Krüger, Jessica Jürgens und Wolfgang Schütz, die an den Lektorats- und Korrekturaufgaben teilhatten.